AF222585

Schlaflos

Die Leiden eines jungen Mannes

Ein Roman von Thomas Andres

BOOKS on DEMAND

Buch

Erik Königstein ist 23 und hat seine eigene Firma. Beruflich ist alles in Ordnung, nur privat ist sein Leben nicht perfekt. Früh hat er seine Eltern verloren, früh war er auf sich alleine gestellt. Doch er hat sich durchgebissen. Nur die Schlaflosigkeit beschäftigt ihn. Doch dann findet er seine große Liebe, seine Firma erweitert er und das Glück scheint sich mit riesen Schritten zu nähern....

Das Buch ist reine Fiktion. Ähnlichkeiten mit lebenden Personen sind nicht beabsichtigt.

Bibliographische Information der Deutschen Nationalbibliothek:
Die Deutsche Nationalbibliothek verzeichnet diese Publikation
in der Deutschen Nationalbibliografie; detaillierte bibliographische
Daten sind im Internet über http://dnb.dnb.de abrufbar.

Herstellung und Verlag:
BoD – Books on Demand, Norderstedt

ISBN: 9783833495021

Prolog

Schlaflos. Schlaflos. Zum 6. Mal diese Woche. Das hieß: Heute war Samstag.

Wieder saß er alleine zu Hause. Keine Arbeit, keine Freunde. Das einzige, was er hatte, waren die billigen Pornos und viele Taschentücher. Er ging kaum aus dem Haus, hatte in der Wohnung selbst auch nichts zu tun. Unterschichtenfernsehen. Ja, das war sein Zeitvertreib. Und die Pornos. Von denen träumte er auch nachts. Er selber würde nie eine abbekommen, aber so eine aus den Pornos...

Oh, falscher Anfang.

Es war Samstag. Ein kühler Wintertag war vorbei. Der erste Schnee war gefallen und eine dünne Schneedecke lag über der Landschaft. Über den Bäumen, über den Häusern, auf den Autos. Er konnte wieder einmal nicht schlafen, wie so häufig diese Woche. Und erneut trieb es ihn hinaus auf den Balkon. Eine dicke Hose und den Mantel hatte er angezogen, bei unter $0°$ Celsius war dies auch ratsam. Er sah zum Horizont, in die Dunkelheit. Kein Licht zu sehen, nur Schwärze. Trotzdem schien es ihn dort hinzuziehen. Der Grund? Er wusste es nicht. Eigentlich war er hier doch glücklich. Ein kleines Dorf, nicht weit von der Ostsee, idyllisch und ruhig. Aber warum zog es ihn hinaus? Warum diese Anziehungskraft? Er wusste es nicht. War es einfach nur die ferne Welt? Er ist hier nie weggekommen.

23 Jahre war er alt. Fertig mit dem Studium in Wirtschaftsrecht. Studiert in Wismar, damals nach dem Abi vor 4 Jahren angefangen und in 8 Semestern fertig geworden. Er blieb in Renzow wohnen. Das Haus hatte er von seinen Eltern geerbt, die vor fast 5 Jahren gestorben waren. Sie hinterließen nicht nur das Haus und den nagelneuen Opel. Er hatte auch genug Geld, so dass er das Abitur beenden, sein Studium bezahlen

konnte und noch etwas Startkapital hatte. Das Gebäude war wie für ihn geschaffen. Im Nebentrakt hatte er sich sein kleines Unternehmen eingerichtet. Momentan nutzte er nur den Flur, den Warteraum, die kleine Küche und sein Büro. Aber die Geschäfte gingen gut. Viele hier im Landkreis kannten ihn. Wussten um seinen Verstand, seine Intelligenz und seine schnelle Auffassungsgabe. Viele kleinere Firmen ließen sich mittlerweile von ihm beraten. Es gab zwar nicht so viel Geld, wie es bei den großen Firmen gegeben hätte, aber er mochte es lieber familiär. Die Kleineren waren überschaubarer, einfacher zu handhaben. Und viel Konkurrenz hatte er hier nicht. Es ging ihm gut. Sehr gut sogar. Nur diese Schlaflosigkeit….

Er blieb noch eine Weile auf dem Balkon, blickte nach Süden. Warum? Wismar im Norden liegt an der Ostsee, da ist es näher zur weiten Welt. Im Osten lag Schwerin. Warum der Süden? Oder war es einfach nur die Dunkelheit?

Morgen jährte sich der Todestag seiner Eltern zum fünften Mal. Beide Beamte im Dienste des Ministeriums. Sie hatten gut verdient und konnten sich ein schönes Leben leisten. 2 Urlaube im Jahr und 2009 ging es dann im November weit weg. Sie wollten dem Winter entfliehen und buchten ein kleines Ferienhaus auf Kreta. Zum ersten Mal raus aus Deutschland. Deutschland kannten sie schon. Jede Ecke haben sie gesehen und planten auch die nächsten Sommerurlaube im Heimatland verbringen. Aber diesmal sollte es für eine Woche nach Griechenland gehen. Der Flug war perfekt und die Ferienanlage wunderschön. Am ersten Abend blieben sie lange wach, viele Gäste waren zwar nicht mehr dort, aber mit Mitte 40 konnte man noch bis 2 Uhr feiern. Am nächsten Morgen standen sie trotzdem um 9 Uhr auf und gingen zum Frühstück. Den zweiten Urlaubstag nutzten sie, um die kleine Stadt zu erkunden. Sie machten viele Fotos und verbrachten einen erholsamen Tag. Am Nachmittag ging es zurück zum Ferienhaus und dort genossen sie die Aussicht. Am heutigen Abend wurde nicht gefeiert, aber die beiden saßen noch eine Weile auf der Terrasse bei einer Flasche Wein und waren glücklich.

2

So wurde es zumindest erzählt. Um 22 Uhr wurden sie gesehen, als sie ins Haus gingen. Die Lichter erloschen circa 30 Minuten später und in der Ferienanlage war es komplett ruhig. Die Hoteliers wunderten sich, als sie um 11 Uhr noch nicht zum Frühstück erschienen waren. Um 12 Uhr ging der Portier zum Haus, klopfte und klingelte, aber es kam keine Reaktion. Er holte die Schlüssel und zu dritt schauten sie nach ihren Gästen. Im Schlafzimmer, im Bett, fanden sie die beiden. Friedlich schlafend, für immer. Sie waren eingeschlafen und wachten nicht mehr auf. Beide Herzen blieben stehen, keine Fremdeinwirkung, keine Krankheiten. Einfach eingeschlafen.

Ihn traf die Nachricht wie ein Schlag. 18 Jahre alt und auf sich allein gestellt. Die Großeltern? Nie kennengelernt. Geschwister? Sowohl er, als auch seine Eltern waren Einzelkinder. Aber damals zeigte sich schon, wie reif er war. Er brauchte nur eine kurze Betreuung und dann ging das Leben weiter. Das Abitur schloss er mit 1,2 ab und ging dann nach Wismar zum Studieren. Er war beliebt, da er intelligent, aber nicht arrogant war. Er war auf den Partys und Veranstaltungen dabei, aber trank nie zu viel. Er ging nicht als erstes, aber auch nicht als Letztes. Eine feste Freundin hatte er seitdem keine mehr, keine Liebschaft. Keine Beziehungen, sondern immer nur gute Freunde. In Renzow und Umgebung kannte jeder seine Geschichte. Zuerst waren sich alle unsicher, wie sie mit ihm umgehen sollten, aber mit der Zeit normalisierte es sich. Unterstützung bekam er, wenn er fragte. Die Nachbarin kümmerte sich um das Haus, reinigte es, passte auf den Garten auf und der Nachbar von gegenüber half bei den bürokratischen Dingen. So war die Dorfgemeinschaft. Bei unter 500 Einwohnern kannte jeder jeden und als er dieses Jahr sein Studium beendete und seine Firma gründete, wusste jeder, dass er Erfolg haben wird.

5 Monate ist der Abschluss mittlerweile her und die Firma blühte auf. Erik Königstein Wirtschaftsrechtgesellschaft mbH. Beruflich ging es ihm gut, aber was war privat? In der Dorfgemeinschaft war klar, dass ein junger Mann wie er doch seine Prinzessin verdient hätte. Aber es gab sie nicht. Er war auf den Dorffesten, beim Schützenfest, aber immer alleine. Nicht dass er nicht mit Frauen umgehen konnte. Auf den Festen forderte er verschiedene auf mit ihm zu tanzen. Aber die richti-

3

ge? Die richtige war nicht dabei. Und was in ihm vorging konnte niemand wissen. Niemand wusste von den schlaflosen Nächten auf dem Balkon. Von den Blicken in die Ferne. Er hatte immer in diesem Dorf, in diesem Haus gelebt, aber war das auch seine Zukunft? Er blieb noch eine Weile auf dem Balkon, ging zum Kühlschrank und nahm noch einen Schluck aus der Wasserflasche. Ein kurzer Blick auf die Uhr: 3 Uhr. Er legte sich wieder ins Bett und konnte sogar einschlafen.

Sonntagmorgen um 10 Uhr wachte er wieder auf, machte sich sein Frühstück und trank die ersten 2 Tassen Kaffee. Er schaltete kurz den PC an, prüfte seine privaten und geschäftlichen Mails und fuhr den Rechner wieder herunter. Heute brauchte er nicht zu arbeiten und er wollte sich einen Tag Erholung gönnen. Den Opel hatte er nicht mehr. Vor 2 Monaten hatte er ihn verkauft und sich stattdessen einen neuen Audi geleistet. Aber als erfolgreicher Geschäftsmann wollte er dies auch mit seinem Wagen repräsentieren, einer Audi A4 Limousine in Eissilber. Das Auto war zwar nicht günstig gewesen, aber er hatte das Geld, seiner Firma ging es gut und man sollte dies auch sehen.

Viel nahm er für die heutige Tour nicht mit. Normale Stoffhose, ein einfaches schwarzes T-Shirt und einen schwarzen Pullover. Da es kühl war, zog er sich wieder seinen dicken Mantel an. Taschen nahm er keine mit, an einem Sonntag konnte er sowieso nicht einkaufen. Er ging runter in die Garage, stieg ins Auto, öffnete das Garagentor und fuhr raus. Hinter sich machte er zu und bog auf die Landstraße ein. Den Weg nach Schwerin kannte er natürlich und so war er schnell da. Es war mittlerweile 12 Uhr, aber in der Innenstadt war nichts los. Er fand einen freien Parkplatz und ging erst einmal Richtung Schloss. Vorher kam er noch an einem kleinen Café vorbei und trank einen Kaffee und genoss die Aussicht auf den Schweriner See. Viele Passanten waren nicht unterwegs und auch das Café war relativ leer. Nur 3 andere Gäste saßen an den Tischen. Ein Pärchen und ein einzelner Mann, vielleicht Ende 50, Anfang 60. Die Bedienung hatte einen ruhigen Tag und plauderte mit dem Mann.

Nachdem er den Kaffee ausgetrunken hatte, ging er wieder raus und an der Uferpromenade spazieren. Während er am See entlang ging, dachte

4

er darüber nach, was aus ihm werden sollte. Er kannte hier viele Menschen, aber heute wollte er alleine sein. Er kannte auch niemanden, mit dem er über seine Gefühle hätte sprechen können. Und das war es, was ihm fehlte. Eine Person an seiner Seite, eine die für ihn da war. Er kam beim Schloss an und spazierte einmal herum. Danach ging er zum Auto zurück. Auf dem Weg dorthin wurde ihm klar, dass er etwas machen müsste. War das der Grund für die Schlaflosigkeit und immer dieser Blick in die Fremde? Wartete dort draußen die Eine für ihn? Aber wo sollte er suchen? Auf dem Weg zum Auto kam er an einem Reisebüro vorbei und sah sich dort die Aushänge an. Die Bahamas sprangen ihm ins Auge. Sollte er vielleicht mal verreisen? Wartet woanders das Glück auf ihn? Aber da stach ihm etwas ins Herz. Der Tod seiner Eltern. Ihr erster Urlaub im Ausland und auch ihr letzter.

Er stieg in sein Auto und fuhr zurück nach Renzow. Mittlerweile war es später Nachmittag und er machte noch einen Abstecher nach Pokrent zum Friedhof. Minutenlang stand er stumm am Grab seiner Eltern, die zu früh von ihm gegangen sind. Als er schließlich ging, stand für ihn fest, dass er in den Urlaub fahren würde. Seine Eltern haben es erst mit Mitte 40 geschafft, sich zu überwinden, und er wollte nicht auch so lange warten. Er fuhr gedankenverloren nach Hause und machte sich dort erst einmal was zu essen, wie so häufig gab es Nudeln. Nach dem Essen setzte er sich wieder an den Rechner um Mails abzurufen und die Nachrichten zu lesen. Er plante aufgrund seiner Termine und seiner Mails den morgigen Tag, der nicht so arbeitsreich werden sollte. Den Vormittag hatte er sogar Zeit und er entschied sich nach Schwerin zu fahren und die Reise zu buchen. Vom 15. bis zum 22. Dezember wollte er fliegen. Vor Weihnachten war nicht so viel zu tun, das meiste kam dann Anfang des Jahres und so konnte er sich davor noch erholen. Die Kunden würden es verstehen und Termine hatte er in der Woche noch keine.

Auch sonst müsste er etwas in seinem Leben ändern. Als er in der Jugend Tennis im Verein gespielt hatte, war er körperlich fit und ausgeglichen. Als seine Eltern gestorben waren, hatte er den Spaß verloren und nur noch wenig gespielt. Seit er seine Firma hatte, war das Interesse am Sport gänzlich zum Erliegen gekommen. Wenn er so an sich

5

herunterschaute, war zu sehen, dass er sich zwar gesund ernährte, aber dennoch die Bewegung fehlte. Er nahm sich daher vor, nach dem Urlaub wieder mit Sport anzufangen, nur welche Sportart müsste er sich noch überlegen. Als er seinen Rechner heruntergefahren hatte, ging Erik noch raus auf den Balkon. Sollte er mit dem Laufen anfangen? Da müsste er sich nur 2-3-mal in der Woche 30-45 Minuten Zeit nehmen und er müsste sich nach niemandem richten, als wenn er eine Mannschaftssportart betreiben würde. Noch etwas unsicher bei diesem Gedanken ging er wenig später ins Bett.

Dezember 2014

Am Montagmorgen fuhr er nach Schwerin und buchte den Urlaub. Am Nachmittag hatte er einen Termin in Lützow und die restliche Zeit verbrachte er in seinem Büro. Es gab noch einiges an Schreibkram zu erledigen und er überlegte sich wieder einmal, ob er nicht eine Sekretärin anstellen sollte, die ihm Tätigkeiten, wie Rechnungen schreiben, abnehmen könnte. Dafür müsste er aber den Gebäudetrakt etwas umstrukturieren. Es waren auch noch einige Räume im 1. Stock frei, die er sich am Abend anschaute. Das eine könnte man sogar als Chefbüro einrichten, allerdings standen dort noch alte Gegenstände und Dinge von seinen Eltern. Auch den Flur müsste man neu streichen und die anderen Räume auch schon einmal leer räumen. Der Keller war leer, dort wäre also Platz für die Akten. Die Sekretärin würde in seinem jetzigen Büro sitzen und er könnte das große Zimmer nutzen.

Abends war er bei den Nachbarn zum Essen eingeladen. Dort erzählte er als erstes von den Plänen für sein Büro und die sie erklärten sich sofort bereit, ihm m beim Um- und Aufräumen zu helfen. Danach informierte er sie noch über seinen gebuchten Urlaub und sie waren natürlich erstaunt und überrascht. Dies legte sich aber relativ schnell und sie verbrachten noch einen gemütlichen Abend bei netten Gesprächen. Um 23 Uhr ging er dann nach Hause und in sein Bett. Heute schlief er, so wie Sonntag, ohne Probleme durch.

Dienstag hatte er zwei Termine außerhalb und einen in seinem Büro. Der letzte war um 16 Uhr zu Ende und danach ging er runter in den Keller. Dieser war komplett leer und es war genügend Platz um einige Regale auszustellen. So viele Akten hatte er noch nicht, der Raum würde also für einige Jahre reichen. Er maß kurz nach und ging dann in den 1. Stock. Dort maß er auch die anderen Räume ab und natürlich auch sein neues Büro und schrieb sich auch noch von diesen die Daten auf. Als er damit fertig war, kamen die Nachbarn und halfen ihm, alte Akten in den Keller zu bringen. Die Gegenstände von seinen Eltern, die er nicht mehr nutzen konnte und wollte, brachten sie in den Lieferwagen eines Nachbarn und dieser würde sie am nächsten Tag zum Sperrmüll fahren. Sein neues Büro und der zweite Raum waren jetzt komplett leer, es fehlten also noch Regale für den Keller und die komplette Inneneinrichtung für das neue Büro. Seine jetzigen Sachen wollte er nicht mit nach oben nehmen. Sie waren zwar auch relativ neu, allerdings wirkten sie im größeren Büro doch zu klein. Den zweiten Raum wollte er fürs erste leer lassen, aber ohne Gerümpel sah es nun einmal besser aus und wenn man sowieso gerade Sachen wegwarf, konnte man gleich weitermachen.

Mittwochvormittag hatte er wieder frei und so fuhr er nach Schwerin, um die Möbel zu bestellen. Die Regale für den Keller waren einfach, aber robust. Er bestellte gleich so viele, dass das Archiv vollständig damit eingerichtet werden konnten. Mit der Einrichtung für das Büro tat er sich etwas schwerer. Aber nach einer Weile fand er dann doch die richtige Ausstattung. Tisch, Stuhl, Schränke, Besprechungsecke… Alles was dazu gehört. Geliefert werden sollte alles am 7. Januar, also blieb auch noch Zeit, um das neue Büro zu streichen.

Nach dieser Shoppingtour fuhr er ins Büro zurück und machte sich wieder an die Arbeit. 2 Wochen musste er noch bis zum Urlaub aushalten, einige Anfragen lagen auf dem Stapel und es würden auch noch welche dazukommen. Am Nachmittag bekam er noch einen Telefonanruf von einem Kunden, was eher selten vorkommt. Meistens kommunizierte er per Mail. Das Telefonat dauerte 20 Minuten, da das Thema schnell abgehandelt werden konnte. Danach ging es mit einer Anfrage weiter und um 17 Uhr ging er wieder in die Wohnung zurück. Er machte sich sein Abendessen, wusch ab und setzte sich dann an den Computer. Er rief zuerst die privaten Mails ab und surfte dann im Internet. Er informierte sich etwas über die Bahamas und bestellte online bei einem Bürolieferanten einige Sachen. Die neueste Fachzeitschrift für Dezember war heute auch in der Post gewesen, aber Lust sie zu lesen hatte er nicht. Er machte sich lieber einen gemütlichen Abend vor dem Fernse-

her. Vielleicht hätte er doch die Zeitschrift lesen sollen, denn normalerweise sind diese sehr gut zum Einschlafen geeignet. Damit hatte er
auch heute wieder Probleme. Wieder stand er bis 3 Uhr auf dem Balkon
und dachte an die Bahamas, bis er dann ins Bett ging und einschlafen
konnte.

Nach 3 Stunden Schlaf klingelte der Wecker und etwas müde stand
Erik auf, schlich unter die Dusche und nach 2 frischen Kaffees war er
dann wach. Beim Frühstücken las er sich die Tageszeitung durch und
um 8 Uhr ging er wieder ins Büro. Nach der Tagesplanung machte er
sich an die Arbeit und die eine Anfrage, die ihm zuerst leicht erschien,
beschäftigte ihn dann doch den kompletten Tag. Um 17:30 Uhr wurde
er erst damit fertig und die restlichen Anfragen verschob er auf Morgen. In der Post war nichts Neues und so ging er in die Wohnung zum
Abendessen. Heute musste er auch wieder Wäsche waschen und nebenbei schaute er in die Fachzeitschrift. Gerade kurz vor dem Jahres-
wechsel stand doch einiges Interessantes drin und so las er sie dann
doch noch am Abend durch. Kurz vor Mitternacht ging er dann ins Bett
und heute konnte er sogar gleich einschlafen.

Am Freitagmorgen war er fitter als gestern, da er bis 6:30 Uhr schlief,
aber dafür das Duschen ausfallen ließ. Nach dem Frühstück, das wie
fast immer aus 2 Scheiben Brot mit Käse bestand, und dem Zeitunglesen ging es ins Büro und er machte sich über die liegengebliebenen
Anfragen her. Auch heute kamen wieder einige kleinere per Mail und
er war den ganzen Tag gut ausgelastet, arbeitete sogar bis 17 Uhr, was
für einen Freitag doch ungewöhnlich war. Dafür konnte er alles erledigen und hatte das Wochenende über seine Ruhe. Es gab freie Tage, da
dachte er zuviel an die Arbeit und schaffte es nicht, abzuschalten. Wenn
nichts mehr auf dem Schreibtisch blieb, hatte er das Problem nicht.
Nach dem Abendessen und dem Abwasch legte er die Wäsche zusammen, setzte sich mit einem Buch auf die Couch und las den Abend über.
Um 22 Uhr versuchte er zum ersten Mal zu schlafen, aber ging dann
doch wieder für paar Stunden auf den Balkon. Es war schließlich 2 Uhr,
als er beim zweiten Versuch einschlafen konnte.

Samstag konnte er wieder ausschlafen und so schlief er ausnahmsweise mal bis 10 Uhr. Nach dem Duschen und dem Frühstück setzte er sich ins Auto und fuhr nach Schwerin zum Friseur und zum Einkaufen. Normalerweise kaufte er unter der Woche ein, wenn er gerade zu Kundenterminen unterwegs war, aber in Schwerin war die Auswahl größer und samstags war immer ein Wochenmarkt, über den er auch schlenderte. Zwischen dem Friseurtermin und den Einkaufen kehrte er noch kurz in ein Café zum Kaffeetrinken ein und nach dem Einkaufen ging es gleich zurück nach Renzow.

Nachmittags war er dann fertig mit ausladen und einräumen, etwas Zeit hatte er noch und so ging er noch kurz spazieren. Abends fand dann im Gasthaus eine kleine Dorf-Weihnachtsfeier statt und Erik war natürlich dabei. Als Vorspeise gab es Tomatencremesuppe und als Hauptgericht Gänsebraten, dazu trank er Rotwein. Als Dessert gab es Bratapfel und danach begannen die Gespräche. Knappe 70 Leute waren heute gekommen, die sich auf 3 Räume verteilt hatten. Erik sprach mit vielen, blieb aber nie sehr lange bei einer Gruppe stehen beziehungsweise sitzen, sondern war eigentlich ständig unterwegs. Da er seinen Altersgenossen von der Reife und der Art weit voraus war, unterhielt er sich meistens mit den Älteren. Getanzt wurde nicht, dafür war die Musik zu weihnachtlich. Trotzdem amüsierte sich eigentlich alle, Erik auch.

Von den fünf Frauen in seinem Alter, die anwesend waren, hatten alle schon versucht, sich an ihn ranzumachen, und auch heute probierten es wieder zwei. Aber er war nicht interessiert. Er war nicht unhöflich, flirtete auch ein wenig, aber trotzdem war klar, dass nicht viel laufen würde. Fast rastlos streifte er durch die Räume, aber immer auf einen Small-Talk vorbereitet. Ab Mitternacht zerstreute es sich langsam und um 1 Uhr machte sich auch Erik auf den Heimweg. Er ging alleine zurück, da seine Nachbarn schon früher aufgebrochen waren. Nachdem er zu Hause war, ging er sofort ins Bett, konnte aber einmal mehr nicht einschlafen. Er ging also auf den Balkon, konnte von dort das Gasthaus nicht sehen, hörte auch nichts mehr von der Feier, sondern schaute einfach nur in die Dunkelheit.

10

Seine Gedanken waren wieder bei der Büroeinrichtung, den Bahamas und bei der Suche nach einer Frau. Die Frauen, die heute dabei gewesen sind, waren nichts für ihn. Nicht, dass sie hässlich oder von schlechtem Charakter waren. Irgendwie hatte er das Gefühl, dass er mit keiner von ihnen glücklich werden würde. Etwas in ihm sagte, dass sein Glück woanders liegt. Irgendwo, aber er wusste nicht wo.

Beim zweiten Versuch um 4 Uhr morgens schlief er ein und wachte erst um 12 Uhr auf. Sonntagmorgen, aber er war schon seit Ewigkeiten nicht mehr in der Kirche gewesen. Zum letzten Mal bei der Beerdigung seiner Eltern. Er glaubte zwar an Gott, aber die Gottesdienste waren nichts für ihn. Mit dem Pastor kam er gut zurecht, die Predigten waren auch nicht schlecht, aber Erik hatte kein Bedürfnis am Sonntagmorgen 1 Stunde in der Kirche zu verbringen. So zog er nur die Jalousien nach oben und blieb noch etwas im Bett liegen. Schließlich stand er doch auf, frühstückte und setzte sich an den Computer. Die eine Mail, die er im Posteingang hatte, beantworte er gleich, danach surfte er noch kurz und fuhr wenig später den Rechner runter. Einige seiner Studienkollegen schworen auf die Partnersuche im Internet, aber er war dafür wohl zu altmodisch. Er nutzte den PC nur wenig und für so etwas schon gar nicht.

Es war noch früh am Nachmittag und Erik wollte nicht den restlichen Tag zu Hause verbringen. So setzte er sich ins Auto und fuhr nach Wismar. Er spazierte durch die Altstadt, für die er sich nie richtig interessiert hat, aber heute empfand er es als sehr beruhigend. Während seiner Studienzeit war er zwar auch häufig hier gewesen, aber heute hatte er doch einen anderen Blickwinkel. Sein Auto hatte er tagsüber auf einem Parkplatz gestellt und holte es jetzt ab um damit direkt zu einem Restaurant zu fahren, in dem er früher häufiger gegessen hatte. Es war allerdings auch ein Nachteil, dass er mit dem Auto da war, denn viele kannten seinen Audi mit dem Kennzeichen NWM-NW-82 und so traf er auch einen Firmeninhaber, mit dem er fast jede Woche zu tun hatte. Er kam aber gut mit ihm aus und so setzte sich der Kunde mit seiner Frau zu ihm. Sie aßen zusammen, plauderten ein wenig und um 20 Uhr fuhr Erik zurück nach Hause. Er sah sich noch einen Spielfilm an und versuchte danach zu schlafen. Allerdings war der Versuch nicht

11

erfolgreich und so ging er wieder auf den Balkon. Um 2 Uhr fielen ihm dann doch die Augen zu.

Nach 4 Stunden Schlaf stand er auf und nach dem Duschen und Frühstücken ging er ins Büro. Auf in eine neue Arbeitswoche, die letzte für dieses Jahr. Er rief zuerst die Mails ab, machte die Planung für den heutigen Tag und schrieb dann an seine Kunden, dass er vom 15.12. bis 04.01. im Winterurlaub sei. Danach ging es an die Anfragen und das Arbeiten wurde nur kurz durch den Postboten unterbrochen, der 2 Pakete brachte. Erik machte die Anfrage noch fertig und öffnete dann die Pakete. 2 Kunden hatten ihm Weihnachtsgeschenke geschickt, Bürozubehör wie Stifte und Brieföffner. Natürlich edlere Gegenstände, die er auch sogleich auf dem Schreibtisch platzierte. Wenn sein neues Büro fertig ist, werden diese dann verlagert. Am Nachmittag machte er mit der Arbeit weiter und ging um 17 Uhr dann in den Feierabend. Nach dem Essen las er dann eine Sonderausgabe seiner Fachzeitschrift, die auch heute per Post gekommen war. Er war mit dieser schnell durch und nahm sich noch ein Buch vor. Um 23 Uhr ging er dann ins Bett und konnte sogar gleich einschlafen. Aber nach der kurzen Nacht gestern war er logischerweise auch müde.

Der Dienstagmorgen begann mit den üblichen Tätigkeiten und um kurz vor 8 Uhr saß Erik wieder im Büro. Ein halbes Jahr saß er jetzt in diesem Zimmer, aber freute sich mittlerweile auf sein neues größeres Büro. Heute gab es nur wenig zu tun, aber die ersten Kunden schrieben jetzt schon, dass sie Anfang des Jahres einiges an Arbeit für Erik hatten. Einige vorbereitende Tätigkeiten wollte er die nächsten Tage noch ausüben, aber der große Schwung würde wohl im neuen Jahr kommen. Insgesamt war es heute ruhiger als gestern, so dass er schon um 16:30 Uhr in seine Wohnung ging. Die Zeit nutzte er, um mal wieder ein neues Gericht auszuprobieren, das ihm sogar einigermaßen gelang. Zumindest wurde er satt. Nach dem Abwasch ging es noch an die Wäsche, danach las er das Buch von gestern zu Ende. Er ging noch kurz ins Internet, um Bücher zu bestellen, da er die jetzigen alle durchgelesen hatte. Diese würden wohl Freitag oder Samstag bei ihm eintreffen. Die ersten Nachtstunden verbrachte er wieder auf dem Balkon, bis er sich dann um 3 Uhr schlafen legte.

12

Als er aufwachte, fühlte er sich etwas gerädert. Das Duschen half nicht wirklich und auch nach dem Frühstück und dem Kaffee war er nicht richtig fit. Heute ging er erst um 8:30 Uhr ins Büro. Viele Anfragen gab es heute nicht und so konnte er nebenbei Zeitung lesen. Den ganzen Tag über fühlte er sich matt, arbeitete langsamer als sonst und um 17 Uhr ging er in die Wohnung zurück. Es gab nur ein einfaches Abendessen und nach dem Abwasch legte er sich auf die Couch. Er schlief dort für eine Stunde, aber munter war er danach immer noch nicht. Er versuchte noch eine Zeitschrift zu lesen, aber irgendwie war er zu unkonzentriert. Um 22 Uhr legte er sich ins Bett und schlief auch gleich ein.

Am Donnerstag war er dafür sehr munter, frühstückte gutgelaunt und las die Zeitung komplett durch. Um 8 Uhr saß er wieder im Büro und da er sich heute besser fühlte, schaffte er auch mehr als gestern. Die Arbeit verging wie im Flug und um 17:30 Uhr machte er sich sein Abendessen. Die Zeitschrift, die er gestern Abend versucht hatte zu lesen, fing er noch einmal an und diesmal ging es besser, so dass er sie durchlas. Um 23 Uhr ging er ins Bett und schlief sofort ein.

Auch am Freitag war er gutgelaunt, freute sich richtig auf den Urlaub und um 14 Uhr beendete er die Arbeit für dieses Jahr. Er war sich aber sicher, dass er nach der Woche auf den Bahamas bestimmt noch einmal ins Büro gehen würde. Er fuhr dann noch kurz nach Lützow um einen Weihnachtsbaum zu kaufen, den er in den Keller brachte. Danach ging er zu den Nachbarn auf mehrere Partien Skat und auch diesen Abend schlief er gleich ein.

Den Samstag verbrachte er dann in Lübeck, spazierte über den Weihnachtsmarkt, ging ab und zu in Geschäfte und aß dort auch abends. Um 21 Uhr war er zu Hause, las noch kurz ein Buch und ging dann ins Bett. Heute konnte er gleich einschlafen und am Sonntag schlief er wieder aus, packte die Sachen, wusch noch einmal die Wäsche, räumte etwas auf und um 22 Uhr legte er sich schlafen.

Am Montagmorgen stand er zeitig auf, duschte, frühstückte und packte den Koffer fertig. Seine Kunden wussten alle, dass er für eine Woche

13

nicht erreichbar war und die Nachbarn würden schon auf das Haus auf-passen. Sie fuhren ihn auch nach Berlin zum Flughafen und von dort ging der Flieger nach Paris. Er wechselte das Flugzeug und flog auf die Bahamas. Dort angekommen, checkte er erst ein, nahm das Abendessen zu sich und ging dann aufs Zimmer. Er war noch etwas müde vom Flug und schlief deshalb gleich ein.

Am nächsten Morgen wachte er um 8 Uhr auf und frühstückte ausgie-big. Das Frühstücksangebot hier war auch deutlich besser als ihm da-heim und im Urlaub wollte er sich auch etwas gönnen. Die nächsten Tage verbrachte er in den verschiedenen Nationalparks, tauchte in den Riffs und zwischen den Korallen, wanderte durch Mangroven- und Feuchtgebiete und fotografierte Riesenschildkröten und Mengen von Flamingos. Die Abende verbrachte er in den Strandbars, plauderte mit anderen Gästen und besserte so sein Englisch auf. Die meisten Touris-ten kamen auch aus dem kalten Europa, größtenteils aus den nordischen Ländern. Mit einer kleinen Reisegruppe aus Schweden, die aus 4 Frau-en und 2 Männern bestand, verbrachte er die meiste Zeit. Diese hatten die Semesterferien genutzt, um zu entspannen und sich zu erholen.

Die beiden Männer studierten Informatik, 3 der Frauen Pädagogik und die Vierte Recht. Alle besuchten die Universität in Göteborg und waren im dritten Semester. Sie sprachen die Abende über die Bahamas, über das Studieren, über Schweden, über Deutschland, einfach über alles und er kam mit den 6 sehr gut zurecht. Besonders angetan war Erik von Katharina, der Rechtswissenschaftsstudentin. Sie war 22 Jahre alt, blond, etwa 1,70m groß und sprach selbst gut Deutsch. Sie hatte viele Winterferien in Bayern beim Skifahren verbracht und dabei die Sprache sehr gut gelernt. Die anderen 5 konnten nur einige Brocken, also ver-ständigte man sich auf Englisch. Am 21.12. wurde dann abends noch eine kleine Abschiedsfeier gefeiert, Adressen ausgetauscht, da auch die Gruppe am nächsten Tag wieder heimwärts fliegen wollte. Das nächste Treffen sollte dann Silvester in Göteborg stattfinden, da Erik noch nichts geplant hatte. Es war dort eine größere Party geplant, aber er kannte ja schon mal 6 Leute und mit seiner Art würde er dort keine Probleme haben.

Am 22. kam er abends nach einem Zwischenstopp in Paris wieder in Berlin an und wurde dort von seinen Nachbarn abgeholt. Auf der Fahrt zurück nach Renzow erzählte er von seinem Urlaub, den Nationalparks und den Abenden. Als er dann zu Hause war, packte er den Koffer aus und legte sich ins Bett. Es war mittlerweile 23 Uhr, aber er konnte wieder nicht schlafen. Für einige Zeit lag er wach in seinem Bett und dann ging er auf den Balkon. Diesmal aber nicht auf den Richtung Süden, sondern den Gegenüberliegenden. Blickte wieder hinaus, Richtung Wismar oder Schweden. Er wusste es nicht, zumindest nach Norden. Etwas in ihm sagte Schweden und es muss wohl im Urlaub geschehen sein. Hatte er auf den Bahamas das Glück gefunden? Katharina? Katharina.

Schließlich ging er doch wieder ins Bett und schlief ein. Am nächsten Morgen wachte er um 10 Uhr auf, noch müde vom Rückflug. Die 3 Tassen Kaffee halfen ihm etwas wach zu werden, den Rest erledigte die Dusche. Nach dem Frühstück prüfte er die Post und die Mails, sowohl geschäftlich, als auch privat. Danach ging er runter in sein Büro und sah sich noch einmal um. Groß zu tun gab es erst mal nichts mehr, jetzt hieß es auf die Möbel warten und auf den Jahresanfang, wenn wieder die Anfragen der Firmen kamen. Er war sich noch unsicher, ob er wirklich eine Sekretärin brauchte und wollte fürs erste die ersten paar Wochen im neuen Jahr abwarten. Den momentanen Schreibkram konnte er noch selbst erledigen, nur wenn er noch mehr Aufträge bekam, würde es eng werden. Am Nachmittag fuhr er zum Einkaufen, um für die Feiertage gerüstet zu sein und seinen Kühlschrank und die Speisekammer aufzufüllen.

Am 24.12. fuhr er vormittags wieder zum Friedhof nach Pokrent, zum Grab seiner Eltern. Er erzählte ihnen von seinem Urlaub, von Katharina, von seinem Büro. Er wusste, dass sie ihn hörten. Er spürte, dass sie mit allem einverstanden und stolz auf ihn waren. Nachdem es alles aus ihm raus gesprudelt war, blieb er für eine Weile stumm am Grabstein stehen. Als er sich abwendete und gehen wollte, kam der Pastor zu ihm und die beiden redeten einige Minuten miteinander. Der Pastor wusste, dass vor kurzem der Todestag von Eriks Eltern gewesen war, war vormittags auch in der Nähe vom Grab gewesen, aber da Erik erst später

15

da war, hatte er ihn nicht mehr angetroffen. Er erkundigte sich nach Erik und sie sprachen auch über die Firma, wobei auch der Pastor es ansprach, ob Erik nicht den nächsten Schritt gehen wolle und Mitarbeiter einstellen möchte. Immerhin betrug die Arbeitslosenquote hier über 11 % und 1-2 junge Erwachsene, die eine feste Arbeit hätten, würden besonders hier nicht schaden. Der Pastor fand auch, dass Erik als Vorbild einfach sehr gut geeignet wäre und dies auch weitergeben sollte. Erik verabschiedete sich vom Pastor und fuhr heim. Er hatte auch genug, worüber er nachdenken musste. Seine Eltern, die Firma, neue Mitarbeiter, Katharina… Katharina.

Am Abend feierte er alleine Weihnachten. Bei den Nachbarn wollte er nicht feiern und so blieb er in der Wohnung. Zum Essen hatte er sich einen kleinen Gänsebraten gemacht und nach dem Essen und Abwasch ging er wieder ins Wohnzimmer. Den kleinen Tannenbaum hatte er aufgestellt und geschmückt und verbrachte den Abend davor. Aus der Stereoanlage erklangen Weihnachtslieder und er hatte wieder die gleichen Gedanken wie bei der Autofahrt. Er versuchte, an alles zu denken, aber seine Gedanken waren bei Katharina. Die letzten Jahre hatte er immer alleine Weihnachten gefeiert, aber noch nie war er so einsam gewesen wie heute. So viele Gedanken bedrückten ihn und Katharina war weit weg. Ihm war bewusst, dass sie etwas Besonderes war. Daher vermisste er sie so sehr und hoffte, die nächsten Jahre mit ihr Weihnachten verbringen zu können. Um 23 Uhr machte er die Kerzen aus, schaltete die Stereoanlage aus und ging ins Bett. Wieder konnte er nicht einschlafen. Er wälzte sich im Bett hin und her und stand dann doch irgendwann auf und ging auf dem Balkon hinaus.

Dort stand er und blickte nach Norden. Er dachte an das Gespräch mit dem Pastor und viele Fragen bedrängten ihn. Er war noch jung und hatte nie Verantwortung für andere übernommen. Weder in der Schule, während des Studiums oder in der kurzen Zeit, in der er die Firma hatte. Aber er wusste auch, dass er sich ändern musste. Allerdings wusste er auch nicht, wie sich die Firma entwickeln würde. Würde es mit neuen Mitarbeitern besser oder schlechter werden? Momentan reichen die Einnahmen zwar locker für ihn und vielleicht könnte er auch einen Mitarbeiter bezahlen, aber wäre der Aufwand nicht zu groß? Würden

16

mehr Aufträge kommen? Könnte er mit Mitarbeitern umgehen? Würde er überhaupt gute Mitarbeiter finden? Die Räume waren vorhanden, die Möbel werden Anfang des Jahres geliefert. Er würde sich schon mal Profile ansehen. Aber wo? Extra anmelden wollte er sich nicht. Vielleicht beim Arbeitsamt nachfragen? Ja, das wäre eine Möglichkeit. Vielleicht hatten die ja welche, die für die Stelle in Betracht kämen. Aber er war sich immer noch unsicher. Konnte er Angestellte führen? Er hat immer alleine gearbeitet. Vorstellungsgespräche hatte er nie welche gehabt. So viele offene Fragen... Aber mit wem sollte er darüber sprechen? Mit den Nachbarn? Eher nicht. Mit seinen Eltern? Was würden seine Eltern machen? Sein Vater hätte es gemacht. Seine Mutter wohl eher nicht. Ihm wurde wieder bewusst, dass er wirklich jemanden zum Reden und Zuhören brauchte.

Und seine Gedanken gingen weiter. Diesmal zu Katharina. Deutlich sah er ihr Gesicht vor sich und freute sich schon auf Silvester. Fühlte sie das Gleiche wie er? Sie kannten sich doch kaum, aber er war sich sicher, dass es Liebe auf den ersten Blick war. So was hatte er vorher nie gespürt. Und das er eine Frau so vermisste wie Katharina hat er auch noch nie gehabt. Sie haben sich nur 4-5 Abende gesehen und doch war es um ihn geschehen. Katharina.... Katharina.

Er ging wieder in das Wohnzimmer und machte sich Notizen für den nächsten Tag. Ein kurzer Blick zur Uhr: 4 Uhr morgens. Zeit für einen 2. Versuch. Diesmal konnte er sogar schlafen und wurde erst um 10 Uhr wieder wach. Er aß Frühstück und machte sich mit einer Tasse Kaffee nach dem Einschalten des Rechners über seine Notizen her. Als erstes schaute er nach Verbindungen nach Göteborg. Mit der Bahn wäre er 19 bis 20 Stunden unterwegs und so entschied er sich für einen Flug. Am 29.12. wollte er hinfliegen und am 02.01. wieder zurück. Er notierte sich die Daten und schrieb dann eine E-Mail an Katharina. Zuerst wünschte er ihr Frohe Weihnachten und schrieb dann nach einer kleinen Einführung die Daten für seine Flüge und fragte, ob es so passen würde. Die Mail schickte er ab und danach ging es an die nächste Notiz.

17

Er schaute kurz auf verschiedenen Jobbörsen, ob er dort auch Profile sehen konnte. Dies war leider nirgendwo möglich, also müsste er doch beim Arbeitsamt nachfragen. Mittags fuhr er wieder nach Pokrent zur Kirche und dem Friedhof. Es fand anscheinend ein kleiner Gottesdienst statt und so ging er zuerst zum Grab seiner Eltern. Doch verharrte er eine Zeitlang, stieg dann in sein Auto und fuhr zurück. Eine Mail von Katharina war eingetroffen. Die Zeiten waren ok und so buchte er den Hin- und Rückflug. Katharina erzählte vom Heiligabend bei ihr zu Haus und er schrieb in seiner Antwortmail, wie er früher Weihnachten gefeiert hatte.

Am Nachmittag machte er sich an die Stellenbeschreibung. Als sie fertig war, schrieb er noch welche vom Studium an, mit der Beschreibung im Anhang und der Bitte um Hilfe. Danach fuhr er nach Schwerin, ging spazieren und setzte sich am frühen Abend in ein Restaurant. Nach dem leckeren Essen blieb er eine Weile sitzen, gönnte sich einen doppelten Espresso, bezahlte und fuhr wieder heim. Dort machte er es sich vor dem Tannenbaum bei Weihnachtsmusik bequem und ging zur gleichen Zeit wie gestern ins Bett. Aber es kam, wie es kommen musste. Schlaflosigkeit….

Er ging wieder raus auf den Balkon. Diesmal dachte er nicht an Politik, nicht an seinen Eltern, nicht an seine Firma. Nur an Katharina…. In 4 Tagen würde er sie endlich wiedersehen. Er freute sich riesig darauf, war aber gleichzeitig immer noch unsicher. Die ganze Nacht dachte er an sie, auch noch als er später ins Bett ging. Am Morgen stand er vor 8 Uhr auf und fuhr nach Pokrent. Um einen klaren Kopf zu bekommen, ging Erik zum ersten Mal seit der Bestattung seiner Eltern wieder in die Kirche. Er war zwar noch in der Kirche, evangelisch getauft und konfirmiert, aber die Kirche hat er nie als wichtig in seinem Leben erachtet. Aber jetzt schien es ihm, als ob die Kirche ihm eine Hilfe sein könnte. Er hörte sich die Predigt an, sah einige bekannte Gesichter, die erstaunt waren, ihn hier zu sehen. Nach dem Gottesdienst verließ er die Kirche und fuhr nach Hause zurück.

Mittags ging er zu den Nachbarn, um gemeinsam mit ihnen zu essen. Er sagte ihnen die Daten für seinen Urlaub in Göteborg und sie waren sofort bereit, ihn wieder zum Flughafen zu fahren. Nach dem Essen plauderten sie noch eine Weile, tranken Kaffee und am späten Nachmittag ging er in sein Haus. Er rief kurz seine Mails ab und es waren 2 wegen der Stellenbeschreibung dabei. 2 Studienkollegen hatten sie angepasst und meinten, diese wäre nun in Ordnung. Als Letztes las er die Mail von Katharina. Sie freute sich schon auf Silvester, schrieb noch ein wenig von Göteborg und von ihren Eltern. Auch diese Nacht verbrachte er zur Hälfte wieder auf dem Balkon. Geantwortet hat er Katharina noch nicht, dass wollte er dann morgen machen. Heute schlief er schon um 2 Uhr ein, dafür klingelte der Wecker aber um 8 Uhr. Es war Freitag, zwar hatte er eigentlich frei, aber trotzdem ging er hinunter in sein Büro. Er beantwortete Mails, bearbeitete die Post und erledigte die Aufgaben, die noch offen waren. Er schrieb außerdem noch eine kurze Mail an Katharina, in der er ihr etwas über Deutschland und seine Gegend erzählte. Bis 15 Uhr blieb er im Büro und spazierte danach durch Renzow. Nach Einbruch der Dunkelheit war er wieder zurück und legte sich zur Entspannung in die Badewanne. Der Abend selbst war dann auch erholsam, denn er las nach dem Essen nur in einem Buch. Dafür konnte er, wie so häufig, nicht einschlafen und ging erst um 1 Uhr ins Bett.

Samstagvormittag kaufte er noch etwas ein, besonders Nahrung, die sich auch über die Feiertage halten würde. In Schwerin ging er dann doch in einen Sportladen und suchte sich Laufschuhe und Laufkleidung aus. Den Nachmittag und den Abend verbrachte er dann auch dort, aß in Schwerin und fuhr danach wieder zurück.

Sonntag frühstückte er ausgiebig und obwohl es leicht schneite, schnürte er sich seine neuen Laufschuhe und lief zum ersten Mal seit Jahren wieder. Es fiel ihm sehr schwer und nach 4 km war er erschöpft und froh wieder daheim zu sein. Nach der Dusche erholte er sich und blieb den Tag in der Wohnung. Den Weihnachtsbaum dekorierte er ab und brachte ihn dann in den Schuppen, um ihn im Sommer zu Brennholz zu verarbeiten, während die übrige Weihnachtsdekoration im Keller verstaut wurde. Nach dem Abendessen packte er seinen Koffer und nach dem Sonntagabendfilm ging er wieder raus auf den Balkon und dachte dort an den morgigen Tag. Was würde er bringen? Was würde Silvester

19

bringen? Er spürte etwas Unsicherheit vor dem Flug nach Göteborg. Was, wenn die Sache mit Katharina für sie nur ein Urlaubsflirt gewesen war und er nun nicht willkommen wäre? Sie hatte ihm zwar immer geantwortet, aber vielleicht konnte sie nicht nein sagen. Was würde ihn erwarten? Erst um 3 Uhr ging er ins Bett, immer noch unsicher und zwischendurch hatte er sogar überlegt, nicht zu fliegen. Unruhig schlief er ein.

Am 29.12. stand er um 7 Uhr auf und frühstückte. Seine Sachen hatte er schon gepackt und um 10 Uhr fuhren ihn die Nachbarn nach Berlin zum Flughafen. Der Flieger flog pünktlich los und er kam schnell in Göteborg an. Nach der Landung nahm er sein Gepäck und ging in die Wartehalle. Er schaute sich dort um und dann sah er sie: Katharina....

Dort stand sie. Dick angezogen wie er auch, denn Göteborg war fest in der Hand des Winters. Sie gingen aufeinander zu und umarmten sich. Als sie voneinander abließen, sahen sich die beiden in die Augen und Katharina flüsterte: »Ich habe dich vermisst.« »Ich dich auch«, kam die Erwiderung von Erik. Sie gingen zu ihrem Auto und fuhren zum Haus ihrer Eltern. Dort stellte sie ihn vor und nachdem er seine Sachen ins Gästezimmer gebracht hatte, gab es Hirschragout. Während des Essens unterhielten sie sich viel über Deutschland und etwas über Erik. Auch Katharinas Eltern sprachen etwas Deutsch, auch wenn sie ab und zu übersetzen musste. Nach dem Essen saßen sie noch eine Weile auf der Couch, bis die beiden dann in ihre Zimmer gingen. Erik schlief gleich ein und war am Morgen munter und ausgeschlafen.

Zu viert frühstückten sie, wobei Erik den Haferflockenbrei probierte, der ihm von Katharina empfohlen worden war. Danach fuhren die beiden zu der kleinen Siedlung im Norden, wo sie mit den anderen Studenten feiern wollten. Sie unterhielten sich die ganze Fahrt über und Erik spürte, dass auch Katharina etwas für ihn empfand. Die Zweifel vom Sonntag schwanden mit jedem Kilometer, den sie fuhren. Sie redeten über das Studium, das hinter ihm lag und das sie noch absolvierte. Es lagen noch 5 Semester vor ihr und sein Studium war ja noch nicht so lange her. Nach einigen Stunden kamen sie schließlich an ihrem Ziel an und sie waren die Ersten. Es gab insgesamt 7 Häuser mit jeweils 4

20

Räumen. In jedem Zimmer stand ein Doppelbett. Die Zimmereinteilung wurde schon vor Weihnachten von den Schweden gemacht und Katharina und Erik haben ein Zimmer zugewiesen bekommen. Katharina erzählte Erik, dass sie auf dem Rückflug von den Bahamas ihren 5 Freunden von ihm vorgeschwärmt hatte.

Sie verstauten ihre Sachen und setzen sich dann nach draußen. In der Mitte war ein großer Platz für ein Lagerfeuer und mehrere Bänke waren aufgestellt. Sie setzten sich auf eine Bank an einem Tisch und redeten weiter. Nach und nach kamen immer mehr Studenten an und bevölkerten die Zimmer. Einige hatten ihre Gitarren mitgebracht, andere genug zu essen und zu trinken. Erik wurde allen vorgestellt, hatte natürlich Probleme sich die Namen zu den Gesichtern einzuprägen, aber alle würde er sich sowieso nicht merken müssen. Es wurde dann mit Bier angestoßen und das Lagerfeuer angezündet. Durch das Feuer wurde es zwar wärmer, trotzdem kuschelten sich Katharina und Erik näher aneinander. Bei den Gitarrenklängen und dem leisen Gesang wurde es Erik richtig warm ums Herz. Der Bahamasurlaub hatte sein Leben wirklich verändert und er war froh Katharina kennengelernt zu haben. Bis spät in die Nacht saßen sie am Feuer und erst als nach Mitternacht dieses langsam ausging, verschwanden sie in den Zimmern.

Am nächsten Tag wachten sie um 10 Uhr auf und es gab draußen Frühstück. Der Schnee wurde wieder stärker, aber dies machte die Landschaft hier nur noch schöner. Die beiden gingen dann für 1-2 Stunden spazieren. Sie standen dann am Fjord und blickten Arm in Arm stumm auf das Wasser hinab. Nach einer Weile, die Erik wie eine Ewigkeit vorkam, drehte sich Katharina zu ihm um und sie sahen sich wieder tief in die Augen. Ja, das war die Liebe seines Lebens.

»Ich liebe dich!« Er war der Erste, der die Worte fand. »Ich dich auch.« Diesen Worten folgte ein intensiver langer Kuss. Das Glück war perfekt. Eine Ewigkeit standen sie dort, voll Glück und Liebe und erst, als die Dämmerung anbrach, gingen sie zu den anderen zurück. Die Sonne versteckte sich hinter den Bäumen als sie bei den Hütten ankamen. Abends wurde gegrillt und danach wurden wieder die Gitarren rausgeholt. Um das Lagerfeuer wurde getanzt und Erik und Katharina waren

21

natürlich mit dabei. Eine herrliche Stimmung und um Mitternacht wurde sich ein frohes neues Jahr gewünscht, während in den entfernten Orten das neue Jahr mit Feuerwerk begrüßt wurde.

Erik wusste nicht, wann er sich zuletzt Silvester so schön amüsiert hat. Und es war ihm momentan auch egal, denn er hatte Katharina. Stundenlang wurde noch getanzt und gefeiert und erst morgens um 6 Uhr, als es schon fast wieder hell wurde, gingen die letzten schlafen. Am Nachmittag fuhren dann alle wieder nach Hause und Katharine nahm Erik wieder mit zu ihren Eltern. Dort wurde abends noch einmal etwas gefeiert. Die Nacht verbrachte er wieder im Gästezimmer und am nächsten Morgen fuhr Katharina ihn zum Flughafen. Sie verabschiedeten sich herzlich, hatten Tränen in den Augen, aber wussten, dass sie sich bald wiedersehen würde. 2 ½ Jahre Studium in Göteborg lagen noch vor Katharina, aber die Entfernung spielte bei ihrer Liebe keine Rolle.

22

Erik kam mittags in Berlin an und wurde wieder von seinen Nachbarn abgeholt. Abends lud er sie zum Essen ein und erzählte ihnen über das Wochenende. Als er ins Bett ging, konnte er ohne Probleme einschlafen und sein Schlaf war tief und fest. Am nächsten Morgen frühstückte er wie gewohnt, nachdem er mit dem Auto Brötchen geholt hatte. Nach der dritten Tasse Kaffee ging er dann seine Post und Mails durch. Er schrieb Katharina eine Mail, kaufte am Nachmittag ein und ging danach in sein Büro zum Arbeiten.

Sonntagmorgen fuhr er zur Kirche und wieder waren einige erstaunt, ihn dort zu sehen. Mit dem Pastor sprach er diesmal nicht, sondern fuhr nach Hause, um mit Katharina zu telefonieren. Auch diese Nacht konnte er gleich einschlafen und wieder träumte er von Katharina.

Montag fing dann das neue Arbeitsjahr an und Erik saß um 7:30 Uhr im Büro. Da er zwischen den Feiertagen doch etwas gearbeitet hatte, war nur wenig liegengeblieben. Der Vormittag war noch ruhiger, aber später trudelten dann einige Mails rein und so hatte er wieder ausreichend zu tun. Zwischendurch kamen auch die Maler und strichen die Büros und Flure. Erik blieb bis 18 Uhr im Büro und machte sich dann sein Abendessen. Nachdem er einen Film geschaut hatte, schlief er um 23 Uhr ein.

Am nächsten Morgen saß er um die gleiche Zeit im Büro und wenig später kam ein Kunde vorbei. Das Gespräch dauerte aber nur 20 Minuten und auch mit der Nacharbeit war er schnell fertig. Danach machte er sich wieder an Anfragen und ging um 17:30 Uhr zu seinen Nachbarn zum Skat spielen. Um 22 Uhr kehrte er zurück, ging noch auf den Balkon und dachte an Katharina. Um Mitternacht schlief er dann ein.

Mittwochfrüh fing er erst um 8:30 Uhr an, da er etwas länger im Bett blieb. Dafür arbeitete er bis 19 Uhr, aß abends nur eine Kleinigkeit und telefonierte dann mit Katharina. Nach dem Telefonat ging er ins Bett und schlief sofort ein.

Am Donnerstagmorgen klingelte um 7 Uhr der Wecker und nach dem Frühstück ging er wieder runter in sein Büro. Morgens führte er gleich 2 Telefonate und es kamen viele Mails an. Es war Jahresanfang und sowohl für die Unternehmen als auch für ihn gab es viel zu tun. Auch den kompletten Nachmittag war er beschäftigt, da 2 Kunden bei ihm vorbeikamen. Nach dem Erholungsurlaub auf den Bahamas und den ruhigen Feiertagen hatte ihn nun der Alltagsstress wieder. Er war aber trotzdem glücklich, denn ihm gefiel die Arbeit und per Mail meldeten sich 2 Firmen, die er noch nicht betreute. Anscheinend konnte er seinen Kundenstamm erweitern und damit war für ihn klar, dass er eine Sekretärin brauchte. Wobei sie nicht nur Schreibkraft sein sollte, sondern ihm aber auch andere Tätigkeiten, wie zum Beispiel in der Finanzbuchhaltung, abnehmen sollte. Die Stellenbeschreibung war ja fertig und er wollte demnächst auf Suche gehen. Er rief beim Arbeitsamt an und bekam einen Termin für Montagnachmittag. Auch diese Nacht schlief er gleich ein.

Freitag verbrachte er den ganzen Tag im Büro, vormittags kamen die neuen Möbel, die gleich aufgestellt wurden. Er brachte daraufhin seine persönlichen Sachen in sein neues Büro. Nachmittags kam der Techniker, um das Telefon und den Rechner umzubauen. Zusätzlich hatte er ein Telefon und einen Rechner dabei, die er am alten Platz von Erik aufbaute. Durch die Arbeit vergaß er alles andere, dachte nicht mehr an die Politik, an seine Eltern und nur selten dachte er an Katharina. Erst als er abends in sein Wohnzimmer ging, musste er wieder an sie denken. Er kochte sich in der Küche sein Abendessen und telefonierte nebenbei mit ihr. Sie hatte nächste Woche eine Prüfung und sie machten aus, dass sie sich am Sonntag bei ihm meldet, damit er ihr etwas helfen könnte. Nach dem Essen und dem Abwasch las er eine Fachzeitschrift, die Ende letzten Jahres schon angekommen war, und ging dann um 23 Uhr ins Bett und schlief gleich ein.

24

Am nächsten Morgen konnte er länger schlafen und stand erst um 10 Uhr auf. Nach dem Frühstück prüfte er seine Mails und lief wieder eine kleine Runde. Nachdem er 2 Wochen Pause gemacht hatte, fiel ihm auch heute das Laufen wieder sehr schwer. Er würde wohl in nächster Zeit bei den 4 km bleiben, bevor er die Strecke verlängern könnte. Nachmittags fuhr er zum Einkaufen und nach dem Abendessen las er eine Weile, bis er um 22 Uhr auf den Balkon ging und an Katharina dachte. Um 1 Uhr schlief er dann ein.

Sonntag fuhr er dann in die Kirche und redete vorher ein wenig mit einigen Kirchengängern. Danach fuhr er heim, machte sich sein Mittagessen und dann rief auch schon Katharina an. Sie erzählten erst mal von den vergangenen Tagen und dann ging es ans Lernen. Teilweise war natürlich das Recht in Schweden und in Deutschland unterschiedlich, trotzdem konnte er ihr helfen. Sie telefonierten 1 Stunde und zur geistigen Entspannung lief Erik danach die 4 km Runde. Nach dem Duschen ruhte er sich aus, kochte und nach dem Abwasch sank er dann müde in den Sessel und schaute sich einen Film an. Als er ins Bett ging, konnte er ohne Probleme einschlafen.

Montag hatte er wieder einen Termin außerhalb und nutze dies, um in Schwerin mittags einen Kaffee zu trinken. Eine Akte hatte er mitgenommen, die er währenddessen bearbeitete und nachmittags ging er dann zum Termin im Arbeitsamt. Sein Ansprechpartner fand auf die Schnelle niemanden für seine Stelle, nahm aber die Stellenbeschreibung auf, um diese zu veröffentlichen. Danach fuhr Erik wieder ins Büro, um noch für ein paar Stunden zu arbeiten. Er hatte sich schnell an sein neues Büro gewöhnt, es war größer als das alte, offener und freundlicher. *»Hier kann ich noch besser arbeiten«*, redete er sich ein. Um 19 Uhr verließt er das Büro, machte sich sein Abendessen und verbrachte den restlichen Abend auf der Couch und las ein Buch. Auch diese Nacht schlief er wieder hervorragend.

Dienstagmorgen stand er wieder früh auf und machte sich an die Arbeit. Im Laufe des Vormittages kamen 2 zusätzliche Aufträge und die Bestätigung vom Arbeitsamt, dass sein Stellenangebot veröffentlich wurde. Mittags kamen noch 4 Zimmerpflanzen, die er bestellt hatte, von denen eine ins Wartezimmer gestellt wurde, die andere in sein altes Büro und zwei in sein neues Büro. Sein Büro war eigentlich immer sehr einfach eingerichtet gewesen, aber durch die Pflanzen wirkte es jetzt freundlicher. Nach Aufstellen der Pflanzen bearbeitete er schnell die Post und am Nachmittag kam ein Einwohner, der um Hilfe bei einigen Fragen zum Sozialrecht bat. Erik konnte ihm da weiterhelfen und der Mann fragte ihn, warum er nicht auch Hilfe für normale Menschen anböte, sondern immer nur für Firmen. Erik erwiderte, er hätte sich nun mal auf Firmen spezialisiert, aber der Mann meinte, dass er dadurch noch mehr Menschen helfen könnte. Denn gute Anwälte waren in der Gegend rar gesät und meistens auch zu teuer.

Abends telefonierte er wieder mit Katharina, um ihr Glück und Erfolg für die morgige Prüfung zu wünschen. Sie redeten nicht lange, da er sie nicht unnötig ablenken wollte. Er bearbeitete danach noch private Post und seine Mails und ging dann ins Bett. Wieder einmal konnte er nicht einschlafen und ging diesmal auf den südlichen Balkon. Er machte sich Gedanken über das, was der Mann heute gesagt hatte. Sollte er auch Privatmenschen helfen? Würde er dadurch nicht überarbeitet? War es sinnvoll, noch mehr Tätigkeiten zu machen? Wenn er es anbieten würde, bräuchte er noch einen zusätzlichen Mitarbeiter. Einen, der auch Wirtschaftsrecht studiert oder zumindest eine entsprechende Ausbildung hatte. Er ging mit dem Gedanken ins Bett, dies beim nächsten Mal mit Katharina zu besprechen.

Mittwoch hatte er keine Termine, machte sich also nur daran Anfragen zu bearbeiten. Nachmittags räumte er dann sein Büro noch besser ein, hing Wandbilder auf und füllte die Schränke mit Büchern. Die Gardinen kamen am Mittag mit der Post, so dass er sie auch gleich montierte. Es sah jetzt richtig professionell aus, wie in einem Büro. Aber das war es ja auch. Sein altes Büro war zwar komplett ausgestattet, aber im Sommer, als er noch nicht wusste, ob er Erfolg haben würde, sehr karg eingerichtet. Nachdem aber die Firma lief, konnte er auch die Einrichtungen hübscher und ansehnlicher gestalten. Und an eine Vergrößerung denken. Jetzt musste er sich nur in Geduld üben, bis Bewerbungen eintrafen. Um 16 Uhr nahm er sich eine Akte mit und ging hoch in sein Wohnzimmer. Wäsche waschen war mal wieder angesagt und nebenbei kochte er was Leckeres zum Abendessen. Er arbeitete abends die Akte durch und ging dann ins Bett.

Donnerstag stand nichts Besonderes auf dem Plan. Nur Arbeit, wobei heute auch wieder ein Kundentermin im Büro stattfand. Bewerbungen trafen keine ein, aber mit den Aufgaben war er gut ausgelastet. Um 17 Uhr saß er noch im Büro, als es an der Tür klingelte. Er wunderte sich, denn eigentlich hatte er keinen Termin mehr. Er ging die Treppe hinunter und öffnete die Tür. Katharina...

Er sah etwas erstaunt aus, als sie ihn umarmte. *»Überraschung«*, hauchte sie ihm ins Ohr. Er zog sie ins Haus, machte die Tür zu und küsste sie zärtlich. *»Ich hoffe, es ist kein Traum.« »Nein, ich bin real.«* Für einige Zeit standen sie dort im Flur, eng umschlungen. Man sah es ihm an, dass er überglücklich war und auch sie strahlte über das komplette Gesicht. Sie hatte nach der Prüfung frei und wollte als Erholung das Wochenende bei ihm verbringen. Die Überraschung war ihr wirklich gelungen und zum Glück hatte er die nächsten Tage nichts Besonderes vor. Er präsentierte ihr kurz die Firma, das Wartezimmer, sein altes Büro, den Keller, das leere Büro und sein neues Büro. Sie war erstaunt, dass das Gebäude so schön und so groß war. Er zeigte ihr auch kurz die leeren Zimmer, bis sie, nachdem sie die Tasche aus dem Auto geholt hatte, in die Wohnung gingen. Auch hier schauten sie sich alle Räume an und schließlich warf er ihre Tasche ins Schlafzimmer. *»Ich habe kein richtiges Gästezimmer, aber du kannst auch bei mir schlafen.« »Ja, ich denke, das ist in Ordnung«*, schmunzelte sie. *»Wenn du dich benimmst...«* Er kochte den beiden schnell etwas zu essen, während sie ins Bad ging und sich nach der langen Autofahrt frisch machte. Beim Abendessen erzählte sie von ihrer 7-stündigen Fahrt und später plauderten über Gott und die Welt. Der Abend ging schnell vorbei und um Mitternacht ging es dann ins Bett. Mit Katharina in seinen Armen konnte Erik sehr gut schlafen.

Zumindest bis am nächsten Morgen um 7 Uhr der Wecker klingelte. Er machte ihn schnell aus und kletterte aus dem Bett, ohne Katharina zu wecken. Er frühstückte, trank seinen Kaffee, las die Zeitung und ließ seinen Gast schlafen. Um 8 Uhr legte er einen Zettel vor den Spiegel im

27

Badezimmer und ging dann hinunter ins Büro. Termine hatte er zwar keine, aber Arbeit gab es trotzdem und solange sie schlief, konnte er noch einiges schaffen. Im Laufe des Vormittages kam sie dann runter und setzte sich zu ihm ins Büro, um ihm bei der Arbeit zuzusehen und nebenbei zu lernen. Um 13 Uhr machte er dann Feierabend, prüfte schnell noch die private Post und Mails und fuhr dann mit ihr nach Schwerin. Sie gingen etwas am See spazieren, eine kleine Runde um das Schloss und setzen sich dann in ein Restaurant. Dort redeten sie über ihr Studium, während sie aßen. Nach dem Essen blieben sie noch lange sitzen und erst nach Mitternacht zahlten sie, gingen zum Auto und fuhren wieder zurück. Gleich nachdem sie zu Hause waren, fielen sie müde ins Bett. Katharina konnte heute zwar lange schlafen, trotzdem war sie noch sehr müde.

Aber Samstag konnten sie zum Glück ausschlafen. Um 9 Uhr schlich Erik sich aus dem Bett und brachte ihr dann Frühstück ans Bett. Sie blieben fast 1 Stunde noch liegen, bis sie sich entschlossen aufzustehen. Heute fuhren sie nach Hamburg und spazierten den ganzen Tag durch die Stadt. Sie selbst war noch nie dort gewesen und bei ihm war es mittlerweile schon Jahre her. Abends aßen sie dort und fuhren danach wieder zurück. Heute waren sie früher zu Hause als gestern und setzen sich deshalb noch ins Wohnzimmer zum gemütlichen Kuscheln. Vor Mitternacht ging es dann ins Bett.

Sonntagmorgen waren sie dementsprechend früh wach und daher gab es früher als gestern Frühstück. Sie blieben heute in der Wohnung, machten sich einen gemütlichen Tag auf der Couch und fuhren mittags nur kurz nach Pokrent zum Kaffee trinken. Dort trafen sie den Pastor und er erzählte, dass m nächsten Samstag in Grevesmühlen eine Veranstaltung gegen Nazis wäre und er bat Erik dorthin zu fahren. Je mehr Leute dabei wären, desto besser wäre es. Nachdem Erik zugesagt hatte, verabschiedeten sie sich und fuhren nach Hause. Erik kochte dann und nach dem Essen fuhr Katharina zurück nach Göteborg. Sie brauchten allerdings fast 45 Minuten um sich voneinander zu verabschieden und schon, als sie das Dorf verließ, vermisste Erik sie. In dieser Nacht stand er wieder für einige Stunden auf dem Balkon und dachte an die vergangenen Tage.

28

Der Montagmorgen begann mit einem Kundentermin außerhalb von Renzow, der aber schnell erledigt war und danach fuhr Erik ins Büro zurück, um dort die Nachbearbeitung vorzunehmen und noch weitere Anfragen zu bearbeiten. Nach der Arbeit und dem Abendessen machte er sich wieder an die privaten Dinge. Katharina rief er nicht an, da er wusste, dass sie am heutigen Abend zusammen mit den anderen Studenten feiern wollte. Auch diese Nacht konnte er zuerst nicht einschlafen und verbrachte die ersten Stunden auf dem Balkon.

Als am nächsten Morgen um 7 Uhr der Wecker klingelte, war er dementsprechend auch noch etwas müde. Nach 2 Tassen Kaffee und dem Frühstück ging es aber und er konnte sich mit Schwung an die Arbeit machen. Später kam wieder ein Besucher, wieder ein Einwohner aus der Nähe, und bat um Hilfe. Auch er fragte, ob Erik nicht auch sein Wissen Privatkunden anbieten könnte. Zur Mittagszeit war er dann wieder alleine und machte sich an die Post, die kurz vorher gebracht wurde. Es war auch eine Bewerbung auf seine Stellenanzeige dabei und er sah sie sich an. Die Bewerberin war ihm schon beim Durchblättern leicht unsympathisch, hatte auch keine Berufserfahrung und keinen Bezug zur Branche. Er hatte schon eine Vorlage für Absagen vorbereitet, bearbeitete diese jetzt, behielt die Bewerbung aber noch da. Weitere Bewerbungen waren keine eingetroffen, auch per Mail nicht und so machte er sich an weitere Anfragen. Heute machte er schon am späten Nachmittag Schluss, aß etwas und telefonierte dann mit Katharina, um zu erfahren, wie die Prüfung gelaufen ist. Diese Nacht konnte er wieder gut einschlafen.

Den Mittwoch verbrachte er komplett im Büro. Ein neuer Auftrag kam per Mail und mit diesem beschäftigte er sich den ganzen Vormittag. Die Post wurde dann geliefert und es waren zwei Bewerbungen dabei. Die erste kam von einer Frau Anfang 30, die schon Berufserfahrungen als Bürokauffrau hatte. Zwar keine Erfahrung in der Branche, aber ihre Referenzen waren gut. Sie bewarb sich auf die Stelle, da ihr Mann in Wismar arbeitete und beide in Schwerin wohnten. Erik legte die Bewerbung zur Seite, um sie mit anderen zu vergleichen. Sie klang aber gut.

Die zweite Bewerbung kam von einem jungen Mann, nur wenig jünger als Erik selbst. Er bewarb sich auch auf die Stelle als Bürokaufmann, allerdings hatte er keine Berufserfahrung. Er machte momentan eine Ausbildung zum Rechtsanwaltsfachangestellten und würde diese Ende Januar abschließen. Die Zeugnisse sahen gut aus, wobei er natürlich von den fachlichen Dingen mehr Wissen hatte als die andere Bewerberin. Die andere hatte dafür mehr das Wissen, auf das es Erik bei dieser Stelle ankam. Aber für diesen Bewerber könnte er eventuell auch Arbeit finden. Wenn Erik sich auch den Privatmenschen zuwenden würde, könnte er eine Hilfe gut gebrauchen. Er kannte den Vorgesetzten des Auszubildenden persönlich und wusste, dass dieser seine Azubis nicht übernahm. Erik nahm sich vor, sich nach dem Azubi zu erkundigen. Den Nachmittag verbrachte Erik wieder mit einigen Aufträgen und abends ging er in die Wohnung, um sich essen zu machen und um danach mit Katharina zu telefonieren.

Donnerstag war er den ganzen Tag bei Kunden. Aber er hatte die Termine auch so gelegt, denn wenn er schon mal unterwegs war, konnte er auch kreuz und quer durch den Landkreis fahren. Zwei Termine vormittags und ein Termin nachmittags standen an, zwischendurch aß er einen kleinen Snack in einem Café. Am späten Nachmittag war er wieder im Büro und rief bei der Computerfirma an, um sich wegen eines Notebooks beraten zu lassen. Sein Ansprechpartner meinte, er hätte mehrere sehr gute da und Erik könnte doch persönlich vorbeikommen. Da wäre die Beratung einfacher. Die beiden machten einen Termin für morgen früh aus. Danach ging Erik die Post durch, bearbeitete die Mails und mittags war wieder eine Bewerbung gekommen, die auch gut, aber einen Tick schlechter als die zweite war. Er legte sie zu der anderen, da es natürlich auch auf das Vorstellungsgespräch ankam. Nachdem er mit der Post und den Mails durch war, ging dann in die Wohnung um sich Essen zu machen. Danach telefonierte er wieder mit Katharina, denn sie hatte am Freitag die nächste Prüfung. Diesmal konnte er ihr nicht helfen, da das Thema zu sehr auf Schweden zugeschnitten war. Aber er munterte sie etwas auf und versprach ihr, fest die Daumen zu drücken. Diese Nacht schlief er hervorragend und am nächsten Tag ging es wieder ausgeruht an die Arbeit.

30

Freitagmorgen prüfte er kurz die Mails und fuhr dann nach Schwerin zur Computerfirma. Dort hatte der Ansprechpartner schon einiges vorbereitet und Erik ließ sich dann von ihm beraten. Er entschied sich für ein Notebook und ein Techniker würde es vorbereiten, alles Notwendige installieren und es nächsten Dienstag dann vorbeibringen. Im Büro müsste dann auch noch ein Anschluss für das Notebook gelegt werden und das wollte er dann auch gleich machen. Am späten Vormittag war Erik dann wieder im Büro und empfing zur Mittagszeit einen Kunden. Dieser Termin dauerte relativ lange, aber verlief sehr erfolgreich. Eine Bewerbung war heute wieder bei der Post dabei, aber die gefiel ihm gar nicht. Zeitgleich bekam er eine Bewerbung per Mail. Er fand das etwas ungewöhnlich, da in seiner Branche die meisten Bewerbungen per Post geschickt wurden, aber die Onlinebewerbungen waren nun einmal auf dem Vormarsch.

Die Bewerbung kam von einer jungen Frau, die letzten Sommer die Ausbildung zur Bürokauffrau beendet hatte und seitdem nach einer Stelle suchte. Berufserfahrung war also keine vorhanden, Bezug zur Branche hatte sie auch keine, aber ihre Zeugnisse waren gut und sie kam aus der Nähe. Diese Bewerbung gefiel ihm besser als die erste, die er gleich aussortiert hatte, und die, die heute in der Post gewesen war. Er druckte sich die Bewerbung aus, las sie noch einmal durch, legte sie zu den anderen und machte sich dann daran, die Dokumente aus dem Kundengespräch aufzubereiten. Per Mail kamen dann wieder 2 Anfragen. Die eine konnte er relativ schnell erledigen, die zweite kam von einem Privatmann, der eine Beratung bezüglich Arbeitsrecht brauchte. Da musste Erik etwas recherchieren, konnte dann aber abends eine Kurzfassung und als Anlage eine ausführliche Erklärung versenden. Danach ging es wieder hoch zum Abendessen und den Abend ließ er vor dem Fernseher auf der Couch ausklingen. Diese Nacht schlief er wieder gleich ein und war am Samstagmorgen putzmunter.

Um 7 Uhr klingelte der Wecker, er duschte und machte sich was zu essen. Die Zeitung überflog er kurz, prüfte schnell seine Mails, sowohl privat als auch die von der Firma und zog sich dann an. Heute stand ja die Veranstaltung in Grevesmühlen auf dem Plan und er entschied sich

31

dagegen, mit Anzug dorthin zu gehen. Stoffhose, schwarzer Pullover und der Mantel sollten ausreichen. Vom Pastor hatte er die Info bekommen, dass dort ein Gasthaus zum Verkauf angeboten wurde und ein vorbestrafter Rechtsradikaler ein sehr gutes Angebot gemacht hatte. Die Bürger wollten natürlich nicht, dass so einer eine Gaststätte kauft, und wollten sich daher vor dem Haus treffen. Aber die Inhaber mussten die Gaststätte verkaufen, die Stadt wollte und konnte nicht so viel zahlen und das Angebot war halt das Beste. Heute war der 17.01.2015 und für Grevesmühlen stand einiges auf dem Spiel. Medieninteresse war genug vorhanden und Erik ging davon aus, dass bei der Veranstaltung einiges los sein würde.

Um 9 Uhr ging er dann aus dem Haus, um nach Grevesmühlen zu fahren. Einen Parkplatz fand er relativ schnell, da die Veranstaltung erst um 11 Uhr losgehen sollte. Er nutzte die Zeit, um sich den Ort etwas anzuschauen und als in Richtung der Gaststätte ging, sah er den Pastor mit einigen seiner Kollegen dort stehen. Dieser winkte ihn herbei und so ging Erik zu der Gruppe und der Pastor stellte ihn den anderen vor. Nach und nach kamen immer mehr Leute. Aus Renzow kam nur der SPD-Vorsitzende, sonst war niemand dort. Es waren zwar nur 33km Entfernung, aber als Erik den Pastor ansprach, kam als Antwort: *»Die meisten denken nur an ihr Dorf und sagen sich: Das ist weit entfernt, uns betrifft es nicht. Sollen sich die Grevesmühlener darum kümmern. Aber das ist falsch. Denn Morgen kann es schon Renzow betreffen, wir alle müssen ein Zeichen setzen, nicht nur die Bürger in Grevesmühlen und darum sind wir heute hier. Darum bist du heute hier.«*

Schließlich war der Platz vor der Gaststätte gefüllt und der erste Redner trat an das Podium. Es war der Bürgermeister von Grevesmühlen und er sprach über die Angebote für die Gastwirtschaft, über den Bieter, über die Vergangenheit. Nach ihm kamen noch 2 Politiker dran, beide sprachen darüber, dass kein Geld für die Gaststätte da sei, aber dass auf keinen Fall an diesen Mann verkauft werden darf. Als nächstes kam der Vertreter der Aktionsgemeinschaft an die Reihe. Seine Rede war deutlich emotionaler. Er prangerte alle an. Den Bieter, dem er vorwarf, ein Zentrum des Rechtsradikalismus gründen zu wollen. Die Verkäufer, die sich für Geld an den Teufel verkaufen würden. Die Politiker, die immer

32

nur reden und nicht handeln wollen. Einige seiner Mitmenschen, die ignorieren, was hier geschieht. *»Ignoranz ist der Freund der Extremisten!«*

Danach sprach ein Vertreter der Linken. Er geißelte auch die Politiker. Besonders die der CDU. Schimpfte über die Gleichgültigkeit, über den wachsenden Rückhalt für die Rechten in der Bevölkerung. Als nächstes sprach der Pastor von Grevesmühlen. Seine Rede war wieder ruhiger und beruhigte die Menschen etwas, die durch die vorherigen beiden Reden etwas aufgeheizt waren. Er suchte keine Probleme, sondern er suchte die Lösungen. Aber was war die Lösung? Auch er wusste es nicht. Und das war das Problem. Niemand hatte eine Lösung.

Sowohl der Bieter als auch die Verkäufer waren nicht anwesend, aber Erik wusste, dass die Eigentümer in der Nähe wohnten und wohl alles mitbekamen. Irgendwie taten sie ihm leid. Sie brauchten das Geld, konnten die Gaststätte nicht mehr weiterführen und nur ein Bieter hatte sich gemeldet. Er wusste nicht, was er selbst bei so einer Sache machen würde. Nach dem Pastor sprachen noch 2 Vertreter aus der Bevölkerung, die aber auch nur auf die Gegenwart und die Vergangenheit hinwiesen. Die Zukunft und Lösungen kamen in ihren Reden nicht vor. Erik war etwas enttäuscht über die Versammlung. Wieder wurde viel geredet, aber es tat sich nichts.

Um 16 Uhr war die Veranstaltung zu Ende und Erik fuhr gleich nach Hause. Dort ging er wieder seine 4 km Runde laufen und nach dem Duschen machte er sich etwas zu essen. Den kompletten Abend telefonierte er dann mit Katharina. Sie sprachen über ihre Prüfung und die nächste, die am Dienstag anstand. Über die Veranstaltung sprachen sie nicht, aber sie wollten morgen wieder telefonieren. Die Nacht über stand Erik wieder auf dem Balkon und erst um 3 Uhr schlief er dann endlich ein.

Am Sonntag fuhr er wieder zur Kirche und sprach danach mit dem Pastor über die gestrige Veranstaltung. Nach dem Mittagessen machte er einen kleinen Spaziergang und sprach kurz mit einem Dorfbewohner. Als er wieder zu Hause war, telefonierte er bis in die Abendstunden mit

33

Katharina. Diesmal sprachen sie größtenteils über die Veranstaltung gestern. Am nächsten Freitag hatte er keine Termine und so machte er mit Katharina aus, dass er Donnerstagnachmittag zu ihr fahren würde. Sie vermissten sich zu sehr und wollten sich einfach wiedersehen. Katharina musste dann abends mit ihren Eltern essen gehen und Erik machte sich auch sein Abendbrot. Er surfte danach noch kurz im Internet über die gestrige Veranstaltung, die Gaststätte, den Bieter und machte sich dann noch kurz über eine Akte her. Diesen Abend schlief er wieder sofort ein.

Montagmorgen ging es dann wieder ausgeruht an die Arbeit. Er machte sich an die Bewerbungen. 5 hatte er für die Stelle als Bürokauffrau bekommen, eine von dem Auszubildenden. Um diese wollte er sich zuerst kümmern. Er rief bei dem Betrieb an und sprach auch gleich mit dem Firmeninhaber. Erik plauderte mit ihm kurz über das Berufliche, bis er ihn wegen des Azubis ansprach. Der Chef wusste, dass sich dieser woanders bewirbt, weil er ihn ja auch nicht übernehmen konnte. Er hielt viel von ihm und empfahl diesen Erik. Der Azubi lernte schnell und war fleißig. Als Bürokaufmann wäre er wohl unterfordert, aber als Fachangestellter würde er Erik sicherlich helfen und ihm Arbeit abnehmen können. Erik dankte ihm für die Info und legte auf.

Danach bestellte er Möbel beim Möbelhaus und zwar die gleichen, die im alten Büro standen. Damit wollte er im ersten Stock ein weiteres Büro einrichten. Er rief auch kurz bei der Computerfirma an und bestellte einen weiteren PC. Der Techniker versprach ihm, diesen auch am nächsten Tag zu bringen. Danach rief er beim Auszubildenden an und machte mit ihm ein Vorstellungsgespräch für den folgenden Montagvormittag aus. Die Absage für die zwei aussortierten Bewerbungen schickte er weg, natürlich zusammen mit den Bewerbungsunterlagen. Als nächstes kamen die anderen 3 Bewerbungen an die Reihe. Er hatte sie schon geordnet, wie er sie momentan einstellen würde. Er rief trotzdem bei allen 3 an und machte Termine für die Vorstellungsgespräche aus, einen für Montagnachmittag und zwei am Dienstag. Nachdem er die Anrufe erledigt hatte, machte er sich an seine eigentliche Arbeit. In der Nacht schlief er wieder ohne Probleme ein.

Am nächsten Morgen kam der Computerfachmann mit dem neuen Rechner und dem Notebook. Er richtete kurz zwei Anschlüsse ein, einen im neuen Büro, das noch leer stand und einen zweiten im Chefbüro. Ein Telefon hatte er auch dabei, das er anschloss und schon mal ins leere Büro stellte. Die Möbel würden erst Ende nächster Woche kommen, aber sonst war das meiste vorbereitet. Danach ging es an die Post und der Nachmittag ging dank der Arbeit schnell vorbei. Diese Nacht verbrachte er allerdings wieder zum Teil auf seinem Nordbalkon.

Mittwoch hatte er am Vormittag einen Termin in Wismar und einen in Grevesmühlen. Zur Mittagszeit war er im Büro und am Nachmittag kam mal wieder ein Kunde. Bewerbungen kamen keine mehr, aber schon der Zuständige beim Arbeitsamt meinte, dass sich nicht viele auf die Stelle bewerben würden. Am Abend war er zu einem Skatabend bei seinen Nachbarn eingeladen und er brauchte immer noch einige Zeit, um es erneut zu lernen. Zum Glück spielten sie nicht um Geld, sonst hätte er wahrscheinlich schon sein Auto und sein Haus verspielt. Die Nacht blieb er wieder etwas auf dem Balkon.

Donnerstag brachte er die Arbeit schnell hinter sich. In der Post war nichts Wichtiges und Aufgaben gab es zur Mittagszeit auch keine dringlichen mehr. Der Rest konnte und musste bis nächste Woche warten. Mittags ging er in die Wohnung, um seine Tasche zu packen und brachte sie schon mal ins Auto. Zwei Stunden verbrachte er danach noch im Büro, bis er gegen 15 Uhr los fuhr. Er brauchte keine 7 Stunden, da auf der Strecke nach Göteborg wenig Verkehr war und er nur kurz auf die Fähre bei Fehmarn warten musste. Pause machte er nur eine zum Tanken und fuhr ansonsten durch. Vor 22 Uhr war er dann bei Katharina angelangt.

Dank seines Navigationsgerätes fand er den Weg sehr schnell und parkte dann endlich vor dem Haus ihrer Eltern. Als er klingelte, machte Katharina sofort die Tür auf, als ob sie die ganze Zeit daneben gestanden und auf ihn gewartet hätte. Sie fielen sich in die Arme und standen da eine Weile Arm in Arm und küssten sich, als hätten sie sich Jahre nicht gesehen. Irgendwann rief von drinnen der Vater: *»Macht die Tür zu, es zieht!«* Die beiden mussten lachen und Erik meinte: *»Dein Vater*

35

ist so unromantisch.« Da musste Katharina ihm zustimmen. Erik nahm seine Tasche, begrüßte die Eltern, hatte natürlich einen Blumenstrauß für die Mutter dabei, und danach ging es hoch in Katharinas Zimmer. Diesmal brauchte er nicht im Gästezimmer schlafen, sondern die beiden kuschelten sich in ihr Bett und schliefen bald danach auch ein.

Sie konnten am Freitag lange schlafen, waren auch etwas müde und erst zur Mittagszeit standen die beiden auf. Den Frühstückstisch hatte die Mutter schon abgeräumt und das Mittagessen war in Arbeit. Die beiden gesellten sich zu ihr in die Küche und schauten beim Herrichten der Speisen zu. Um 13 Uhr kam der Vater von der Arbeit und es gab Essen. Erik fühlte sich hier richtig wohl und genoss es, zusammen mit ihnen zu plaudern. Nach dem Essen gingen Erik und Katharina dann eine Weile spazieren. Sie zeigte ihm etwas von Göteborg, das Universeum und das Museumsschiff. Im Haga-Viertel machten sie danach eine kleine Kaffee-Pause und kauften in der Fischmarkthalle das Abendessen. Sie gingen dann wieder heim und die Mutter bereitete das Essen vor. Erik aß selten Fisch, aber der Aal war wirklich ausgezeichnet und Katharinas Mutter war eine begnadete Köchin. Den Abend verbrachten die vier im Wohnzimmer beim gemütlichen Kartenspiel, bis die beiden sich wieder ins Bett begaben.

Am nächsten Morgen standen die beiden früher auf, packten Proviant ein und fuhren nach Norden. Auf dem Parkplatz eines Waldes ließen sie das Auto stehen, nahmen den Rucksack und gingen wandern. So wie Silvester lag auch hier noch Schnee und die Landschaft war wunderschön. Sie gingen einige Zeit, machten unterwegs in einer kleinen Blockhütte eine Pause und marschierten dann weiter. Am Nachmittag waren sie wieder beim Auto angelangt und fuhren nach Göteborg zurück, wo auch schon das Abendessen wartete. Diesen Abend blieben sie nicht zu Hause sondern gingen zu viert ins Theater. Zum Glück war das Schauspiel nicht auf Schwedisch, sondern auf Englisch, so dass Erik das Meiste verstand. Nach der Vorstellung ging es kurz in ein Café und später wieder nach Hause. Um 2 Uhr morgens fielen die beiden dann wieder ins Bett und schliefen aneinander gekuschelt schnell ein.

Am nächsten Vormittag gingen die beiden noch einmal durch Göteborg und mittags kochte ihre Mutter dann wieder. Nach dem Essen packte Erik seine Sachen und nach der Verabschiedung fuhr er zurück nach Renzow. Auch heute fiel den zwei der Abschied schwer, die nächsten Wochenenden war keine Zeit, es würde also dauern, bis sie sich wiedersahen. Beide hatten Tränen in den Augen, als Erik aus der Hofeinfahrt fuhr. Auf der Rückfahrt brauchte er länger als auf der Hinfahrt und kam erst kurz nach Mitternacht zu Hause an. Er packte seine Sachen aus, rief kurz bei Katharina durch und ging ins Bett. Wie die letzten Tage schlief er auch heute sofort ein.

Montagmorgen stand er wieder zeitig auf und nach dem Duschen und dem Frühstück ging es ins Büro. Er schaute die Post von Freitag und Samstag durch, wichtiges war nicht dabei und ging dann an seine Mails. Er machte schnell eine kleine Terminplanung für die Woche und um kurz vor 10 Uhr kam dann der Auszubildende für sein Vorstellungsgespräch. Er wirkte etwas unsicher, aber Erik fand ihn auf Anhieb sympathisch. Er fragte ihn kurz über die Ausbildung aus, über die Prüfung, die demnächst anstand und dann kam die entscheidende Frage:

»Warum bewerben sie sich auf diese Stelle?«
Der junge Mann musste kurz überlegen und antwortete: *»Ich fühle mich sehr wohl in dieser Branche, allerdings sind die Stellen hier rar gesät und ich hoffe, dass ich bei mehr Erfahrung eventuell aufsteigen könnte. Meine Freundin und ich wollen demnächst zusammenziehen und ich suche daher eine Arbeit hier in der Nähe.«*
»Gibt es denn keine Stelle als Rechtsanwaltsfachangestellter? Das würde doch eher zu ihrer Ausbildung passen, als Bürokaufmann.«
»Es gibt keine Stellen dafür. Und zumindest kenne ich mich fachlich aus und könnte ihnen dadurch Weiterhelfen.«
»Als Bürokaufmann kommen sie bei mir leider nicht in Frage, aber ich könnte ihnen eine Stelle als Fachangestellter anbieten. Wären sie interessiert?«
Erik sah ein kurzes Aufleuchten in den Augen seines Gegenübers.
»Aber das wäre ja das, was ich machen möchte. Die Stelle habe ich nicht gesehen.«

»Ich habe sie auch noch nicht ausgeschrieben, aber vorbereitet wäre alles. Ich habe von ihrem Ausbilder einiges gehört und ich denke, sie könnten mir sicherlich weiterhelfen und vieles an Arbeit abnehmen. Momentan richte ich das Büro noch ein, aber ab dem 1. März könnten sie bei mir anfangen.«

Der junge Mann strahlte und wusste nicht, was er sagen sollte. Erik zog einen vorgefertigten Arbeitsvertrag aus der Schublade und reichte diesen hinüber.

»Sie können sich das zu Hause durchlesen. Eine Entscheidung hätte ich gerne bis Ende der Woche. Details stehen alle dort drin, bei Fragen können sie sich natürlich gerne an mich wenden.«

Erik begleitete ihn hinaus und dieser konnte immer noch nicht ganz verarbeiten, was gerade geschehen war. Er bewarb sich auf eine Stelle, für die überqualifiziert war und die Bewerbung war eigentlich nur aus Verlegenheit weggeschickt worden und jetzt kam das. Er setzte sich in sein Auto und fuhr erst mal eine Weile durch die Gegend, bevor er nach Hause fuhr.

Erik machte sich einige Notizen zu dem Gespräch, bearbeitete die Post, die gerade eingetroffen war und nahm sich schnell noch an eine Akte vor. Nachmittags kam dann die erste Bewerberin zum Gespräch. Es war die Bewerberin, von der ihm die Bewerbung am Besten gefallen hat. Er bat sie hinein und er roch einen leichten Zigarettengeruch. Sie war zwar Anfang 30 und hatte Berufserfahrung, trotzdem schien sie nervöser zu sein, als der junge Mann heute Vormittag. Ihre Qualifikationen waren sehr gut, seine Fragen konnte sie ohne Probleme beantworten, dennoch war sie ihm irgendwie nicht ganz sympathisch. Das Gespräch verlief aber ganz gut und er verabschiedete sich höflich von ihr, mit der Bemerkung sich bis Ende der Woche zu melden.

Er machte sich auch hier Notizen zu der Bewerbung und morgen kamen die anderen beiden dran. Nach den Unterlagen lag die Bewerberin von heute eigentlich vorn, aber eventuell würde er dann doch eine der beiden anderen vorziehen, je nachdem wie deren Auftreten ist. Heute verließ er das Büro etwas früher, nahm sich aber 2 Akten mit, die er nach dem Abendessen bearbeitete. Zwischendurch telefonierte er mit Katha-

38

rina und erzählte von den beiden Gesprächen. Diese Nacht konnte er auch wieder gleich einschlafen.

Am nächsten Morgen hatte er das Vorstellungsgespräch schon um 9 Uhr und die Bewerberin war auch pünktlich. Sie war etwas jünger, als die von gestern, hatte aber einige Lücken im Lebenslauf. Sie hat zwar die Ausbildung gemacht und auch 2 Jahre Berufserfahrung, aber danach war Pause. Auch sie kam im Gespräch gut rüber, konnte fast alles erklären, aber bei einigen Dingen, die eine Bürokauffrau wissen musste, musste sie passen. Auch ihr sagte Erik, dass sie sich bis Ende der Woche melden würde. Diese Bewerberin hat ihm weniger gefallen, als die erste, also fiel sie schon einmal raus.

Er konnte dann noch etwas arbeiten, die Post durchgehen, bis um 14 Uhr die dritte Bewerberin kam. Sie war deutlich jünger als die anderen, zwei Jahre jünger als Erik, und hatte ihre Ausbildung im Sommer 2014 beendet, seitdem aber keine Arbeit gefunden. Sie hatte keine Berufserfahrung, dafür hatte sie ein sehr gutes Zeugnis und konnte alle fachlichen Fragen von Erik beantworten. Sie war ihm auch persönlich sympathisch und schien ihm sehr fleißig und lernfähig zu sein. Dazu passte auch die kleine Weiterbildung, die sie im Dezember abgeschlossen hatte. Er verabschiedete sich auch von ihr, auch mit dem Hinweis, dass er sich bis Ende der Woche melden würde. Danach machte er sich über seine Notizen her. Die dritte Bewerberin gefiel ihm nach dem persönlichen Gespräch am besten, allerdings wäre er dann mit 23 Jahren der Älteste im Büro. Die anderen beiden hatten keine Berufserfahrung, kamen direkt aus der Ausbildung. Das war zwar ein Nachteil, könnte aber auch ein Vorteil sein. Heute Abend blieb er länger im Büro und machte sich erst um 20 Uhr etwas zu essen. Den restlichen Abend verbrachte er privat am Computer und stand nachher wieder eine Weile auf dem Balkon. Um 3 Uhr schlief er dann endlich ein.

Am nächsten Morgen ging er noch einmal die Notizen von gestern durch und mittlerweile hatte er sich entschieden, die dritte Bewerberin einzustellen. Aber er wollte damit noch etwas warten, am Abend noch mit Katharina telefonieren und noch einmal drüber schlafen. Heute trafen wieder einige Anfragen ein und 2 Kunden kamen am Nachmittag noch ins Büro. Nach dem Abendessen telefonierte er mit Katharina und sie bestätigte ihn dabei, die dritte Bewerberin einzustellen. Nachdem sie 2 Stunden geredet hatten, machte er es sich auf der Couch bequem und um 23 Uhr ging er ins Bett. Heute konnte er wieder ohne Probleme einschlafen.

Am Donnerstagmorgen, den 29. Januar, kamen dann die neuen Möbel und er richtete den Tag über das eine Büro ein. Rechner und Telefon waren schon vorhanden und er stellte sie nur besser auf. Auch dieses Büro war jetzt fertig eingerichtet. Mittlerweile sah das Ganze schon mehr nach einer erfolgreichen Firma aus. Am Nachmittag beschäftigte er sich zum ersten Mal mit dem Notebook und richtete es so ein, dass er es auch zu Kundenterminen mitnehmen konnte. Dadurch hatte er die wichtigsten Infos immer dabei und konnte noch besser helfen. Am Abend telefonierte er nur kurz mit Katharina und wünschte ihr viel Erfolg für die Prüfung am morgigen Tag. Das Wochenende würde sie zusammen mit anderen Studenten in Stockholm verbringen, aber sich am Montag bei ihm melden. Auch heute schlief er ohne Probleme ein.

Freitagmorgen stand er wie gewohnt um 6 Uhr auf. Duschte, frühstückte und las kurz die Zeitung. Als er diese durchgelesen hatte, ging er wieder runter ins Büro und machte die zwei Absagen fertig. Den Vertrag für die dritte Bewerberin hatte er schon vorbereitet und erstellte ihn jetzt zu Ende. Er rief dann bei ihr an und informierte sie, dass sie die Stelle bekommen wird und er den Vertrag zusenden würde. Sie sagte sofort zu und erklärte, dass sie diesen unterschrieben zurücksenden wird. Arbeitsbeginn war am 2. März um 8 Uhr. Obwohl sie arbeitslos war, war Erik die Zeit bis zum 1. Februar zu knapp, um sie einzustellen.

Nachdem er aufgelegt hatte, rief der Auszubildende wegen der Stelle als Fachangestellter an und sagte auch zu. Den Vertrag habe er gestern abgeschickt und Erik nannte ihm als Arbeitsbeginn auch den 2. März, allerdings erst um 10 Uhr. Danach bearbeitete er die Post und änderte seine Firmenbezeichnung dahingehend, dass er auch Privatpersonen betreuen würde. Mittags wurde wieder die Post gebracht und der unterschriebene Vertrag war dabei. Ansonsten kam nichts Wichtiges und Erik konnte Anfragen bearbeiten. Um 17 Uhr ging er dann Feierabend

40

und ging hoch in die Wohnung um sich etwas zu essen zu machen. Nach dem Essen und dem Abwasch machte er es sich mit einer Fachzeitschrift im Sessel bequem bis er dann um 22 Uhr ins Bett ging. Er konnte mal wieder nicht schlafen und setzte sich raus auf den Balkon. Um 3 Uhr morgens war der 2. Versuch einzuschlafen erfolgreich.

Diesen Samstag fuhr Erik nach dem Frühstück nach Schwerin zum Friseur. Ein neuer Haarschnitt war mal wieder fällig. Danach ging es weiter nach Berlin zur Shoppingtour. Er fand einen Parkplatz in der Nähe vom Brandenburger Tor und spazierte von da aus in die Innenstadt. Zuerst nahm er ein zweites Frühstück ein, allerdings nur ein kleines, und danach ging es richtig zum Einkaufen. Bis 18 Uhr war er unterwegs, kaufte 3 neue Anzüge, 2 neue Hemden, 2 Pullover, 3 Hosen, 1 Sommerjacke und 3 neue Bücher. Danach aß er in einem Restaurant und fuhr um 20 Uhr wieder zurück nach Renzow. Nach dem Auspacken der Einkaufstaschen machte er sich kurz an die geschäftliche und private Post und an die Mails. Mit einem neuen Buch und setzte er sich auf die Couch. Das Buch war wirklich spannend und als er mal kurz auf die Uhr sah, sah er, dass es schon nach 24 Uhr war. Er legte daraufhin das Buch zur Seite, machte sich bettfertig und ging ins Bett. Heute konnte er sogar sofort einschlafen, träumte aber wieder von Katharina.

Am Sonntag fuhr er in die Kirche, ging danach zum Grab seiner Eltern und war mittags wieder zu Hause. Er zog sich seine Laufsachen an und wieder ging es etwas zäh. Es war einfach zu kalt, um mit dem Laufen anzufangen, aber trotzdem hielt er die 4 km durch. Allerdings freute er sich richtig auf die warme Dusche, bevor es dann Mittag gab. Nach dem Mittagessen telefonierte er mit Katharina, jedoch nur knapp 20 Minuten, da sie wenig Zeit hatte. Danach las er das eine Buch zu Ende und schaffte es sogar bis zum Abendessen. Aus dem Lesen von gestern hatte er gelernt und so nahm er sich heute nach dem Essen kein neues Buch, sondern las lieber ein Fachbuch über Arbeitsrecht. Und wirklich, hier blickte er häufiger auf die Uhr. Das Buch war nicht ganz so spannend wie der Roman von gestern. Er kämpfte sich aber tapfer durch die Materie, aber um 22 Uhr war sein Kopf dann doch voll und er machte Schluss. Der Versuch früher ins Bett zu gehen scheiterte und er setzte sich wieder auf den Balkon. Es wurde Zeit, dass es langsam Frühling wird, denn die Nächte draußen waren doch etwas kühl.

Am Montagmorgen wachte er vom Weckerklingeln um 6 Uhr auf. 3 Stunden Schlaf mussten reichen und so stieg er aus dem Bett und saß um 8 Uhr im Büro. Sein Terminplaner für heute war leer, allerdings lagen genug Aufgaben bereit. Er war mit der Planung für den heutigen Tag gerade fertig, da klingelte auch schon das Telefon und es war ein Kunde dran, den er liebte. Schon als er die Nummer sah, wusste er, dass er mindestens 30 Minuten telefonieren würde. Das war bei diesem Kunden üblich. Nicht das er viele Fragen hatte, aber er hatte sich meistens vorher irgendwo informiert, hatte ein Halbwissen und beharrte auf seine Meinung. Auch diesmal hatte er eine seltsame Frage, die eigentlich uninteressant für seine Baufirma war, aber er hatte halt mal was gehört, was ihn nervös gemacht hat. Er hatte sich etwas darüber informiert, allerdings völlig falsch und wieder war er stur und beratungsresistent. Das Telefonat dauerte diesmal nicht 30 Minuten, sondern fast

80 Minuten und danach war Erik völlig fertig. Geistig erschöpft machte er sich erst einmal einen Kaffee. Dieser Kunde trieb ihn irgendwann noch mal in den Wahnsinn. Nach der kleinen Pause hatte sich Erik wieder beruhigt und konnte weiterarbeiten. In der Post war nichts Wichtiges dabei, aber per Mail kamen 2 Anfragen, die ihn den kompletten Nachmittag beschäftigten. Um 17:30 Uhr verließ er das Büro und ging in seine Wohnung. Nach dem Abendessen setzte er sich an den PC, las die Nachrichten und stöberte noch im Internet. Später nahm er sich wieder das Fachbuch und las noch eine Weile, ehe er etwas Zeit auf dem Balkon verbrachte. Heute schlief er früher ein als gestern, aber immer noch zu spät.

Dienstag stand er dann erst um 7:00 Uhr auf, ließ das Duschen ausfallen und frühstückte gleich. Die Zeitung nahm er mit ins Büro, obwohl er nicht wusste, ob er da zum Lesen kommen würde. Wie jeden Morgen machte er zuerst die Planung, nachdem er seine Mails geprüft hatte. Viel stand heute wirklich nicht auf dem Programm und einige kleine Anfragen hatte er bis 11 Uhr erledigt und so machte er sich an die Zeitung. Den Wirtschaftsteil las er bis zum Mittag durch und dann kam die Post, in der allerdings außer Reklame nichts für ihn war. Einige Mails trafen im Laufe des Tages noch ein, aber heute war ein ruhiger Tag und so konnte er die Zeitung tagsüber durchlesen. Um 16 Uhr kam noch einmal eine Anfrage, die etwas mehr Zeit kostete und erst um 18 Uhr ging er dann wieder in seine Wohnung. Nach dem Abendessen rief Katharina an und heute hatte sie mehr Zeit, so dass sie fast 2 Stunden miteinander telefonierten. Danach kümmerte er sich um die Wäsche und bestellte danach noch einige Politikbücher im Internet. Um 23 Uhr ging er dann ins Bett und konnte gleich einschlafen.

Am nächsten Morgen war er dadurch ausgeschlafener und stand um 6 Uhr auf. Er duschte und konnte beim Frühstück und danach noch in der Zeitung lesen, bis er um 8 Uhr ins Büro ging. Neue Mails waren noch keine da, die Planung war schnell gemacht und so machte Erik sich an eine Anfrage, die etwas größer war und die wohl einiges an Zeit kosten würde. Mit dieser Anfrage war er den kompletten Tag ausgelastet und als er um 17 Uhr Feierabend machte, war er noch nicht fertig. 3 Anfragen kamen per Mail, die er aber auf den Donnerstag verschob. In der

Wohnung las er kurz seine privaten Mails und dann gab es Abendessen. Nach dem Abwasch surfte er etwas im Internet. Als er fertig war, trudelte noch eine Mail von Katharina ein, die er natürlich gleich beantwortete. Sie schrieben sich noch eine Weile, bis beide ins Bett gingen. Auch heute konnte Erik gleich einschlafen.

Auch am Donnerstag stand er pünktlich um 6 Uhr auf, frühstückte, las die Zeitung und ging ins Büro. Bis zum Mittag war er mit der großen Anfrage fertig, hatte währenddessen 2 kleinere per Mail bekommen, die er zusammen mit den 3 von gestern bis zum Abend erledigte. Um 17:30 Uhr machte er dann Feierabend und ging danach zu seinen Nachbarn. Zu fünft, da die anderen Nachbarn auch dabei waren, aßen und plauderten sie und um 23 Uhr ging Erik dann nach Hause. Erschöpft und immer noch gesättigt ging er ins Bett. Aber heute schlief er nicht gleich ein, sondern ging auf seinen Balkon. Dachte wieder an alles Mögliche und erst gegen 3 Uhr konnte er dann endlich einschlafen. Er hatte schon häufiger überlegt sich vielleicht Tabletten aus der Apotheke zu holen oder mal zum Arzt zu gehen wegen seiner Schlaflosigkeit, aber darauf hatte er nicht so viel Lust. Da blieb er lieber des Öfteren auf dem Balkon und schlief dafür an den Wochenenden länger und es gab ja auch Tage, an denen er früh einschlafen konnte.

Am Freitag stand er sogar vor 6 Uhr auf, duschte und las beim Frühstücken wieder die Zeitung. Er hatte schon am Morgen ein komisches Gefühl im Bauch, wusste aber nicht, was es war. Noch in Gedanken versunken ging er in sein Büro. Eine neue Mail war schon angekommen und um 9 Uhr hatte er wieder ein Termin. Er machte seine Planung und bereitete die Unterlagen für das Gespräch vor. Der Kunde kam pünktlich und für 2 Stunden war Erik beschäftigt. Nachdem sie fertig waren, ging der Kunde zufrieden und Erik machte die Nacharbeiten für das Gespräch. Um 12 Uhr konnte er dann dem Kunden die Unterlagen senden und schaffte es, die Anfrage von heute Morgen zu erledigen, bevor die Post kam. In der Post waren 2 Anfragen, wovon die eine kurz war und die andere wieder aufwändiger werden würde. Die kleinere Anfrage bearbeitete er sofort, die große verschob er auf Montag. Nach einer Stunde war die Anfrage erledigt und Erik fuhr gerade den Rechner herunter, als es an der Tür läutete. Er ging hinunter und da stand sie wieder: Seine Katharina.

2 Wochen war es jetzt her, dass sie sich zuletzt in Göteborg gesehen hatten und endlich konnten sie sich wieder in die Arme schließen. Zärtliche Küsse wurden ausgetauscht und irgendwann schloss Erik das Büro ab und die beiden gingen in die Wohnung. Katharina machte sich schnell im Bad frisch, während Erik in einem Restaurant anrief und einen Tisch für den Abend reservierte. Als Katharina fertig war, fuhren sie nach Schwerin. Sie waren zwar schon im Januar dort gewesen, aber damals haben sie nur das Schloss gesehen und heute war die Altstadt dran. Sie spazierten durch die Gassen, besichtigten 1-2 Kirchen und setzten sich kurz an den See. Um 18 Uhr gingen sie dann ins Restaurant und verbrachten dort den restlichen Abend, bis sie um 22 Uhr zurück nach Renzow fuhren. Dort gingen sie gleich ins Bett und schliefen Arm in Arm ein.

Die beiden konnten ausschlafen und da Katharina noch etwas müde von der gestrigen Autofahrt war, wachte Erik vor ihr auf. Er blieb aber noch im Bett liegen und betrachtete seine große Liebe. Wie ein Engel lag sie neben ihm, ihr blondes Haar und ihr wunderschönes Gesicht schauten aus der Decke hervor. Eine halbe Ewigkeit betrachtete er sie, bis er dann doch aufstand, ins Bad ging und danach Frühstück vorbereitete. Er nahm sich eine Tasse Kaffee und die Zeitung und setzte sich auf die Couch. Die ersten 4 Seiten schaffte er, aber dann stand Katharina hinter ihm und so konnten sie essen. Nach dem sie aufgegessen hatten, setzten sich die beiden wieder ins Auto und es ging zum Sightseeing nach Berlin. Er war vor kurzem hier gewesen, aber nur für den Einkauf. Heute ging es auch nicht zum Shoppen, sondern zu den vielen Sehenswürdigkeiten. Fotos wurden auch einige gemacht und die Passanten erklärten sich immer bereit, die beiden zu fotografieren. Zur Mittagszeit gab es nur einen Kaffee und einen kleinen Snack und die Tour ging weiter. Die meiste Strecke legten sie zu Fuß zurück, nur ab und zu fuhren sie mit dem Bus. Abends kehrten sie dann in ein Restaurant ein und nahmen ein gutes und reichliches Abendessen zu sich. Später ging es dann wieder zurück und nach der Heimkehr kuschelten sich die beiden relativ schnell ins Bett und schliefen kurze Zeit später ein.

Auch am Sonntag war Erik wieder als erstes wach, deckte den Tisch und heute stand auch Katharina früher auf. Diesmal fuhr sie gleich nach dem Frühstück los, da sie abends mit ihren Eltern essen gehen wollte. Nach der Verabschiedung fuhr Erik zur Kirche und ging nach dem Gottesdienst zum Grab seiner Eltern. Mit dem Pastor sprach er heute nicht und so war er zur Mittagszeit wieder zu Hause. Wäsche waschen war angesagt und nachdem Katharina kurz angerufen hatte, ging er am Nachmittag laufen, um den Kopf freizubekommen. Heute Abend aß er wieder alleine und las nach dem Abwasch noch ein Buch. Wie die letzten beiden Tage auch, schlief Erik gleich ein.

Am Montagmorgen stand Erik um 6 Uhr auf, duschte, frühstückte, las Zeitung und saß um 8 Uhr im Büro. Über das Wochenende waren 4 neue Mails angekommen und die größere Anfrage von Freitag hatte er ja auch noch. Mit den 4 kleinen war er bis mittags fertig, in der Post war nichts Neues und so machte er sich an die große Anfrage. Er war so vertieft in seine Arbeit, dass er erst um 19 Uhr auf die Uhr sah und dann das Büro verließ, auch wenn er noch nicht mit der Arbeit fertig war. Schnell machte er sich etwas zu essen und saß den restlichen Abend auf der Couch und las das angefangene Buch zu Ende. Den Anfang der Nacht verbrachte er wieder auf dem Balkon und erst um 2 Uhr morgens schlief er dann ein.

Am nächsten Morgen war er zwar etwas müde, dennoch stand er zur gleichen Zeit wie gestern auf und war auch wieder früh im Büro. Er machte bis mittags die Anfrage fertig und nachmittags fuhr er nach Grevesmühlen zu einem Kundengespräch und danach gleich weiter zum Einkaufen. Gegen 17 Uhr war er zurück und nahm die Arbeitsdokumente mit in seine Wohnung. Nach dem Abendessen ging er diese dann durch, machte sich Notizen für den nächsten Tag und setzte sich dann noch kurz an den Rechner. Er schrieb einige Mails mit Katharina, legte die Wäsche zusammen und ging gegen 24 Uhr ins Bett, wo er auch gleich einschlief.

Am Mittwochmorgen duschte er wieder, nahm nach dem Frühstück die Dokumente und ging in sein Büro. Als er mit dem Nachbearbeiten fertig war, machte er die Post für den Kunden fertig. Eine kleine Anfrage machte er noch bis mittags und gab dann dem Postboten den Umschlag mit. Per Post kam auch noch eine Anfrage, diesmal wieder von einem Privatmann. Da Erik noch nicht viel Erfahrung mit Privatleuten hatte, musste er eine Weile recherchieren um wirklich sicher zu sein. Aber er konnte auch diese Anfrage erledigen und machte die Antwort fertig. Um 16:30 Uhr aß er schnell etwas, nahm dann den Umschlag und warf diesen unterwegs in einen Briefkasten. Um 18 Uhr kam er im Gasthaus an und nahm dort an einigen Skatrunden teil. Nach 2 Stunden hatte er genug gespielt, setzte sich kurz an den Tresen, trank ein Bier und plauderte etwas mit dem Gastwirt. Nachdem er das Bier ausgetrunken hatte, verließ er das Gasthaus und ging nach Hause. Es war mit 21 Uhr noch relativ früh und so nahm er sich noch kurz ein Fachbuch für Privatrecht. Um 23 Uhr versuchte er einzuschlafen, allerdings erfolglos, und so ging er wieder raus auf den Südbalkon. Um 2 Uhr konnte er dann einschlafen.

Am heutigen Donnerstag, den 12. Februar, hatte er nur Kundentermine außerhalb und so saß er schon um 8 Uhr im Auto. Die Termine waren gut verteilt, in Lützow, Wismar, Grevesmühlen und Pokrent. Zum Mittag gab es nur einen kleinen Snack in Wismar, aber als er um 18 Uhr wieder zu Hause war, machte er sich erst einmal etwas Größeres zu essen. Nach dem Essen und dem Abwasch telefonierte er mit Katharina, rief danach kurz seine Mails ab und las dann das Fachbuch von gestern weiter. Heute konnte er um 22:30 Uhr gleich einschlafen.

Nachdem er früh einschlief, war Erik am nächsten Morgen natürlich ausgeschlafener. Schnell brachte er die Arbeit hinter sich, so viel war heute auch nicht zu erledigen, und um 12 Uhr setzte er sich dann ins Auto um nach Göteborg zu fahren. Diesmal war er länger unterwegs und kam erst um 20:30 Uhr bei Katharina an. Sie plauderten noch kurz mit ihren Eltern und um 22 Uhr gingen dann beide ins Bett. Arm in Arm schliefen die beiden ein, um am nächsten Morgen fast zeitgleich, um 8 Uhr, aufzuwachen.

Sie frühstückten zu viert und spazierten danach wieder durch die Stadt, da er bis jetzt noch nicht alles gesehen hatte. Abends trafen sie sich mit Studienkollegen, von denen Erik von Silvester noch einige kannte. Sie setzten sich in eine Bar, aßen eine Kleinigkeit und tranken den ganzen Abend über Cocktails. Da Erik immer noch kein schwedisch konnte, unterhielt er sich die meiste Zeit in Englisch. Ein paar schwedische Wörter kannte er, einige sprachen wenig deutsch, aber das reichte natürlich nicht. Trotzdem klappte es mit der Verständigung und er hatte den ganzen Abend über Spaß. Um Mitternacht ging es dann nach Hause und die beiden fielen etwas angetrunken ins Bett und schliefen auch gleich ein.

Am Sonntag schliefen sie etwas länger, standen erst um 10 Uhr auf und frühstückten dann. Danach blieben sie noch eine Weile im Wohnzimmer sitzen, plauderten und gegen 13 Uhr fuhr Erik dann wieder zurück nach Renzow. Auf der Rücktour kam er besser durch und war schon um 20:30 Uhr zu Hause. Er rief kurz bei Katharina an und setzte sich dann vor den Fernseher. Als er um 22 Uhr kurz vorm Einschlafen war, machte er sich bettfertig, ging ins Bett und schlief auch gleich ein, wieder von Katharina träumend.

Nach diesem schönen Wochenende startete Erik vergnügt in eine neue Arbeitswoche. Diese Woche hatte er viele Außentermine und Montag fuhr er direkt nach Grevesmühlen und kam erst am Nachmittag wieder. Da er demnächst 2 Büros mehr hatte, wollte er es seiner Nachbarin nicht mehr antun, dass sie sich um das Haus kümmern musste. Da er wusste, dass die Mutter einer ehemaligen Klassenkameradin ihr Geld als Putzfrau aufbesserte, rief er diese an und da sein Büro in ihrer Nähe war, sagte sie für morgen Abend zu, um sich die Räumlichkeiten anzusehen. Ansonsten war noch mit dem Nacharbeiten der Termine beschäftigt und schaffte es erst um 20 Uhr, das Büro zu verlassen. Da er nicht mehr viel Lust auf Kochen hatte, kochte er sich nur schnell Nudeln mit Sauce und machte es sich dann auf der Couch vor dem Fernseher bequem. Um 23 Uhr ging er ins Bett und konnte gleich einschlafen.

Am Dienstag hatte er vormittags noch Zeit die Nachbearbeitungen von gestern zu erledigen, bis er nachmittags wieder 2 Termine in Schwerin hatte. Als er wieder im Büro war, kam die Putzfrau und sah sich alles an. Die beiden einigten sich darauf, dass sie immer Dienstagnachmittag zum Reinigen vorbeikommen sollte. Die Nacharbeiten von den Termi-

48

nen nahm er sich dann in seine Wohnung, telefonierte nach dem Essen kurz mit Katharina und machte sich dann noch an die Arbeit. Um 22 Uhr schlief er über den Unterlagen ein, wachte aber nach fast einer Stunde wieder auf und ging ins Bett. Dort schlief er gleich ein.

Nachdem er die letzten Nächte richtig gut geschlafen hatte, war er Mittwoch fast 2 Stunden früher wach als sonst. Daher saß er früh im Büro und konnte die liegengebliebene Arbeit von gestern erledigen, bevor er um 9 Uhr zu 3 Terminen in der näheren Umgebung fuhr. Um 15 Uhr war er zurück, schaffte noch bequem die Nacharbeiten und konnte sogar noch die Mails abarbeiten. Dafür war er wieder erst um 19 Uhr in der Wohnung, kochte erneut nur ein schnelles Gericht, setzte sich kurz an den PC und blätterte dann noch in einer Fachzeitschrift. Den Anfang der Nacht stand er auf dem Balkon und erst um 3 Uhr konnte er einschlafen.

Daher war er Donnerstag etwas müde und kam schlecht aus dem Bett. Er hatte allerdings Zeit munter zu werden, denn heute hatte er einen Termin um 10 Uhr im Büro. So bearbeitete er nur Mails, bis der Kunde kam. Das Gespräch dauerte etwas mehr als 1 Stunde und danach war Erik bis 18 Uhr gut ausgelastet. Am Abend ging er zu den Nachbarn auf mehrere Partien Skat. Als er um 22 Uhr wieder zurück war, ging er direkt auf den Balkon, da er merkte, dass er auch heute nicht gleich würde einschlafen können. Um 1 Uhr ging er dann ins Bett und schlief bis 6 Uhr durch.

Am Freitagmorgen war er trotzdem noch etwas müde, fuhr aber um 9 Uhr halbwegs munter nach Brüsewitz zu einem Termin. Über die Mittagszeit hatte er zwei Termine in Gadebusch und war um 14 Uhr wieder in seinem Büro. Da er heute nichts weiter vorhatte, blieb er bis 18 Uhr und bearbeitete die Termine nach. Danach kochte er sich eine Kleinigkeit und las das Buch weiter. Auch heute konnte er um 22 Uhr nicht einschlafen, schlief aber im 2. Versuch um kurz nach Mitternacht ein.

Endlich Wochenende und das nutzte Erik auch aus und schlief bis 11 Uhr. Er fuhr danach zum Einkaufen und nahm sich heute mehr Zeit als die letzten Wochen, als er nur zwischen den Terminen schnell eingekauft hatte. Da er keine Nahrung für die Gefriertruhe hatte, konnte er sich sogar noch einen Kaffee in einem kleinen Café gönnen. Als er zu Hause ankam, räumte er den Einkauf weg und lief dann wieder. Er wurde langsam fitter, allerdings waren 4 km alle 2 Wochen eindeutig zu wenig. Er würde sich also auch mal abends die Zeit nehmen müssen, um zu laufen. Aber wenn die Tage länger werden würden, wäre es auch angenehmer, als in der Dunkelheit zu laufen. Es war zwar immer noch etwas frisch, aber die gute Luft tat ihm ganz gut. Als er zurück in der Wohnung war, machte er sich sein Abendessen und telefonierte nach dem Abwasch ausgiebig mit Katharina. Im Fernsehen kam heute mal wieder nichts Gescheites, zum Lesen hatte er auch nicht viel Lust, also setzte er sich für 1 ½ Stunden an den PC. Noch vor 22 Uhr ging er ins Bett und schlief sofort ein.

Am Sonntag schlief er nur bis 8 Uhr, frühstückte und fuhr in die Kirche nach Pokrent. Er war etwas zu früh da und so unterhielt er sich noch mit 2 anderen Kirchgängern. Nach dem Gottesdienst ging er zum Grab seiner Eltern, blieb dort eine Weile und fuhr dann nach Gadebusch. Dort machte er einen kleinen Spaziergang um das Schloss, sah sich in Ruhe das Rathaus und die Kirchen an. Am späten Nachmittag aß er dann in Rauchhaus und fuhr schließlich nach Hause. Dort schrieb er ein paar private Mails und setzte sich vor den Fernseher. Um 23 Uhr ging er kurz raus auf den Balkon und schlief um kurz nach Mitternacht in seinem Bett ein.

Am Montagmorgen duschte er, frühstückte und setzte sich ins Büro. Die letzte Woche, die er alleine arbeiten würde, brach an. Für ihn würde es auch eine Umstellung werden, aber irgendwann würde er sich schon daran gewöhnen. Die Planung machte er, nachdem er die Mails abgerufen hatte, und fing gleich mit dem Abarbeiten an. Nur kurz vom Postboten unterbrochen arbeitete er bis 18 Uhr durch. Einige Anfragen, die nicht so dringend waren, wollte er für die nächste Woche aufheben, damit der neue Mitarbeiter etwas zu tun hatte. Nach dem Abendessen rief er kurz die privaten Mails ab und danach las er das Fachbuch weiter. Als er um 23 Uhr schlafen wollte, war er wieder zu munter. Also ging er auf den Nordbalkon, starrte hinaus in die Dunkelheit und dachte an alles Mögliche. Schließlich legte er sich ins Bett und schlief ein.

50

Nach 4 Stunden Schlaf wachte er am Dienstagmorgen auf, frühstückte, las die Zeitung und ging ins Büro. Er machte schnell die Planung und um 10 Uhr fuhr er zu einem Kundentermin in Wismar. Zur Mittagszeit war er wieder im Büro, machte die Nachbearbeitung und führte auch 3 längere Telefonate. Um 17 Uhr war er dann in der Wohnung, machte sich sein Abendessen und rief danach bei Katharina an. Nach dem einstündigen Telefonat warf er die Wäsche in die Waschmaschine und las nebenbei das Fachbuch zu Ende. Um 22:30 Uhr ging er ins Bett und schlief auch relativ schnell ein.

Der Mittwochmorgen begann wie üblich mit Duschen, Frühstücken und Zeitung lesen. Auch heute hatte er wieder Termine außerhalb, so dass er erst um 15 Uhr im Büro war. Dort sortierte er die Aufgaben, erledigte bis 18 Uhr die Nachbearbeitung und ging dann in die Wohnung. Er machte sich schnell eine Kleinigkeit zu Essen und ging dann zu den Nachbarn, einige Runden Skat spielen. Um 22 Uhr versuchte er, ins Bett zu gehen, aber konnte wieder mal nicht einschlafen. Also ging er raus auf den Nordbalkon und dachte die meiste Zeit an Katharina und nur selten an seine neuen Mitarbeiter. Um 3 Uhr konnte er dann schließlich einschlafen.

Nach den knapp 3 Stunden Schlaf war Erik am Donnerstag natürlich nicht richtig munter, da halfen auch keine zwei Tassen Kaffee. Zum Glück waren heute keine Kundentermine angesetzt und so ging er um 8:30 Uhr ins Büro. Es gab nicht viel zu tun, da er die nicht so dringlichen Anfragen auf nächste Woche verschob. Dafür kamen 2 Telefonate dazwischen und auch sonst schaffte er es den Tag zu überstehen. Heute verließ er schon um 16 Uhr das Büro und ging in die Wohnung. Dort legte er erst mal die Wäsche zusammen, prüfte dann seine Mails und telefonierte kurz mit Katharina. Dieses Wochenende hatte sie keine Zeit, aber Montag könnten sie wieder lange telefonieren. Danach machte er sich etwas zu Essen, legte eine DVD ein und machte es sich auf der Couch bequem. Um 22 Uhr ging er sich ins Bett und schlief gleich ein.

Am Freitagmorgen duschte er, frühstückte und saß um 8 Uhr wieder im Büro. Heute kam auch nicht viel an Aufgaben rein und so machte er schon um 13 Uhr Feierabend. Ab nächster Woche hätte er dann keine flexiblen Arbeitszeiten mehr, da er am Anfang seine Mitarbeiter nicht alleine lassen würde. Außerdem fände er es seltsam, wenn er Feierabend machen würde, während seine Angestellten noch arbeiten müssten. In der Wohnung schrieb er eine kurze Mail an Katharina, lief die 4 km Runde, aß danach eine kleine Zwischenmahlzeit und las am Nachmittag gemütlich auf der Couch sein Buch weiter. Gegen 17 Uhr setzte er sich ins Auto und fuhr nach Schwerin. Heute stand das Jahrestreffen mit den Studienkollegen auf dem Programm. Vor einem Jahr hatten die schriftlichen Prüfungen angefangen und daher wollten sie es noch einmal feiern, da alle im Sommer erfolgreich ihr Studium beendet hatten. Mit vielen hatte Erik nicht mehr Kontakt, die Firmengründung und die ersten Monate haben ihn doch sehr beschäftigt. Aber diesmal wurden noch einmal Adressen und Telefonnummern ausgetauscht und da sie alle in der Nähe wohnten, wollten sie den Kontakt beibehalten. Für Erik selbst war es natürlich auch interessant, da er dadurch Verbindungen hatte, die später noch wichtig sein könnten. Je mehr potenzielle Kunden er hatte, umso besser war es. Nach 2 Uhr gingen sie dann auseinander und Erik ging mit zu einem Kollegen, um dort zu übernachten.

Er schlief dort bis 10 Uhr, frühstückte, kaufte in Schwerin ein und fuhr dann nach Renzow zurück. Die Büros bereitete er schon für Montag vor, wenn die beiden neuen Mitarbeiter anfangen würden. Danach ging er in die Wohnung und machte sich etwas zu Mittag. Nach dem Essen und dem Abwasch ging er für 2 Stunden in der Umgebung spazieren. Nachts hatte er zwar auch häufig Gelegenheit nachzudenken, aber tagsüber beim Wandern ging es doch besser. Nachdem er gestern gelaufen war, war er heute dafür nicht fit genug. Abends machte er sich nur eine Kleinigkeit zu essen, schrieb noch schnell 4 Mails und nahm sich dann wieder ein Buch vor. Um 23 Uhr ging er ins Bett und konnte auch gleich einschlafen.

März 2015

Am Sonntag wachte er um 7 Uhr auf, frühstückte und fuhr dann wieder nach Pokrent zur Kirche. Am Grab seiner Eltern machte er wie immer eine längere Pause und besuchte den Gottesdienst. Er fuhr danach nicht nach Hause, sondern nach Hagenow, um sich die Stadt mal anzusehen. Am Abend aß er auch dort und fuhr nach dem doppelten Espresso nach Renzow zurück. Er schrieb noch eine Mail an Katharina, las das Buch weiter und ging vor 23 Uhr ins Bett.

Montagmorgen, der 02.03.2015. Heute fing eine neue Zeitrechnung an. Um 5:30 Uhr stand Erik auf, duschte, frühstückte und war schon um kurz nach 7 Uhr im Büro. Er selbst war auch aufgeregt, ging noch einmal durch alle Büros, prüfte alles und setzte sich dann an seinen Schreibtisch. Um kurz vor 8 Uhr kam dann die neue Mitarbeiterin. Anna hieß sie, war 21 und natürlich auch ziemlich nervös. Er zeigte ihr die Büros und wies sie in die Aufgaben ein, bis um 10 Uhr der zweite neue Mitarbeiter kam. Sebastian war auch 21 und verständlicherweise, wie die anderen auch, nervös. Erik führte auch ihn durch die Räume und wies ihn in alles ein. Einige Anfragen waren noch aus der letzten Woche übrig geblieben und die gab er ihm jetzt. Erst einmal hatte er noch Kuchen, den die drei zu Mittag aßen. Einen kleinen Essbereich hatte er, in dem auch eine Kaffeemaschine, Mikrowelle und ein Kühlschrank standen. Dort unterhielten sie sich eine Weile, um sich kennenzulernen, bis es wieder an die Arbeit ging. Anna war ab jetzt zuständig für die Planung, hatte Zugriff auf die Kalender und Aufgaben von Erik und Sebastian. Erik hatte ihr gesagt, dass sie kleinere Anfragen an Sebastian geben solle. Aber er hatte Vertrauen in sie, sie würde es schon machen. Das war zumindest sein erster Eindruck.

Auch der Start von Sebastian verlief sehr gut. Um 16:30 Uhr kam er mit 2 fertigen beziehungsweise fast fertigen Anfragen zu Erik, um diese

53

durchzugehen. 1 Frage war offen, aber die konnte Erik klären. Die zweite Anfrage war sehr gut erledigt und Sebastian schickte die Antworten noch am selben Tag hinaus. Um 17 Uhr gingen beide dann in Feierabend und Erik blieb noch etwas im Büro. Die Arbeitszeiten von den zwei waren von 8:00 bis 17:00 Uhr mit einer Stunde Mittag. Erik hatte am Nachmittag auch eine kompliziertere Anfrage erledigen können und 3 Anfragen von Privatleuten waren eingegangen, die Anna an Sebastian weitergab. Um 17:30 Uhr ging dann auch Erik aus dem Büro und machte sich in der Wohnung Abendessen. Nach dem Abwasch telefonierte er 2 Stunden mit Katharina über das Wochenende und den Montag. Er rief noch kurz seine privaten Mails ab, antwortete und ging dann ins Bett. Auch heute konnte er wieder gleich einschlafen.

Der Dienstag begann wie fast immer. Mit dem Wecker klingeln. Wie gestern war er munter und saß um kurz vor 8 Uhr im Büro, als die beiden wenig später eintrudelten. Um 8:15 Uhr hatte er dann die Planung für sich und Sebastian, die Anna schnell erstellt hatte. Um 9 Uhr kam dann wieder ein Kunde, der etwas überrascht war, dass Anna jetzt dort saß. Sie begleitete ihn ins Eriks Büro und brachte auch Kaffee. Der Termin dauerte bis fast 11 Uhr und als der Kunde gegangen war, kam wenig später Sebastian mit einigen Fragen. Zur Mittagszeit saßen die drei wieder im Esszimmer und unterhielten sich beim Mittagessen. Danach ging es weiter ans Arbeiten und um 16:30 Uhr kam Sebastian herüber. Diesmal gab es keine offenen Punkte und so konnte Sebastian gleich die Antworten verschicken. Als Erik dann wenig später bei Anna vorbeiging, hatte sie auch schon eine vorläufige Planung für morgen gemacht. Sie hatte noch einige Fragen und so blieben die beiden noch bis 17:30 Uhr da sitzen, während Sebastian um 17 Uhr ging. Als dann auch Anna Feierabend machte, ging Erik in die Wohnung zum Abendessen. Er nahm sich danach eine Fachzeitschrift vor, die heute gekommen war. Um 22:30 Uhr ging er ins Bett, konnte aber nicht einschlafen. So ging er wieder einmal auf den Nordbalkon und sah Richtung Göteborg. Um 2 Uhr schlief er dann doch ein.

Am Mittwochmorgen wachte er um 6 Uhr auf, duschte, frühstückte, las die Zeitung und saß um 7:45 Uhr im Büro. Kurz vor 8 Uhr trafen die beiden dann ein und wenig später hatte er auch schon die Planung. Heu-

54

te standen keine Termine an und sowohl er und Sebastian machten sich an die Anfragen, während Anna verschiedene Telefonate entgegennahm und diese größtenteils an Erik weitergab. Zusätzlich machte Anna schon die Planung für die nächsten Tage und prüfte, was an Büromaterial da war. Erik gab ihr auch noch einige kleinere Dokumente zum Durchlesen, damit sie auch mehr in die Materie des Wirtschafts- und Privatrecht eingeführt wurde. Nur unterbrochen von der Mittagspause und den Gesprächen arbeiteten sie. Allerdings merkte Erik, dass Sebastian noch neu war, denn die Arbeiten dauerten doch länger und Fragen gab es natürlich weiterhin. Um 17 Uhr saß Erik dann wieder alleine, arbeitete noch ein wenig und ging dann um 18 Uhr zu den Nachbarn zu einem gemütlichen Abendessen und langen Gesprächen. Um 22 Uhr ging er in seine Wohnung und fiel kurze Zeit später ins Bett.

Auch am Donnerstag gab es für Sebastian und Erik viel zu erledigen, während es für Anna ruhiger war. Sie hatte nur wenig mit Kunden zu tun, eher Aufgaben, die nicht so dringend waren. Rechnungen, Anrufe, Planungen. Und zwischendurch hatte sie immer wieder Gelegenheit etwas mehr über die Arbeit von Sebastian und Erik zu erfahren. Mittlerweile hat Erik bemerkt, dass sie ziemlich lernwillig war und auch schnell lernte. Sebastian war aber momentan die größere Hilfe. Gerade die kleinen und leichten Anfragen waren lästig und Erik hatte so Zeit für die größeren. Zur Mittagszeit saßen die drei wieder zusammen und Erik fand das auch sehr gut. Es war das erste Mal seit seiner Studienzeit, dass er auch unter der Woche vernünftig Mittag aß. Als er noch alleine gearbeitet hatte, gab es meistens nur im Büro geschmierte Brote, während er arbeitete. Richtig gekocht wurde zwar auch nicht, die beiden anderen hatten auch nur Brote dabei. Zumindest nahm Erik sich jetzt aber mehr Zeit für das Essen. Zum Kochen war die Küche auch zu klein.

Nachmittags ging es dann mit der Arbeit weiter und um 16 Uhr kam Sebastian dann ins Büro, um mit Erik die offenen Fragen und Punkte abzuklären. Heute gab es wieder mehr Fragen, aber es kommt auch immer auf die Anfragen an. Und alles konnte Sebastian ja nicht wissen, selbst Erik musste noch ab und zu recherchieren, wobei er die Antworten schneller fand als Sebastian. Aber das würde dieser noch lernen, immerhin hatte er erst vor kurzem die Ausbildung beendet und Erik 4 Jahre studiert. Um 16:45 Uhr waren die Fragen geklärt und Sebastian schickte alle Antworten weg. 4 Anfragen hatte er heute geschafft, aber er hatte noch einige auf dem Tisch. Von einigen Privatleuten kamen mittlerweile Anfragen, die sehr kurz waren, aber für diejenigen doch sehr wichtig. Es schien, als hätten sie nur gewartet, bis es endlich jemanden in der Nähe gab, der so was bearbeiten könnte. Erik war sich ja unsicher gewesen, ob er wirklich auch Privatleuten helfen sollte, aber momentan sah es gut aus. Und dadurch dass Anna die Rechnungen schrieb und sich um die Telefonate kümmerte, wurde ihm viel Arbeit abgenommen.

Um 17 Uhr kam Anna dann in sein Büro und ging schnell die Rechnungen mit Erik durch. Danach stellte sie noch kurz einige Fragen zu den Dokumenten, die sie seit gestern gelesen hat. Sie schien nicht unwillig zu sein, mehr über Wirtschafts- und Privatrecht zu lesen und so gab ihr Erik noch mehr Dokumente. Je mehr sie wusste, umso eher konnte sie die Anfragen der Kunden einordnen. Um 17:30 Uhr fuhr Anna dann nach Hause und Erik ging in seine Wohnung zum Essen kochen. Nach dem Abwasch telefonierte er kurz mit Katharina und las dann die privaten Mails. Er antwortete auf einige und bestellte noch 4 neue DVDs und 5 Bücher, 2 Fachbücher und 3 Romane. Danach setzte er sich vor dem Fernseher um einen Film zu schauen und um kurz nach 22 Uhr ging er ins Bett und konnte wieder gleich einschlafen.

Am Freitag saß er nach dem Duschen und dem Frühstück um 7:30 Uhr im Büro und machte sich an die erste Anfrage. Kurz vor 8 Uhr trafen dann die beiden ein. Um 10 Uhr fuhr er zu einem Kundentermin in Wismar und danach nach Schwerin, wo er um 12 Uhr einen weiteren Termin hatte. Vor 15 Uhr war er wieder im Büro und dann kam auch schon Sebastian für die Fragen. Heute hatte dieser 6 Anfragen geschafft, wobei 2 von Privatleuten wirklich sehr kurz und schnell zu erledigen waren. Um 15:30 Uhr ging Sebastian und Anna kam ins Büro. Diese ging dann um 16 Uhr und Erik machte noch die Anfrage von heute Morgen fertig, bis er dann auch um 17 Uhr das Büro verließ. Es war Wochenende und die erste Woche war für die beiden Neuen wirklich sehr gut gelaufen. Erik war momentan glücklich mit der Wahl,

56

beide einzustellen. Nach dem Abendessen und dem Abwasch wusch er die Wäsche und las währenddessen wieder ein Buch. Der Roman war so spannend, dass er ihn durchlas und danach erstaunt sah, dass es schon 1 Uhr morgens war. Er legte sich ins Bett, konnte aber nicht einschlafen. Wieder einmal ging er auf den Nordbalkon, dachte an die Arbeit und natürlich an Katharina. Um 4 Uhr ging er erneut ins Bett und konnte dann auch einschlafen.

Am Samstag schlief er daher natürlich länger und wachte erst um 11 Uhr auf. Er fuhr nach Schwerin und kaufte dort einige frische Sachen auf dem Wochenmarkt ein. Den Rest besorgte er in einem Supermarkt und fuhr wieder nach Hause. Nach dem Ausladen und einräumen, telefonierte er kurz mit Katharina, bevor er seine 4 km Runde laufen ging. Nach dem Abendessen telefonierte er kurz mit einem Studienkollegen und setzte sich danach auf die Couch zum Fernsehen. Um 23 Uhr ging er ins Bett und schlief relativ schnell ein.

Am Sonntag stand Erik schon um 8 Uhr auf, duschte, frühstückte und fuhr nach Pokrent zur Kirche. Heute ging der Gottesdienst länger als sonst, da gestern der Gedenktag für Thomas von Aquin war. Nach der Messe ging Erik wieder zum Grab seiner Eltern und als er zum Auto wollte, kam ihm der Pastor entgegen. Dieser war erfreut, dass Erik jetzt häufig zu den Gottesdiensten kam, aber auch froh, dass er sich mittlerweile mehr in der Öffentlichkeit zeigte und nicht nur für die Arbeit lebte. Danach fuhr Erik nach Schwerin, da dort eine Veranstaltung zum Internationalen Frauentag war. Dort traf er auch den CDU-Kreisvorsitzenden aus dem Ort und unterhielt sich mit ihm. Auch die Leiterin einer Frauengruppe aus dem Amtskreis Lützow sprach eine Weile mit ihm. Später fuhr er heim und um 18 Uhr gab es dann Abendessen bei den Nachbarn und später einige Partien Skat. Um 22 Uhr ging er wieder in seiner Wohnung und wenig später schlief er auch schon ein.

Ausgeruht und fit für eine neue Arbeitswoche stand Erik um 6 Uhr auf und nach dem Frühstück und dem Zeitung lesen, saß er dann um 7:30 Uhr in seinem Büro. Er machte sich sogleich an eine Anfrage und ließ sich auch von Anna und Sebastian nicht stören, die vor 8 Uhr eintrafen.

Heute standen keine Termine auswärts an, allerdings kam um 9 Uhr mal wieder ein Kunde ins Büro. Ursprünglich war der Termin nur für 1 Stunde geplant, aber die Bearbeitung dauerte doch etwas länger und erst um 12 Uhr verließ der Kunde das Haus. Nach dem Mittagessen machte sich Erik gleich an die Nachbearbeitung. Er wurde gegen 15 Uhr damit fertig und gerade als er sich an die nächste Aufgabe machen wollte, rief mal wieder sein Lieblingskunde an. Anna stellte ihn durch und auch diesmal hatte dieser eine wirre Idee aufgeschnappt. Auf was für Sachen manche Leute kamen. Er musste wirklich ein langweiliges Unternehmerleben haben. 1 Stunde dauerte das Telefonat und Erik konnte doch mit der einen Anfrage anfangen. Er schaffte einiges bis zuerst Sebastian mit einigen Fragen kam und nach 17 Uhr dann Anna. Sebastian war um 17 Uhr gegangen und Anna und Erik saßen noch fast 1 Stunde im Büro. Erik fiel auf, dass Anna wirklich sehr schnell lernte. Allerdings fielen ihm auch die seltsamen Blicke auf, die Anna ihm zuwarf. Kurz vor 18 Uhr saß er alleine im Büro, blieb noch fast eine halbe Stunde und ging dann zum Abendessen in seine Wohnung. Abends telefonierte er dann wieder mit Katharina, las dann die privaten Mails, surfte ein wenig im Internet und ging gegen 22 Uhr ins Bett, wo er auch gleich einschlief.

Am Dienstagmorgen duschte er, frühstückte und ging danach ins Büro, wo etwas später auch seine Mitarbeiter eintrafen. Erik machte mit der Anfrage von gestern weiter und nach wenigen Minuten hatte er auch die Planung für heute auf dem Tisch. Es waren wieder keine Termine angesagt, die meisten schickten Mails mit ihren Anfragen, so dass sich Erik darauf konzentrieren konnte. Telefonate kamen 4-5 pro Tag. Diese wurden von Anna abgefangen und momentan aber noch fast alle an ihn weitergegeben. Sebastian war noch nicht weit genug, als das er die Anrufe entgegennehmen konnte. Aber demnächst würde die Zeit kommen, in der er die Privatkunden allein betreuen könnte. Und das würde wohl hoffentlich bald sein. Erik machte das Bearbeiten der Anfragen doch mehr Spaß als telefonieren. Bis zum Mittag war er mit seiner Anfrage fertig geworden und so konnte er mit den anderen beiden zusammen essen. Zur Mittagszeit kam dann auch die Post und das Paket mit den Filmen und den Büchern. Nach dem Essen ging es weiter mit dem Arbeiten und bis 16:30 Uhr war er mit 2 weiteren Anfragen fertig ge-

58

worden. Sebastian hatte 5 geschafft und kam mit diesen und einigen Fragen herüber. Innerhalb von 15 Minuten war alles geklärt und Sebastian ging wie gewohnt um 17 Uhr in Feierabend. Danach kam Anna wieder ins Büro. Sowohl Erik als auch Anna hatten nicht vor, sie zur Rechtsanwaltsfachangestellte umzuerziehen. Allerdings wollten beide, dass sie soweit das Thema verstand, dass sie kleinere Dinge einordnen konnte. Um 18 Uhr ging dann auch sie und wieder hatte Erik ein seltsames Gefühl, als sie sich in der Bürotür umdrehte und sich von ihm verabschiedete. Er blieb noch eine Weile bis er dann auch um 18:30 Uhr das Büro verließ und in seiner Wohnung kochte. Nach dem Abendessen und dem Abwasch legte er eine von den neuen DVDs ein und schaute einen Film. Um 22 Uhr versuchte er zu schlafen, aber stand dann doch wieder auf und ging raus auf den Südbalkon. Er musste an Anna denken und an ihre Blicke. Was war mit ihr los? Er war unsicher, aber dann dachte er an Katharina und Anna war sofort vergessen. Katharina war etwas Besonderes. Und mit dem Gedanken an sie ging er ins Bett und schlief gegen 1 Uhr ein.

Nach 5 Stunden Schlaf stand Erik auf, frühstückte, las die Zeitung und ging dann runter ins Büro. Wenig später kamen auch die anderen beiden und um 9 Uhr kam ein Kunde, der von Anna ins Büro gebracht wurde. Um 10 Uhr ging er und Erik machte sich an die Nachbearbeitung, bis es um 12 Uhr Essen gab. Den Nachmittag verbrachten er und Sebastian mit den Anfragen und 16:30 Uhr kam Sebastian dann wieder mit den Erledigten zu Erik. Heute hatte er 6 geschafft und nur wenige Fragen. Als er um 17 Uhr ging, kam Anna ins Büro und blieb bis 17:30 Uhr, schaute ihm über die Schulter, während er eine Anfrage erledigte. Sie ging dann und auch Erik verließ das Büro, um sich wieder Abendessen zu machen. Danach beantwortete er 4 private Mails und rief bei Katharina an. Etwas mehr als 1 Stunde telefonierten sie zusammen und als sie fertig waren, nahm er sich noch ein Fachbuch vor. Bis 22 Uhr las er und als er daraufhin ins Bett ging, konnte er auch gleich einschlafen.

Donnerstagmorgen war er dementsprechend ausgeschlafener und nach dem Duschen und dem Frühstück fühlte er sich richtig fit. 7:45 Uhr ging er ins Büro und wenig später trafen auch die anderen beiden ein. Er bekam die Planung und machte sich genauso wie Sebastian über die

59

Anfragen her. Sebastian war mit den Privatanfragen, die meistens kleiner waren, gut ausgelastet und so bearbeitete Erik alle Firmenanfragen. Nur unterbrochen von der Mittagspause schafften sie wieder eine Menge, bis um 16 Uhr auf einmal Katharina ankam. Sie stellte sich kurz bei Anna vor und ging hoch zu Erik, der sie freudig begrüßte. 3 Wochen hatten sie sich nicht gesehen, eine viel zu lange Zeit. Sie bekam die Schlüssel für die Wohnung, während Erik noch kurz mit Sebastian die Anfragen klärte. Anna merkte, dass sie heute wohl keine Fragen an Erik stellen könnte und verließ auch kurz nach 17 Uhr das Büro. Sie sah dabei etwas unglücklich aus. Erik ging in die Wohnung und kochte für sich und Katharina das Abendessen. Bis 23 plauderten sie auf der Couch und dann ging es ins Bett, wo die beiden ziemlich schnell einschliefen.

Am nächsten Morgen stand Erik leise auf, machte sich Frühstück und ließ alles für Katharina stehen, die noch schlief. Er ging ins Büro und bearbeitete die eine Anfrage zu Ende, die er gestern nicht mehr geschafft hatte. Währenddessen kamen die anderen beiden und bis zum Mittag schaffte er auch einiges. Sebastian kam um 14 Uhr dann zu ihm und heute hatte er nur eine Anfrage geschafft, aber an dieser hatte er sich auch die Zähne ausgebissen. Erik half ihm dabei und um 15 Uhr ging dann Sebastian in Feierabend. Auch Anna verabschiedete sich von ihm ins Wochenende und Erik ging gleich in seine Wohnung, wo Katharina schon wartete. Sie hatte sich die Zeit mit einem Buch verkürzt, nachdem sie bis um 11 Uhr geschlafen hatte. Ins Büro wollte sie nicht kommen, da sie ihn nicht von der Arbeit abhalten wollte und jetzt ja die beiden Mitarbeiter da waren. Aber auch so hatten sie noch einiges vom Tag, konnten sich in Decken gehüllt sogar auf dem Südbalkon etwas bequem machen, tranken Wein und plauderten den ganzen Abend, bis es um 23 Uhr wieder ins Bett ging. Auch heute schliefen beide gleich ein.

Dafür wachten sie dann am Samstag schon um 8 Uhr auf und nach dem Frühstück fuhren sie nach Lüneburg. Bis zum Abend verweilten sie in der Stadt, sahen sich die Sehenswürdigkeiten und die Kirchen und Häuser an. Gegen 18 Uhr aßen sie im Restaurant « Zum alten Brauhaus» und danach ging es zurück nach Renzow. Heute war es kühler als ges-

60

tern und so blieben sie im Wohnzimmer und plauderten dort noch eine Weile. Kurz vor Mitternacht ging es dann wieder ins Bett, sie kuschelten sich aneinander und schliefen gleich ein.

Sonntagmorgen schliefen sie bis 9 Uhr, frühstückten und blieben noch eine Weile sitzen. Um 11 Uhr packte Katharina dann ihre Sachen und fuhr zurück nach Schweden. Erik blieb alleine zurück, machte schnell die Wohnung sauber und ging dann laufen, wieder einmal 4 km, auch wenn er zum Schluss kurz überlegte die Strecke zu verlängern. Langsam wurde er fit. Das Mittagessen ließ er ausfallen und aß dafür schon um 17 Uhr zu Abend. Danach las er das Fachbuch weiter und ging um 23 Uhr ins Bett. Auch heute konnte er gleich einschlafen. Auch ohne seine Katharina.

Am Montagmorgen duschte Erik wieder, frühstückte und begab sich dann wieder ins Büro, in dem wenig später auch Anna und Sebastian eintrudelten. Anna sah heute wieder glücklicher aus, nachdem sie bemerkt hatte, dass das Auto von Katharina nicht mehr vor der Garage stand. Der Tag war gut gefüllt mit Arbeit, aber für die Mittagspause blieb natürlich Zeit. Auch am Nachmittag war viel Arbeit zu erledigen und so kam Sebastian erst um 17:00 Uhr mit den Fragen zu ihm. Um 17:30 Uhr ging dieser dann, Anna wartete diesmal nicht, bis Erik Zeit hatte, sondern fuhr vorher. Erik bemerkte dies mit einem leichten Bedauern und ging um 18 Uhr in seine Wohnung. Nach dem Abendessen beantwortete er die privaten Mails, die sich über das Wochenende angesammelt hatten. Er nahm sich wieder das Fachbuch vor und las bis 22 Uhr. Danach versuchte er einzuschlafen, aber nach wenigen Minuten merkte er, dass es nichts wurde und ging raus auf den Nordbalkon. Er dachte an Katharina, die Arbeit und dann an Anna. Beim Mittagessen hatte sie ihn wieder so seltsam angesehen und auch als sie 2-3 Mal in seinem Büro war. Es machte ihn etwas nervös. Sie sah sehr gut aus, war charakterlich auch sein Typ, nicht so wie die anderen Frauen. Aber er hatte Katharina und außerdem war Anna seine Angestellte. Trotzdem. Irgendetwas passierte da und er wusste nicht, ob es gut oder schlecht war. Er wusste auch nicht, was er machen sollte. Aber er hatte Katharina und mit dem Gedanken an sie, ging er dann wieder ins Bett und konnte um 1 Uhr einschlafen.

61

Dienstagmorgen wachte er zur gewohnten Zeit auf und saß vor 8 Uhr im Büro, als die beiden eintrafen. Heute standen erneut keine Termine auf dem Programm, also konnte Erik sich an die Anfragen machen. Nur unterbrochen von 3 Telefonaten und der Mittagspause erledigte er wie so häufig einiges. Auch Sebastian schaffte 5 Anfragen und als dieser dann um 17 Uhr ging, kam Anna wieder ins Büro von Erik. Sie stellte viele Fragen, die sich über die letzten 4 Tage angesammelt hatten. Bis 18 Uhr blieb sie und beinahe schien es, als wollte sie gar nicht gehen. Aber schließlich verabschiedete sie sich doch und fuhr nach Hause. Erik blieb noch 30 Minuten im Büro, bis auch er es verließ, in der Wohnung kochte und nach dem Essen das Geschirr abwusch. Danach nahm er sich eine DVD aus dem Schrank und machte es sich mit Wein auf der Couch gemütlich. Um kurz nach 22 Uhr ging er ins Bett, aber wie so häufig konnte er nicht einschlafen. Wieder ging er raus auf den Nordbalkon. Wieder dachte er an Anna und an Katharina. Was war mit ihm los? Er versuchte an Katharina zu denken, als er um 1 Uhr ins Bett ging, aber immer wieder tauchte auch das Gesicht von Anna in seinen Träumen auf.

Auch heute schlief Erik nur 5 Stunden, duschte, frühstückte und saß dennoch vor 8 Uhr im Büro. Um 9 Uhr kam ein Kunde, der bis 12 Uhr blieb. Nach dem gemeinsamen Mittagessen ging es an die Nachbearbeitung und an weitere Anfragen, bis Sebastian wie üblich mit den Fragen zu ihm kam. Danach saß Anna bei ihm, stellte wieder Fragen, diesmal aber mehr zu den Rechnungen und den Finanzen. Sie machte sich gerade daran sich zu verabschieden, drehte sich dann aber zu ihm um und fragte ihn, ob er nicht Lust hätte, morgen mit ihr ins Kino zu gehen. Sie wollte gerne in »Heart of the Sea«, hatte aber niemanden gefunden, der mit ihr in den Film geht. Erik war etwas überrascht, aber da er ewig keinen Kinofilm mehr gesehen hatte, sagte er zu. Sie verließ das Büro und er war immer noch verwirrt. An Arbeiten war nicht mehr zu denken, also ging er in seine Wohnung und machte sich Abendessen. Nach dem Abwasch rief er bei Katharina an, plauderte über eine Stunde mit ihr, erzählte aber nichts vom morgigen Abend. Danach las er das Fachbuch zu Ende und als er um 22:30 Uhr ins Bett ging, konnte er gleich einschlafen.

62

Am Donnerstagmorgen wachte er ausgeschlafen auf, frühstückte und begab sich dann ins Büro, wo auch bald die anderen beiden eintrafen. Es ging wieder ans Arbeiten und zwischendurch schickte ihm Anna eine Mail, das sie 2 Plätze im Kino von Grevesmühlen reserviert hatte. Sie machten aus, dass sie sich um 19:30 Uhr vor dem Kino treffen wollten. In der Mittagspause aßen die 3 wie üblich zusammen und am Nachmittag wurde weiter gearbeitet, bis Sebastian gegen 16:30 Uhr mit Fragen kam. Um 17:00 Uhr machte dieser wie üblich Feierabend und Anna kam danach nur kurz hoch, um sich zu verabschieden. Mit einem »Bis gleich« ging sie und Erik blieb noch eine halbe Stunde bei der Arbeit bis er in die Wohnung ging zum Duschen und Abendessen. Später fuhr er dann mit dem Auto nach Grevesmühlen und ging noch einige Meter bis zum Kino, wo Anna schon wartete. Die Karten hatte sie abgeholt und so holten die beiden noch kurz Getränke und setzten sich dann auf ihre Plätze. Sie plauderten noch etwas über ihre Ausbildung und kurz darauf begann der Film. Erik kannte das Buch, auf dem der Film leicht basierte, und der Film war auch richtig gut. Aber jeder Film geht einmal zu Ende und so war es auch mit diesem. Sie blieben aber noch kurz sitzen und warteten, bis die größte Menschenmasse das Kino verlassen hatte. Danach gingen auch sie und Erik brachte Anna noch zu ihrem Auto. Sie verabschiedeten sich und fuhren dann nach Hause. Erik ging gleich ins Bett, konnte aber nicht einschlafen und ging diesmal raus auf den Südbalkon. Dieses Wochenende hatte Katharina keine Zeit und das würde wohl auch nicht gerade helfen, Anna zu vergessen. Wieder dachte er an die beiden Frauen und erst gegen 2 Uhr schloss er dann schließlich die Augen.

Er hatte allerdings einen unruhigen Schlaf und als er um kurz nach 6 Uhr am Freitag aufstand, fühlte er sich leicht gerädert. Müde frühstückte er, trank 3 Tassen Kaffee und begab sich dann ins Büro. Die anderen zwei kamen wenig später und wieder ging es ans Arbeiten. Unterbrochen von der Mittagspause arbeiteten die 3 und um 14:30 Uhr kam Sebastian dann ins Büro, stellte wie üblich seine Fragen, schickte die Antworten weg und ging um 15:00 Uhr ins Wochenende. Anna kam danach nur kurz, verabschiedete sich auch und Erik blieb noch eine Weile alleine am Arbeiten. Er dachte noch kurz über Anna nach. Sie

63

hatte sich heute nicht anders benommen, die Blicke waren die gleichen, aber sie hatte auch keine Anspielungen gemacht. Vielleicht blieb es ja bei dem einen Mal oder es wurde eine kleine Freundschaft daraus. An einer Beziehung mit ihr war Erik momentan nicht interessiert und Anna war sich dessen hoffentlich bewusst. Auch wenn die Blicke teilweise etwas anderes aussagten. Um 17 Uhr verließ dann auch Erik das Büro, ging Laufen, diesmal sogar fast 6 km, und machte sich danach etwas zu essen. Nach dem Abwasch telefonierte er wieder mit Katharina und beantwortete ein paar private Mails. Um 19 Uhr ging er dann auf einige Partien Skat zu den Nachbarn und war erst um 23 Uhr wieder zurück. Er ging wenig später ins Bett und schlief auch gleich ein. Heute war sein Schlaf ruhiger als gestern.

Samstag stand er um 9 Uhr auf und fuhr nach dem Frühstück nach Grevesmühlen zum Einkaufen. Als er dies erledigt hatte, ging er noch in ein Café und sah dort Anna alleine beim Zeitunglesen sitzen. Er setzte sich zu ihr, bestellte einen Kaffee und die beiden redeten wieder eine Weile, sprachen über die Nachrichten und nur wenig über die Arbeit. Nachdem sie ausgetrunken hatten, bezahlten sie und verließen das Café. Erik wollte sich gerade verabschieden und bemerkte, dass Anna traurig aussah, ihn aber gleichzeitig auch leicht erwartungsvoll anschaute. Also fragte er sie, ob sie Lust auf einen Spaziergang hätte. Natürlich sagte sie sofort zu. Sie gingen um den Vielbecker See und plauderten die ganze Zeit. Beide genossen den Nachmittag, waren froh, dass der jeweils andere da war. Bei Erik war es eher freundschaftlich, redete er sich zumindest ein, aber er spürte, dass Anna wohl auch an mehr interessiert war. Auch wenn sie es nicht sagte und versuchte es sich nicht anmerken zu lassen, aber ihre Blicke verrieten es. Nachdem sie den See umrundet hatten, wanderten sie auch noch um den Ploggensee, der deutlich kleiner war. Mittlerweile war es später Nachmittag geworden und so kehrten sie in ein Restaurant ein. Nach dem Abendessen blieben sie noch eine Weile sitzen und erst um 21 Uhr ging Erik zum Auto zurück. Anna verabschiedete sich dort von ihm. Er fuhr nach Renzow zurück, lud die Einkäufe aus und las noch kurz das Fachbuch weiter. Um 22 Uhr ging er ins Bett und schlief auch gleich ein. Diese Nacht träumte er komplett von Anna.

64

Auch am Sonntag stand er um 8 Uhr auf, nahm später, wie so häufig, am Gottesdienst in Pokrent teil, lief mittags die 6 km Runde und fuhr nachmittags erneut nach Schwerin um am See spazieren zu gehen. Er brauchte manchmal die Ruhe, um seine Gedanken zu ordnen und momentan herrschte in seinen Kopf das Chaos. Die Arbeit war das geringste Problem, aber das war schon immer so gewesen. Das Private war das, was ihn wieder beschäftigte. Das war auch letztes Jahr so, vor dem Bahamas-Urlaub. Durch Katharina schien sein Leben wieder geordnet, aber Anna warf alles über den Haufen. Warum war das Leben so kompliziert? Abends aß er wieder in Schwerin, denn es gab immer noch Restaurants, die er nicht kannte und die er austestete. Danach fuhr er zurück nach Renzow, telefonierte mit Katharina und beantwortete seine privaten Mails. Er legte sich ein Film ein, legte sich auf die Couch und machte sich einen ruhigen Abend. Ab 22:30 Uhr blieb er für fast 2 Stunden auf dem Balkon, ging er danach ins Bett und konnte dann einschlafen.

Am Montagmorgen, den 23. März, stand er wie gewohnt um 6 Uhr auf, duschte, frühstückte und ging dann an die Arbeit. Um 7:30 Uhr saß er schon im Büro und bereitete sich auf den Kundentermin vor, den er um 9 Uhr hatte. Die anderen beiden kamen um kurz vor 8 Uhr, wie üblich, und auch sie machten sich gleich an ihre Tätigkeiten. Der Kunde kam pünktlich, wurde von Anna in Eriks Büro geführt und um 11 Uhr war der Termin zu Ende. Bis zum Mittagessen war die Nachbearbeitung fertig und zu dritt aßen sie wieder zusammen. Am Nachmittag machte sich Erik wieder an Anfragen, bis um 16:30 Uhr Sebastian wieder ins Büro kam, um seine Anfragen zu besprechen. Um 17 Uhr, als Sebastian wieder gegangen war, kam Anna zu Erik. Sie sprachen kurz über die Arbeit und dann über Politik, für die sich Anna auch interessierte. Anna war wirklich anders, als die anderen Frauen hier in der Gegend. Erik konnte es nicht beschreiben, aber er fühlte es. Und das Gefühl machte ihm immer noch Angst. Um 18 Uhr gingen dann beide aus dem Büro, Anna fuhr nach Hause und Erik ging in seine Wohnung, kochte ein neues Gericht und setzte sich danach an den PC, schrieb wieder Mails und surfte noch etwas im Internet. Um 22:00 Uhr ging er dann ins Bett und schlief ausnahmsweise gleich ein.

Dienstag schlief er bis 6:30 Uhr, frühstückte und saß kurz vor 8 Uhr im Büro, als wenig später die anderen beiden eintrafen. Heute stand kein Termin an und so konnte er sich umgehend an Anfragen machen. Bis zum Mittag war er allerdings mit einer größeren beschäftigt, deren Bearbeitung wohl auch noch länger dauern würde. Auf das Mittagessen verzichtete er aber trotzdem nicht, eine Stunde Pause tat immer gut. Danach ging es aber mit frischem Elan weiter, zwischendurch telefonierte er auch noch und war den kompletten Nachmittag mit der einen Anfrage beschäftigt. Sebastian kam zur üblichen Zeit wieder rüber und mittlerweile war er auch so weit, dass er die Kunden bei Fragen auch zurückrief und auch selbst Antworten fand. Das Recherchieren und Beantworten der Anfragen dauerten zwar logischerweise immer noch länger als bei Erik, aber das würde sich wohl auch nie ändern. Um 17 Uhr ging Sebastian und wenig später kam Anna wieder ins Büro, aber nur kurz, um sich zu verabschieden, und Erik spürte eine leichte Traurigkeit, dass sie heute Abend nicht länger blieb. Er selbst arbeitete noch fast 45 Minuten, bis auch er das Büro verließ um sich an das Abendessen zu machen. Danach wusch er ab, wusch auch die Wäsche und las währenddessen noch ein Roman. Um 23 Uhr versuchte er ins Bett zu gehen, aber konnte wieder einmal nicht einschlafen. Wieder einmal trieb es ihn auf den Nordbalkon. Dachte nicht an die Arbeit, nicht an Renzow oder sonst etwas, nur an Katharina und Anna. Seine Katharina war etwas Besonderes, war die Eine, die man nur einmal im Leben findet. Seine große Liebe. Aber was war mit Anna? Auch sie war etwas Spezielles. Das Problem war nur, dass Anna hier war und Katharina so weit weg. Seine Gedanken blieben aber bei Katharina, auch als er um 1 Uhr ins Bett ging und einschlief.

Mittwochmorgen war er zuerst noch etwas müde, aber nach dem Duschen und dem Frühstück ging es wieder und er war vor 8 Uhr im Büro, kurz bevor die anderen beiden eintrafen und alle drei machten sich an die Arbeit. Auch heute war kein Termin geplant und so machte er sich an die Anfragen. Seine Firma lief immer besser. Es kamen immer mehr Anfragen, immer mehr von Privatpersonen und Sebastian war gut ausgelastet. Aber er hatte auch schnell herein gefunden und war wirklich gut. Und die Fragen, mit denen er meistens um 16:30 Uhr zu Erik kam, wurden auch weniger. Viel hatte er schon in der Ausbildung gelernt

66

und den Rest fand er immer schneller bei Recherchen. Für Erik war er unverzichtbar geworden. Auch auf Anna war Verlass und auch sie wurde immer nötiger. Immer mehr Rechnungen, immer mehr Aufgaben. Und das Klima war auch sehr angenehm. Alle 3 kamen gut miteinander zurecht, sprachen viel miteinander, besonders bei den Mittagpausen. Und vielleicht war doch nichts zwischen ihm und Anna. Erik hoffte es, aber anderseits auch wiederum nicht. Um 16:30 Uhr wurde er von Sebastian wieder aus den Gedanken gerissen und eine halbe Stunde später kam dann Anna wieder ins Büro. Heute blieb sie wieder länger und Erik war froh darüber. Es gefiel ihm, wenn Anna in der Nähe war. Sie blieb bis 18 Uhr, redeten kurz über die Arbeit, dann über den Kinofilm von letzter Woche und über alles Mögliche. Um 18 Uhr verließen beide das Büro und während Anna nach Hause fuhr, ging Erik in die Wohnung. Nach dem Abendessen schrieb er wieder einige Mails und las danach den Roman weiter. Um 22 Uhr ging er ins Bett und schlief auch gleich ein.

Am Donnerstag war er ausgeruhter, verzichtete auf die Dusche und saß nach dem Frühstück um 7:30 Uhr im Büro, um die eine Anfrage von gestern fertig zu machen. Um 8 Uhr kamen die anderen beiden und Erik verließ wenig später das Haus um zu einem Termin nach Lützow zu fahren. Danach hatte er noch einen Termin in Grevesmühlen und um 13 Uhr war er wieder zurück. Er machte sich an die Nachbearbeitung und wurde damit um 16 Uhr fertig. Sebastian kam wenig später und um 17 Uhr dann Anna. Allerdings nicht alleine, denn Katharina war wieder da. Anna ließ die beiden alleine, verabschiedete sich und Erik meinte Traurigkeit in ihrem Gesicht gesehen zu haben. Aber das war schnell vergessen, als er Katharina umarmte und beim intensiven Kuss war Anna dann komplett verdrängt. Einige Minuten blieben die beiden noch im Büro, küssten sich immer und immer wieder und gingen dann in die Wohnung. Erik kochte das Abendessen, während sich Katharina frisch machte. Nach dem Essen setzten sich die beiden auf die Couch, kuschelten und redeten den ganzen Abend, bis sie in seinen Armen einschlief. Behutsam trug er sie ins Bett, zog sich um und legte sich dazu. Vor 23 Uhr schlief er ein.

67

Am Freitagmorgen wachte er zur gewohnten Zeit auf, ließ Katharina schlafen und sprang unter die Dusche. Auch das Frühstück ließ er wieder stehen und vor 8 Uhr saß er im Büro, als wenig später auch die anderen beiden kamen. Es ging wieder ans Arbeiten und um 12 Uhr brachte Katharina frisches Mittagessen ins Büro. Sie hatte für alle gekocht und zu viert saßen sie im Esszimmer und plauderten eine Weile. Danach ging es noch einmal kurz ans Arbeiten, Sebastian kam um 14:30 Uhr ins Büro, ging um 15 Uhr und auch Anna verabschiedete sich um 15 Uhr ins Wochenende. Erik ging in die Wohnung, wo Katharina schon abgewaschen hatte. Beide fuhren zuerst einkaufen, um für das Wochenende gerüstet zu sein, und aßen noch eine Kleinigkeit. Heute schien die Sonne und mittlerweile kündigte sich der Frühling an. Sie nahmen sich zwei Gläser Wein und leichte Decken und setzen sich auf den Südbalkon. Sie redeten wieder eine Ewigkeit, ließen das Abendessen ausfallen und gingen um 22 Uhr ins Bett. Dort schliefen sie auch schnell ein.

Samstag konnten beide ausschlafen und standen auch erst um 10 Uhr auf, frühstückten lange und ausgiebig und verließen danach das Haus zu Fuß, um ein wenig spazieren zu gehen. Bis jetzt hatte Katharina hier noch nicht viel gesehen, da sie meistens in größere Städte gefahren sind, aber langsam wurde das Wetter besser und wärmer und so konnte man es auch länger draußen aushalten. Sie gingen einige Stunden, redeten, küssten sich und ihr Glück schien vollkommen. Ein herrlicher Nachmittag. Am Abend kamen sie dann wieder bei ihm zu Hause an und kochten gemeinsam. Auch das Abendessen dauerte heute länger als sonst und die beiden blieben noch eine Weile sitzen. Nach dem Abwasch kuschelten sie sich auf die Couch und schliefen dort zusammen ein. Gegen Mitternacht erwachte Erik, brachte Katharina ins Bett und schlief auch gleich danach neben ihr wieder ein.

Auch am Sonntag schliefen sie aus, diesmal aber nur bis 9 Uhr. Nach dem Frühstück packte Katharina ihre Sachen und nach einer kürzeren Verabschiedung fuhr sie zurück nach Göteborg, da sie sich ja in wenigen Tagen wiedersehen würden. Erik blieb alleine zurück, räumte kurz auf und blieb den Tag über in der Wohnung. Zuerst beantwortete er einige Mails und dann las er den Roman zu Ende. Abends kochte er sich etwas zu essen und sah danach einen Film. Um 22:30 Uhr ging er ins Bett und konnte auch gleich einschlafen.

Montagmorgen stand Erik um 6 Uhr auf, duschte, frühstückte und begab sich um 7:30 Uhr ins Büro. Das komplette Wochenende hatte er nicht an Anna gedacht, aber als sie jetzt zur Tür hereinkam, wurde ihm wieder bewusst, wie schön sie war. Er konzentrierte sich aber erneut auf die Arbeit, nur unterbrochen von der Mittagspause und bis 16:30 Uhr schaffte er einiges. Dann kam Sebastian kurz hinein und nach der Besprechung telefonierte er kurz mit einem Kunden und um kurz nach 17 Uhr, als er mit dem Telefonieren fertig war, kam Anna herein. Zuerst ging es um die Arbeit und später wieder privat weiter. Als Anna um 18 Uhr gehen wollte, fragte Erik sie, ob sie nicht Lust hätte, mit ihm in seiner Wohnung zu Abend zu essen. Sie sagte mit einem leichten Funkeln in den Augen zu. Also schlossen sie das Büro ab und verließen es. Erik kochte, während Anna daneben stand und plauderte. Danach aßen sie zusammen und nachdem Erik abgeräumt hatte, setzten sie sich auf die Couch. Bis 22 Uhr redeten sie, tranken Wasser und Limo und nach einem kurzen Abschied fuhr Anna heim. Erik ging auf den Balkon und dachte über den Abend nach. Er hätte nie gedacht, dass er mal eine Angestellte in seine Wohnung einladen würde. Und dann auch noch eine Angestellte, die erst einen Monat bei ihm war. Warum machte er das? Wieder versuchte er sich einzureden, dass es einfach nur angenehm war, mal mit jemandem zu reden. Katharina war so weit weg und irgendwie war er manchmal doch einsam am Abend. Vielleicht wäre es aber besser mit Studienkollegen etwas zu unternehmen, als mit seiner Angestellten. Allerdings fühlte er sich eigentlich viel zu jung und unerfahren, als das er wirklich der Vorgesetzte war. Sie waren nun mal im gleichen Alter und relativ jung. Trotzdem musste er aufpassen, was er tat. Schon Katharina zu Liebe. Mit diesem Gedanken ging er dann um Mitternacht ins Bett und schlief kurze Zeit später ein.

Als der Wecker um 6 Uhr klingelte, war Erik nicht wirklich ausgeschlafen, dennoch saß Erik nach dem Frühstück um kurz nach 7:30 Uhr wieder im Büro. Anna war auch heute wie immer, ließ sich nichts anmerken und Erik hoffte, dass es zwischen ihnen wirklich nur bei Freundschaft blieb. Das Arbeiten heute war wie üblich, keine Termine, nur viele Anfragen. Um 16:30 Uhr kam Sebastian wieder herein und ging um 17 Uhr in Feierabend. Danach kam Anna, blieb aber heute nur 15 Minuten und fuhr dann auch. Erik blieb noch einige Minuten sitzen, machte die Anfrage fertig und ging um 18:30 Uhr zum Abendessen in die Wohnung. Nach dem Abwasch rief er bei Katharina an, beantwortete danach seine Mails und nahm sich ein Fachbuch vor. Seit dem einen Treffen in Schwerin hatte er wieder mehr Kontakt mit seinen Studienkollegen und so waren seitdem auch mehr Mails in seinem Postfach. Um 22:30 Uhr ging er ins Bett und schlief wieder gleich ein.

April 2015

Der April begann am heutigen Mittwoch mit Sonnenschein und nach dem Duschen und beim Frühstücken las er wie immer die Zeitung und ging danach ins Büro. Kurz vor 8 Uhr kamen dann die anderen beiden und auch sie stürzten sich in die Arbeit. Heute gab es genug zu tun und alle waren den Tag über ausgelastet. Zur Mittagspause aßen sie trotzdem wieder zusammen und redeten etwas über die Anfragen, besonders die von Sebastian. Dieser kam am Nachmittag auch wieder für einige Minuten herüber und um 17 Uhr kam dann Anna ins Büro. Heute blieb sie auch wieder länger und mittlerweile hatte sich Erik fast an ihre Blicke gewöhnt. Sie redeten bis 18 Uhr und Erik ging in die Wohnung zum Abendessen. Nach dem Abwasch machte er sich an die Wäsche und sah nebenbei etwas fern. Um 22 Uhr ging er ins Bett, konnte aber nicht einschlafen. Er ging wieder raus auf den Nordbalkon, dachte an Katharina und Anna. Er überlegte, ob er vielleicht doch Anna während der Probezeit entlassen und eine andere einstellen sollte. Aber etwas in ihm sagte ihm, dass Anna noch sehr nützlich werden würde und dass sie etwas Besonderes war. Also verwarf er den Gedanken wieder. Er hatte ja auch nichts gegen eine Freundschaft, ab und zu Kino oder essen gehen, aber die Blicke von Anna sprachen eine andere Sprache. Sie wollte mehr. Wenn Katharina bei ihm war, hatte er die Gedanken nicht, aber sobald sie getrennt waren, beschlichen ihn die Zweifel. Sie in Göteborg, er in Renzow. Konnte es gut gehen? 2 Jahre Studium hatte Katharina noch vor sich und so lange eine Wochenend- und Fernbeziehung führen? Erik versuchte, sich zusammen zu reißen. Sagte sich, dass alles gut werden würde. Er hatte Katharina. Mit diesen Gedanken ging er um 1 Uhr ins Bett und schlief auch gleich ein.

Als der Wecker am Donnerstag klingelte, sprang er fast auf, frühstückte und saß wieder um 7:30 Uhr im Büro. Schneller als sonst bearbeitete er die Anfragen und auch Anna und Sebastian merkten beim Verabschie-

71

den, dass sich Erik sehr auf das Wochenende freute. Um 13 Uhr gingen die beiden, verabschiedeten sich von ihm und wünschten ihm schöne Feiertage und auch Erik verließ das Büro. Er packte die restlichen Sachen und fuhr los. Etwas mehr als 7 Stunden brauchte er und so kam er vor 20:30 Uhr in Göteborg bei Katharina an. Sie wartete vor der Tür in ihrem Auto, das für Schweden einfach besser geeignet war. Erik parkte sein Auto, legte seine Tasche in den Kofferraum und setzte sich in ihr Auto. Nach einem kurzen, aber intensiven Begrüßungskuss ging es los in Richtung Norden. Sie hatten eine kleine Blockhütte gemietete, wo sie die nächsten Tage verbringen wollten. Erik spürte bei der Fahrt zur Hütte, dass dieses Wochenende ein Besonderes werden würde. 2 Stunden waren sie unterwegs, luden die Taschen aus und gingen dann schlafen. Müde von der Reise und der Uhrzeit schliefen die beiden gleich ein.

Am nächsten Morgen wachte Erik zuerst auf und betrachtete Katharina. Nach einigen Minuten machte auch sie die Augen auf und lächelte Erik verführerisch an. Sehr verführerisch. Sie küssten sich lange und intensiv und währenddessen wanderte Eriks rechte Hand an Katharinas Körper entlang bis zu ihren Beinen. Langsam schob er ihr Nachthemd hoch und gleichzeitig küsste er ihren makellosen Körper. Sein Kopf folgte dem Pfad seiner Hand und war nach einigen Sekunden auch an ihren Oberschenkeln angelangt. Ihr Nachthemd hatte er bis zu ihren Brüsten hochgeschoben und küsste nun sanft ihre Schamlippen. Spielte mit seiner Zunge an ihrer Klitoris und sie bedankte sich mit einem wohligen Stöhnen. Er zog sein Schlafanzug aus und strich danach mit beiden Händen an ihrem Körper entlang bis zu ihren Brüsten. Sie zog sich ihr Nachthemd komplett aus und Erik massierte zärtlich ihre Brüste, während er sie weiterhin mit seiner Zunge verwöhnte. Nach einer Weile zog Katharina ihn zu sich hinauf und so erkundete er auch ihren Oberkörper mit seinen Lippen und seiner Zunge. Bei ihren Brustwarzen verharrte er kurz, spielte eine Weile mit ihnen, während Katharina ihren Oberkörper dehnte, ihren Kopf nach hinten legte und die Berührungen genoss. Erik kam dann zu ihrem Hals, küsste auch diesen und war schließlich wieder bei ihrem Mund angelangt. Sie küssten sich noch einmal lange und intensiv und dann führte Katharina sein Glied in ihre Vagina. Beide stöhnten kurz auf und Erik begann mit einem langsamen

72

Rhythmus. Nach und nach erhöhte er diesen und beide trieben ihrem Orgasmus näher. Erik erkannte, dass es bald so weit sein würde und erhöhte noch einmal das Tempo. Und dann kamen sie beide gleichzeitig. Sie stöhnten beide voller Erregung, als Erik seine Samen in Katharinas Körper verströmte. Er zog sein Glied aus ihren Körper, legte sich neben sie und küsste sie. Wanderte mit seiner Hand wieder an ihrem Körper entlang. So blieben sie noch einige Minuten liegen, genossen diese Zeit, genossen die abklingende Erregung. Um 12 Uhr standen die beiden auf, machten sich etwas zu essen und verließen dann die Hütte. Erik hatte einen Rucksack dabei und sie gingen nach Süden, um einige Stunden zu wandern. Katharina kannte die Gegend und so verliefen sie sich auch nicht. Abends um 18 Uhr kamen sie dann wieder bei der Hütte an und kochten sich ihr Abendessen. Sie hatten nicht viel zu essen mit, auch nichts Aufwendiges und so gab es Pfannengemüse. Nach dem Abwasch kuschelten sie sich auf die Couch vor dem offenen Ofen, bis es dann um 22 Uhr ins Bett ging. Arm in Arm schliefen sie dann wieder ein.

Katharina wachte am Samstagmorgen zuerst auf und weckte zärtlich Erik. Heute übernahm sie den aktiven Part, weckte nicht nur Erik, sondern auch seinen Körper. Sie bearbeitete sein bestes Stück, schob sich langsam seinen Oberkörper entlang, bis sich ihre Lippen und Zungen trafen. Er führte sein Glied in ihren Körper ein und Katharina begann mit ihrem gefühlvollen Ritt. Mit ihrem Becken gab sie das Tempo vor, wurde immer schneller und fast in Ekstase brachte sie sich und Erik zum Höhepunkt. Lustvoll stöhnten die beiden ihren Orgasmus heraus und ausgepumpt lagen die beiden danach noch eine Weile nebeneinander, bis es gemeinsam unter die Dusche und zum Frühstücken ging. Heute standen sie früher auf und machten sich dementsprechend auch früher aus dem Haus. Am heutigen Tag gingen sie nordwärts, wanderten durch die Wälder und über Feldwege. Es war eine menschenleere Gegend, aber eine wunderschöne Landschaft. Abends kamen sie zur Hütte zurück, machten sich ihr Abendessen und setzen sich dann erneut vor dem Ofen. Auch heute gingen sie wieder um 22 Uhr ins Bett.

Am Ostersonntag standen die beiden direkt auf, ohne ihre Körper zu verwöhnen. Nach dem kurzen Frühstück stiegen sie ins Auto und fuhren 2 Stunden nach Norden, parkten dort und gingen von einem Parkplatz aus wandern. Gegen 17 Uhr fuhren sie wieder zurück, aßen in der Hütte und machten es sich auf der Couch bequem. Dort holten sie das nach, was sie heute Morgen nicht gemacht haben. Auch diesmal schienen ihre Körper fast zu verschmelzen, als sie sich liebten. Sie blieben auf der Couch liegen, bis es um 23 Uhr ins Bett ging.

Um 7 Uhr klingelte am Ostermontag der Wecker und die beiden standen auf und gingen unter die Dusche. Danach gab es Frühstück und sie packten ihre Sachen. Das war ein herrliches Osterwochenende gewesen, wie gemalt für die beiden, die sich nie mehr trennen wollten. Es schien, als wäre es das Paradies auf Erden. Aber leider war die Zeit vorbei und um 9 Uhr schlossen sie die Hütte ab, setzten sich ins Auto und fuhren Richtung Göteborg. Wie auf der Hinfahrt fuhr Katharina, da Erik nachher noch weit genug fahren musste. Erik blickte noch einmal zurück und wusste, dass er die vergangenen Tage nie vergessen würde. Zärtlich legte er seine Hand auf Katharinas Oberschenkel und sie spürte, was er dachte.

Sie fuhren auf einer wenig befahrenen Landstraße Richtung Göteborg und schweigend dachten beide noch an das Wochenende zurück, dass sie untrennbar miteinander verbunden hatte. In einer Rechtskurve allerdings passierte es. Katharina fuhr nicht schnell und auch aufmerksam, aber es war eine tückische Stelle. Ein Schlagloch, das kaum sichtbar war, brachte das Auto kurz zum Hüpfen und gerade als sie die Kontrolle wiedererlangt hatte, rutschte der rechte Vorderreifen auf einem Ölfleck weg. Wieder verlor sie die Kontrolle und das Auto rutschte auf die linke Fahrbahn. Sie riss das Lenkrad rum, aber es half nicht, das Auto rutschte weiter und auf der linken Seite war leider ein kleiner Abhang. Das Auto schlitterte über die Fahrbahn und fiel die Böschung hinunter, überschlug sich und Erik und Katharina wurden hin und her geschleudert, blieben aber in den Sitzen, dank der Anschnallgurte. Das Auto prallte dann gegen einen Baum und blieb dort stehen. Beide rührten sich nicht und erst nach einigen Minuten kam Erik zu sich. Er war noch leicht benommen und stieg erst einmal aus. Nachdem er frische Luft eingeatmet hatte, stieg er wieder ins Auto und sprach Katharina an, doch sie bewegte sich nicht. Er rüttelte leicht an ihrer Schulter und dann

74

warf er einen Blick auf die Fahrertür. Das Fensterglas war zersplittert und ein dicker Ast hatte sich ins Auto rein gebohrt. Der Ast steckte in Katharinas Körper, eingedrungen in ihre linke Hüfte und ihr Blut sickerte aus ihrer Kleidung. Ihre Augen waren geschlossen, kein Atem war zu hören oder zu spüren. Erik wusste zuerst nicht, was geschehen war, fühlte nach ihrem Puls, aber da war nichts und dann begriff er. Warf sich halb auf sie, schrie sie an, flehte sie an. Minutenlang blieb er dort sitzen, schlang seine Arme um sie, nahm ihren Kopf in seine Hände und schrie immer wieder ihren Namen. »Katharina!« war das einzige, was man für lange Zeit im Wald hörte. Er vergaß alles um sich herum, vergaß die Zeit, die Straße, alles. Er konnte nur an Katharina denken, mit der er ein wunderschönes Wochenende erlebt hatte, die für ihn auserwählt war und die nun von ihm genommen worden ist.

Später fuhr ein Auto auf der Straße entlang, sah die Bremsspuren, hielt an und sah das Auto. Die Polizei und ein Krankenwagen wurden gerufen und die Sanitäter hatten Mühe Erik von seiner Katharina fortzureißen. Er wollte sie nicht loslassen, wollte sie nicht verlieren, aber es war zu spät. Ihre Eltern wurden angerufen und diese holten Erik ab. Auch sie waren verzweifelt, traurig, erschüttert über den Verlust von ihrer Tochter. Polizisten brachten die 3 zum Haus der Eltern und betreuten sie auch weiterhin. Erik war am absoluten Tiefpunkt, hatte immer noch die blutbesudelten Sachen an, war aber zu geschockt, um sich umzuziehen. Erst nach einigen Minuten zog er sich doch um, duschte, blieb aber noch bei den Eltern. In seinem Zustand hätte er auch nicht fahren können. Katharina wurde in ein Krankenhaus gebracht, aber es war zu spät, sie war sofort tot gewesen, hatte nicht gelitten. Was wie eine Beruhigung hätte klingen sollen, half natürlich nicht. Über Nacht blieb Erik bei Katharinas Eltern, schlief im Gästezimmer, da er nicht in Katharinas Bett schlafen wollte.

Am nächsten Morgen rief er bei seinen Nachbarn in Renzow an und sagte ihnen, mit immer wieder abbrechender Stimme, was geschehen war. Die Nachbarn erkannten, dass Erik am Boden war und versprachen sich um das Haus und das Büro zu kümmern. Schlüssel hatten sie und so mussten Anna und Sebastian zum ersten Mal alleine arbeiten. Auch die beiden waren geschockt, als sie erfuhren, was geschehen war.

Katharinas Eltern planten die Beerdigung, die am Freitag stattfinden sollte und waren natürlich damit einverstanden, dass Erik so lange bei ihnen blieb. Die drei versuchten, sich gegenseitig Trost zu spenden, bekamen dabei Hilfe von Studienfreunden von Katharina und von Nachbarn. Aber es würde noch dauern, bis sie über diesen schrecklichen Verlust hinweg kommen würden.

Dienstag, Mittwoch und Donnerstag blieb Erik im Haus, redete wenig, aß wenig, trank wenig und schlief wenig. Immer wieder wachte er auf, hatte das Bild von Katharina vor seinen Augen und beim Aufwachen schrie er immer wieder ihren Namen. Sobald er die Augen schloss, sah er teilweise die Bilder vor seinen Augen und so hatte er Angst sie zu schließen. Der Verlust seiner Eltern hatte ihn hart getroffen, aber dieser Verlust war noch schmerzhafter. Am Freitag auf der Beerdigung musste er gestützt werden, brach immer wieder in Weinkrämpfe aus und brach auch am Sarg zusammen. Sie waren im Paradies gewesen und nun war sie tot und er durchlebte die Hölle auf Erden. Nach dem Begräbnis versuchten ihn viele aufzumuntern, aber richtig vom Erfolg gekrönt war es nicht.

Samstag entschied er sich dann, wieder nach Renzow zu fahren. Er verabschiedete sich von allen, besonders von den Eltern von Katharina und fuhr langsam nach Deutschland. Sehr häufig musste er anhalten, da er nicht weiterfahren konnte. Er war immer noch völlig fertig und eigentlich auch nicht fähig zu fahren, doch bleiben wollte er auch nicht. Alles dort erinnerte ihn an Katharina und er hoffte, dass es in Renzow besser wäre. Heute brauchte er fast 11 Stunden bis nach Hause, lud dort seine Sachen aus, duschte und ging ins Bett. Doch trotz der langen Fahrt und der Müdigkeit konnte er nicht einschlafen. Er ging raus auf den Nordbalkon, hüllte sich in Decken und dachte immer an Katharina. Weinte die meiste Zeit und konnte sie nicht eine Minute vergessen. Wenn er die Augen kurz schloss, schreckte er sofort wieder hoch, schrie aber nicht. Er ging dann wieder ins Bett, konnte aber weiterhin nicht schlafen. Auch hier schreckte er immer wieder hoch, schrie dann doch nach Katharina. Aber im Haus hörte ihn natürlich niemand.

76

Um 7 Uhr stand er dann auf, duschte erneut, ging zu den Nachbarn und auch diese versuchten, ihm Trost zu spenden, doch es war zwecklos. Später fuhr er dann nach Pokrent zur Kirche und besuchte den Gottesdienst. Die meisten hatten die Geschichte schon gehört und Anteilnahme war überall vorhanden. Später ging er zum Grab seiner Eltern und brach dort wieder zusammen. War das vielleicht Schicksal? Vater und Mutter gestorben. Die große Liebe gestorben. Was hatte das Leben noch mit ihm vor? Der Pastor richtete ihn wieder auf, brachte ihn in die Kirche und redete ihm gut zu. Versuchte ihn aufzubauen. *»Durch die Prüfungen des Herrn wirst du noch stärker werden. Vielleicht hat Gott etwas anderes mit dir geplant. Du musst stark bleiben und weiter deinen Weg gehen.«* Nachmittags fuhr Erik nach Hause, seine Nachbarn kamen und umsorgten ihn. Doch auch in dieser Nacht konnte Erik nicht viel schlafen. Wenige Minuten nur und dann schreckte er wieder hoch, das Gesicht von Katharina vor den Augen und schrie immer wieder ihren Namen. Wann würde der Schmerz vergehen?

Am heutigen Montag, den 13. April, wollte Erik aber versuchen, ins Leben zurückzukehren. Er hatte nicht viel geschlafen und die dunklen Ringe unter seinen Augen wurden stärker. Das Duschen half wenig und auch nach dem Kaffee war er immer noch müde, dennoch ging er ins Büro und machte sich um 7 Uhr an die Bearbeitung der Mails. Die letzte Woche waren mehrere Mails gekommen, die teilweise von Anna und Sebastian bearbeitet wurden sind. Aber Sebastian hatte sich bei den Anfragen nur um die Privatleute gekümmert und so waren viele Firmenanfragen noch offen. Das Foto von Katharina auf dem Schreibtisch legte er in die Schublade, sein Hintergrundbild änderte er und dann machte er sich an die Arbeit. Seine beiden Mitarbeiter kamen um kurz vor 8 Uhr und waren glücklich ihn wieder bei der Arbeit zu sehen. Allerdings sahen sie auch seinen Zustand und Anna merkte, dass sie sich jetzt zwar zurückhalten müsse, aber dass er auch Hilfe brauchte. Eine Mittagspause machte Erik nicht, sondern arbeitete durch. Ließ sich von nichts ablenken und begrub sich richtig in Arbeit. Anna kam kurz nach 13 Uhr rein, stellte ihm etwas zu essen hin, aber er nahm es kaum wahr. Als Sebastian um 16:00 Uhr ins Büro kam, stand das Essen immer noch da, aber für die Besprechung der Anfragen hatte Erik natürlich Zeit. Sie sprachen auch noch über die Anfragen der letzten Woche und als Sebastian um 17 Uhr ging, kam Anna ins Zimmer. Sie bemerkte, dass Erik den ganzen Tag über nichts gegessen hat, legte ihre Hand auf seine Schulter, sagte aber nichts. Minutenlang stand sie dort, ohne etwas zu sagen, wollte nur für ihn da sein. So richtig schien Erik es nicht zu spüren, er reagierte auch kaum auf sie. Um 17:30 Uhr verabschiedete sich und fuhr nach Hause. Erik blieb bis 20 Uhr im Büro, aß dann später doch noch und als er wieder in der Wohnung war, machte er sich noch eine Kleinigkeit zu essen. Er rief danach seine privaten Mails ab. Viele hatte er bekommen, voller Anteilnahme. Aber so richtig nahm er deren Inhalt nicht auf. Es schien fast, als wäre er nur zum Teil hier und der restliche Teil war in Schweden geblieben. Er setzte sich, nachdem er den Computer heruntergefahren hatte, auf die Couch. Fast apathisch saß er dort, immer an Katharina denkend. Weder an die Arbeit, noch an Anna dachte er. Nur an Katharina. Bis 22 Uhr saß er dort und danach ging er ins Bett, konnte aber wieder nicht schlafen. Er war zwar sehr müde, aber immer wenn er kurz die Augen schloss und einschlief, sah er Katharina vor sich und schreckte auf. Das ging so bis 6 Uhr und dann stand er wieder auf. Wieder lag eine Nacht mit kaum Schlaf hinter ihm.

Er frühstückte ein wenig, aß nur eine Scheibe und nicht wie früher 2-3. Nachdem er 3 Tassen Kaffee getrunken hatte, ging er ins Büro und machte sich an die Anfragen. Den anderen beiden fielen die Augenringe, die noch stärker als gestern waren, natürlich auf und auch sonst sah Erik nicht gut aus. Auch heute aßen die beiden alleine in der Mittagspause und Erik arbeitete wieder durch, versuchte, über die Arbeit den Unfall zu vergessen, versuchte, es zu verdrängen. Versuchte auch Katharina zu vergessen. Seine Katharina, die er so geliebt hatte. Anna wollte ihm helfen, brachte ihm nach der Pause erneut eine Kleinigkeit zu essen und achtete darauf, dass er auch aß. Bei der Besprechung mit Sebastian war Erik aber wieder aufmerksam, stürzte sich aber danach gleich von Neuem in die Arbeit. Anna kam dann um 17 Uhr erneut ins Büro, setzte sich zu ihm, versuchte, ihm durch ihre Anwesenheit etwas Halt zu geben, wollte zeigen, dass sie für ihn da ist. Um 17:30 Uhr ging sie dann und auch heute blieb Erik bis 20 Uhr im Büro, aß danach nur eine Kleinigkeit und legte sich dann wieder auf die Couch. An Schlaf war allerdings nicht zu denken und auch als er um 22:30 Uhr ins Bett ging, wurde er durch seine Alpträume wach gehalten. Die Müdigkeit

78

wurde immer schlimmer, aber die Bilder von Katharina und dem Unfall verschwanden nicht und so machte Erik auch diese Nacht selten die Augen zu.

Mittwochmorgen ging er um 6 Uhr unter die Dusche, aß wieder nur wenig zum Frühstück und saß um 7:30 Uhr im Büro, um sich sofort an Anfragen zu machen. Seine Mitarbeiter kamen zur gewohnten Zeit und Anna blieb noch einige Minuten bei Erik, bis sie zu ihrem Arbeitsplatz ging. Auch heute wirkte Erik immer noch etwas abwesend, ließ wieder die Mittagspause ausfallen und arbeitete durch. Arbeit gab es auch genug, denn er hatte noch Anfragen aus der letzten Woche nachzuholen und es kamen auch täglich neue dazu. Um 16 Uhr führte er ein Telefonat und wenig später kam Sebastian mit seinen Anfragen und um 17 Uhr kam Anna wieder ins Büro. Heute blieb Anna bis 18 Uhr und als sie das Büro verließ, spürte Erik etwas Kraft. Dennoch blieb er bis 20 Uhr im Büro, machte sich danach etwas zu essen und setzte sich nach dem Abwasch wieder an den PC, um die privaten Mails abzurufen. Heute nahm er sich auch die Zeit, kurz auf alle zu antworten. Viele versuchten ihm zu helfen und langsam spürte er, wie es ihm etwas besser ging. In solchen Zeiten merkte er, dass er doch viele Freunde hatte. Um 23 Uhr ging er dann ins Bett, konnte aber wieder nicht durchschlafen. Aber zumindest schlief er etwas besser, auch wenn er am nächsten Morgen immer noch sehr müde war.

Heute wachte er vor 6 Uhr auf, als er etwas Feuchtigkeit im Gesicht spürte. Er wischte es weg und blickte danach auf die Hand. Blut. Schnell lief er ins Bad und sah sich im Spiegel an. Größtenteils war das Blut wieder trocken und es schien aus der Nase gekommen zu sein. Erik hoffte, dass es nur wegen der Übermüdung war. Durch Schlaf würde es sich bestimmt bessern, aber wann sollte dieser kommen? Er wusste es nicht. Mit blutverschmierten Gesicht und Hals ging er unter die Dusche, seinen Schlafanzug warf er in die Wäsche und nach dem Duschen fühlte er sich etwas sauberer und munterer. Nach dem Frühstück und dem Zeitunglesen ging er ins Büro und machte sich an die Anfragen. Das Blut hatte ihn nachdenklicher gemacht, dennoch hoffte er, durch die Arbeit, den Schmerz und die Trauer zumindest kurzzeitig zu vergessen. Er arbeitete wieder bis 19 Uhr durch und aß nur eine

79

Kleinigkeit. Abends setzte er sich vor den Fernseher, aber richtig entspannend war das Programm nicht. Zum Lesen hatte er aber noch weniger Lust. Um 1 Uhr ging er ins Bett, nachdem er noch eine Weile auf dem Balkon gesessen hatte und schlief erneut sehr unruhig.

Am Freitagmorgen stand er um 6 Uhr auf und nach dem Frühstück saß er wieder um kurz nach 7 Uhr im Büro und nahm sich die Anfragen vor. Der Stapel wurde nicht kleiner, die Kunden schienen ihm weiterhin zu vertrauen, trotz der privaten Probleme. Oder es war nicht bei allen bekannt, was über Ostern geschehen war. Kurz vor 8 Uhr kamen die anderen beiden und machten sich an die Arbeit. Da heute Freitag war, kam Sebastian schon um 14:30 Uhr ins Büro zur Klärung der offenen Fragen und ging um 15 Uhr ins Wochenende. Anna kam um 15 Uhr bei Erik, stellte sich hinter ihn und legte nur ihre Hände auf seine Schulter, während er weiterarbeitete. Um 15:30 Uhr drehte sie sich um zum Gehen und Erik stand auf. Legte seinerseits seine rechte Hand auf ihre linke Schulter, sah ihr in die Augen und sagte nur ein einziges Wort: *»Danke.«* Anna spürte, wie die Tränen aus ihren Augen fließen wollten, verabschiedete sich und ging. Erst im Auto ließ sie ihren Emotionen freien Lauf und weinte. Erik blieb bis 18:00 Uhr im Büro, aß danach noch etwas und ging wieder an den PC um Mails zu beantworten. Nebenbei wusch er Wäsche und um 22 Uhr ging er ins Bett. Diese Nacht schlief er, wie in letzter Zeit immer, nicht gleich ein, sondern erst um 1 Uhr, schlief dafür aber ohne Pause durch.

Zum Glück war Samstag und so konnte er länger im Bett bleiben. Erst um 11 Uhr stand er auf, frühstückte und setzte sich dann wieder ins Auto. Zum ersten Mal seit er aus Schweden wiedergekommen war, saß er wieder am Lenkrad und teilweise musste er dabei an Katharina denken. Er kam aber gut nach Schwerin, stellte dort das Auto ab und ging wieder spazieren. Den kompletten Nachmittag verbrachte er im Schlossgarten, Burggarten, Küchengarten, Ufergarten, Naturgarten und Garten am Marstall. Aus der Ferne sah er immer wieder einzelne Bekannte, aber heute brauchte er seine Ruhe und so ging er diesen unauffällig aus dem Weg. Er genoss ein wenig den Nachmittag, fand langsam zur alten Ruhe und Stärke zurück. Abends aß er in einem Restaurant und gegen 21 Uhr fuhr er nach Hause. Dort angekommen rief er seine

80

Mails ab, legte die Wäsche zusammen und ging ins Bett. Doch auch heute blieb ihm am Anfang der Schlaf verwehrt. Er ging raus auf den Südbalkon und wieder erschien Katharina vor seinen Augen. Wieder dachte er zuerst an die schönen Stunden und Tage mit ihr, bis er an den Unfall denken musste. Um 1 Uhr ging er ins Bett, schlief ein und konnte sogar durchschlafen.

Am Sonntag stand er um 8 Uhr auf und fuhr nach dem Frühstück einmal mehr nach Pokrent zum Gottesdienst. Als er danach beim Grab seiner Eltern stand, kam der Pastor um mit ihm zu sprechen. Er sah, dass es Erik besser ging als letzte Woche, aber immer noch nicht so gut wie vor Ostern. Aber die Zeit heilt alle Wunden, sagt zumindest das Sprichwort, doch der Pastor wusste, dass nicht alle Wunden heilen würden. Erik fuhr dann heim und ging Laufen. Wieder lief er die 6 km und es ging erstaunlich gut, auch wenn er eine Weile nicht gelaufen war. Danach ruhte er sich aus und machte es sich den Nachmittag auf der Couch bequem. Abends kochte er sich etwas zu essen, beantwortete noch einige Mails und sah sich dann noch einen Film an. Um 22:30 Uhr ging er ins Bett, konnte aber wie so häufig nicht gleich einschlafen. Heute ging er diesmal auf den Nordbalkon raus und dachte die meisten Zeit an Katharina. Um 2 Uhr konnte er dann doch einschlafen.

Montagmorgen stand er um 6 Uhr auf und war ziemlich müde. Als er ins Badezimmer ging, musste er mit Schrecken feststellen, dass in der Nacht wohl wieder seine Nase geblutet hatte. Der Schlafanzug kam also auch in die Wäsche und er selbst sprang unter die Dusche. Nach dem Frühstück saß er um 7:30 Uhr im Büro und las erst die Mails, die über das Wochenende eingetroffen waren. Er überlegte sich auch, ob er mal zum Arzt wegen der Schlaflosigkeit gehen sollte. Vielleicht bekommt er ja Medikamente oder einen Termin beim Psychologen. Denn normal war das nicht. Aber Erik ging selten zum Arzt, dafür war er eigentlich nicht der Typ und irgendwann würde er auch wieder richtig schlafen können. Um kurz vor 8 Uhr kamen die anderen beiden und Anna sah in Eriks Augen, dass er dieses Wochenende nicht viel geschlafen hatte. Sie wollte etwas zu ihm sagen, aber er hatte seine Augen schon wieder auf den Monitor gerichtet, um weiter zu arbeiten. Also sagte sie nichts, sondern ging an ihren Arbeitsplatz. Um 9 Uhr kam dann ein Kunde, der bis kurz vor 12 Uhr blieb. Diesmal saß Sebastian daneben, um einmal bei so einem Gespräch dabei zu sein. Es war zwar ein Firmenkunde, aber demnächst sollte Sebastian auch Gespräche mit den Privatkunden führen. Nach dem Gespräch aßen die drei ausnahmsweise zusammen und Erik und Sebastian unterhielten sich über den Kundentermin, während Anna nur selten sprach. Erik schien es aber, als ob sie glücklicher als heute Morgen war. Sie ging dann um 13 Uhr wieder ihr Büro, während Erik und Sebastian in Eriks Büro mit der Nachbesprechung begannen. Um 15 Uhr ging dann Sebastian in sein Büro, kam dann um 16:30 Uhr zur Besprechung. Um 17 Uhr ging er wie üblich, Anna ging natürlich noch nicht, sondern kam erst zur Erik ins Büro, um wieder mit ihm zu reden.

Er war gesprächiger als Freitag, auch wenn Anna weiterhin die meiste Zeit redete. Die Blicke, die Anna ihm zuwarf, waren andere als vor Ostern, trotzdem war immer noch viel Zuneigung dabei. Es tat ihm gut, dass Anna hier war. Sonst hatte er ja niemanden. Nach dem Abendessen ging er wieder zu den Nachbarn auf eine Partie Skat und auch ihnen fiel auf, dass Erik schweigsamer geworden ist. Aber da hatten beide Verständnis. Um 22 Uhr ging Erik nach Hause und versuchte einzuschlafen. Heute schlug der erste Versuch allerdings wieder fehl und er ging raus auf den Südbalkon. Die dicke Jacke brauchte er mittlerweile nicht mehr, es war für die Sommerjacke schon warm genug. Am Anfang dachte er an Anna, bis ihm Katharina wieder einfiel. Sah ihr Gesicht, dachte an Ostern zurück, an die Bahamas, an Silvester, an jedes einzelne Wochenende, an dem sie sich gesehen hatten. Zum Schluss sah er wieder den Unfall, versuchte ihn zu verdrängen, aber behielt das Bild von der blutenden Katharina im Auto vor sich. Dachte an Anna, an die Arbeit, aber das Bild von der toten Katharina blieb. Blieb auch noch, als er um 2 Uhr ins Bett ging und riss ihn immer wieder aus dem Schlaf. Die Alpträume waren immer noch da.

Auch heute waren sein Kinn und sein Schlafanzug leicht blutverschmiert, aber in den letzten 2 Wochen hatte er nicht viel Schlaf gehabt. Im Schnitt 2-3 Stunden pro Tag, das war einfach zu wenig. Also duschte Erik erneut, um sich vom Blut zu befreien, und nach dem Frühstück saß er um 7:30 Uhr im Büro. Die anderen beiden kamen zur gewohnten

82

Zeit und um 8:30 Uhr kam ein Privatkunde. Erik führte wieder das Gespräch, während Sebastian nur daneben saß. Die Nachbearbeitung machten sie dann gemeinsam. Das Gespräch war sehr kurz, die Nachbearbeitung dadurch auch und um 10 Uhr kam der nächste Kunde. Auch hier war es die gleiche Konstellation und auch bei dem Kunden waren sie schnell fertig, so dass um 12 Uhr wieder alle 3 gemeinsam aßen, wobei heute Anna selten etwas sagte, während Erik und Sebastian noch einmal über die Gespräche sprachen. Nach der Mittagspause ging es wieder an die Anfrage, bis Sebastian um 16:30 Uhr zur Besprechung ins Büro kam. Um 17 Uhr war Anna dann wieder da, blieb diesmal nur bis 17:30 Uhr, trotzdem redeten sie eine Menge. Als sie ging, blieb Erik noch im Büro, machte die eine Anfrage fertig und ging dann zum Abendessen in die Wohnung.

Nach dem Abwasch beantwortete er wie üblich seine Mails und dabei fing seine Nase an zu bluten. Nach etwa 20 Minuten hörte es wieder auf, aber Erik fühlte sich danach noch etwas schwindlig und legte sich erst einmal auf die Couch. Dort blieb er eine Weile liegen, schlief aber nicht, sondern machte sich nur wieder Gedanken. Über Anna, die Arbeit und natürlich über Katharina. Um 21 Uhr stand er auf, um den Computer herunterzufahren und als er stand, bekam er auch noch Kopfschmerzen. Langsam wankte er zur Couch zurück und legte sich hin. Erik wusste, dass die Ursache von allem die Schlafprobleme waren, aber gerade die hinderten ihn auch heute einzuschlafen. Ab und zu nickte er kurz ein, wachte aber ziemlich schnell wieder auf, immer Katharinas Gesicht vor Augen. So ging es einige Stunden, bis das Nasenbluten wieder anfing. Nach einer Weile hörten diese auf, allerdings blieben die Kopfschmerzen und wenn er sich aufrichtete, wurde ihm schwindlig. Er blickte kurz auf die Uhr und sah, dass es 4 Uhr war. Er schleppte sich ins Bett, entledigte sich nur seiner Hose und seinem Pullover und schlief dort nach einigen Minuten ein.

Das Klingeln vom Wecker überhörte er und wurde erst wach, als die Türklingel laut ertönte. Als er auf die Uhr schaute, war es schon kurz nach 9 Uhr. Auf dem Weg zur Tür zog er schnell seine Hose an und warf noch einen Blick in den Spiegel. Sein Gesicht und das T-Shirt waren blutverschmiert und auch seine Augen sahen schrecklich aus. Er öffnete die Tür und draußen stand die Nachbarin. Sie schrie erschrocken auf, als sie Erik so sah, aber fand dann schnell ihre Ruhe zurück.

»Ich habe die beiden ins Büro hereingelassen, damit sie schon einmal arbeiten können. Vielleicht solltest du heute in der Wohnung bleiben.« »Nein«, antwortete Erik. *»Ich dusch nur kurz und dann komme ich runter. Das geht schon.« »Ich denke, wir sollten mal wieder reden. Komm am besten heute Abend mal zu uns rüber.«*

Sie ging dann und Erik zog sich aus und ging unter die Dusche. Die Schwindelgefühle waren weg, allerdings hatte er noch leichte Kopfschmerzen. Und die Augenringe waren natürlich auch nach dem Duschen noch vorhanden. Er ging dann aber ins Büro und Anna sah ihn besorgt an, als sie ihn sah. Termine hatte er zum Glück heute keine und so machte er sich an die Anfragen. Heute verbrachte er die Mittagspause wieder alleine in seinem Büro und im Laufe des Nachmittages wurden die Kopfschmerzen wieder stärker. Um 16:30 Uhr kam Sebastian wieder herein, die Besprechung war schnell zu Ende und um 17 Uhr war Anna wieder im Büro. Erik machte noch die eine Anfrage fertig und schickte die Antwort kurz nach 17 Uhr weg.

Er fuhr den Rechner runter und auf einmal fing die Nase wieder an zu bluten. Anna sah ihn erschrocken an, holte aber schnell nasse Tücher. Seine Nase beruhigte sich wieder relativ schnell, aber Anna sah trotzdem entsetzt, besorgt und beunruhigt aus. Erik spürte, dass ihr einige Fragen auf der Zunge lagen und so fing er von sich aus an, ihr über die Schlafprobleme und die Alpträume zu erzählen. Sie wollte ihm helfen, aber Erik lehnte ab.
»Danke, für das Angebot, aber da muss ich alleine durch. Ich werde es alleine schaffen, meine Probleme in den Griff zu kriegen, mach dir um mich keine Sorgen. Das geht schon.«

Aber Anna machte sich Sorgen, doch Erik wich vom Thema ab, sagte aber zumindest zu, dass er morgen mit ihr Essen gehen würde, und um 18 Uhr stand er auf und sagte, dass er zu den Nachbarn geht. Diese hätten ihn eingeladen. Er und Anna gingen also aus dem Büro, sie verabschiedeten sich kurz voneinander und Erik ging zu den Nachbarn.

84

Anna sah ihm dabei nach, bis er bei der Haustür angekommen war und dann stieg sie erst ins Auto. Sie musste kurz weinen, aber konnte dann wenig später nach Hause fahren. Die Nachbarin hatte eine Kleinigkeit gekocht und zu dritt saßen sie dann am Tisch und Erik erzählte auch ihnen von den Schlafproblemen und den Alpträumen. Er erzählte aber auch von der Schlaflosigkeit seit Oktober und den Nachbarn wurde klar, dass Erik jemand brauchte, der für ihn da war. So jemand wie Katharina. Aber sie waren auch klug genug, ihn nicht darauf anzusprechen. Sie meinten nur, dass er vielleicht Urlaub nötig hätte, zum Erholen, zum Abschalten. Natürlich nicht wieder in die Karibik, sondern woanders hin. Kultururlaub oder so was ähnliches. Erik ließ sich den Vorschlag durch den Kopf gehen, als er um 22 Uhr in seine Wohnung ging. Er räumte dort schnell auf, bezog das Bett neu und legte sich ins Bett. Aber auch heute schlief er wieder nicht gleich ein und so ging er raus auf den Südbalkon. Dachte an Anna, an die Idee mit dem Urlaub und danach doch wieder nur an Katharina. Um 1 Uhr ging er ins Bett und da er sehr müde war, fielen ihm dann doch die Augen zu.

Am heutigen Donnerstag, den 23. April, schlief er bis 7 Uhr, frühstückte dann und saß um 7:45 Uhr im Büro. Einige Minuten später kamen die anderen zwei. Anna schaute wieder kurz ins Büro und als Erik zurücklächelte, wusste sie, dass es ihm besser ging. Bis zur Mittagspause hatte Erik 2 Anfragen geschafft und in der Pause saß er wieder mit den beiden zusammen im Esszimmer. Heute redeten Anna und Sebastian die meiste Zeit, während Erik ruhig daneben saß und nur zuhörte. Nach dem Essen ging es weiter an die Arbeit und bis 16:30 Uhr schaffte Erik 3 Anfragen, bevor Sebastian wieder ins Büro kam. Nach der kurzen Besprechung kam Anna um 17 Uhr noch rein, verabschiedete sich aber nur und fuhr auch heim. Erik blieb noch wenige Minuten, ging dann in die Wohnung, duschte und packte noch seine Reisetasche und fuhr dann nach Grevesmühlen.

Um 19 Uhr war er da, Anna hatte auch schon einen Tisch reserviert und wartete auf ihn. Sie setzten sich, bestellten und plauderten eine Weile. Anna machte sich immer noch Sorgen um Erik, auch wenn es ihm heute wohl besser ging als gestern. Trotzdem sah man ihm die Müdigkeit und Trauer noch an. Es fiel Anna schwer, an ihm ranzukommen, denn

85

Erik hatte seit Ostern eine Mauer um sich gebaut und ließ keinen nahe an sich ran. Anna versuchte es zwar, aber Erik blockte immer wieder ab. Meistens unbewusst und häufig schärfer als beabsichtigt, trotzdem fühlte sich Anna manchmal leicht verletzt. Um 22:30 Uhr waren die beiden mit dem Essen fertig, setzten sich noch auf ein Espresso in ein Café und redeten weiter. Um 23:30 Uhr gingen sie dann zu ihren Autos und als sie sich verabschiedeten, fragte Anna Erik, was er denn am Wochenende machen würde. Erik antwortete, dass er wegfahren wollte, um sich etwas zu entspannen und zu erholen. Über diese Antwort war Anna zum einen traurig, da sie dann das Wochenende wieder alleine wäre, anderseits hatte sie Hoffnung, dass es ihm danach Bessergehen würde. Sie verabschiedeten sich voneinander und fuhren nach Hause. Nachdem Erik daheim war, ging er gleich ins Bett und schlief sofort ein.

Am Freitagmorgen saß Erik kurz vor 7 im Büro und arbeitete schon, als die anderen kamen. Um 12 Uhr schickte er die beiden ins Wochenende, packte die Tasche zu Ende, legte sie in den Kofferraum und fuhr dann los Richtung Nordosten. Greifswald war sein Ziel und dort wollte er die nächsten 2 Tage verbringen. Ein Zimmer hatte er nicht reserviert, da es eine spontane Idee war, aber er hoffte, in einem Hotel noch ein freies zu bekommen. Ansonsten müsste er doch zu Hause übernachten und die zwei Tage jeweils hin- und zurückfahren. Am frühen Nachmittag kam er in Greifswald an, parkte sein Auto und ging ins Pommersche Landesmuseum. Als er dort wieder raus kam, war es schon Abend geworden und er suchte sich ein Hotel. Gleich das Erste hatte ein Zimmer für 2 Nächte und so fuhr er sein Auto in die Tiefgarage und checkte ein. Nachdem er sein Gepäck aufs Zimmer gebracht hatte, ging er in den Speiseraum zum Abendessen. Die nächsten Tage wollte er sich richtig was gönnen und das Abendessen genoss er schon einmal. Danach blieb er noch kurz sitzen und ging dann an die Hotelbar auf ein Glas Wein. Nebenbei plauderte er noch etwas mit der Bedienung und ging um 22:30 Uhr hoch auf sein Zimmer. Auch heute konnte er sofort wieder einschlafen.

Am nächsten Morgen wachte Erik um kurz vor 8 Uhr auf, duschte und ging dann runter zum Frühstück. Das Hotel war nicht so groß, es hatten

86

nur wenige Gäste eingecheckt und so war er der einzige beim Frühstück. Um 9:30 Uhr verließ er das Hotel und auch heute stand wieder Kultur auf dem Programm. Er sah sich die 3 großen Backsteinkirchen an, trank zwischendurch in einem Café einen Kaffee und nachdem er die Kirchen besichtigt hatte, standen noch die Befestigungsanlagen auf dem Programm. Danach sah er sich noch die Stadt an, unter anderem auch die Bismarcksäule, und um 17:30 Uhr war er zurück im Hotel. Er ging hoch auf sein Zimmer um sich umzuziehen und um 18:30 Uhr ging er runter zum Abendessen. Auch diesmal aß er langsamer als sonst und setzte sich danach wieder an die Hotelbar. Es war die gleiche Bedienung wie gestern und auch heute unterhielt er sich lange mit ihr. Es waren nur 2 andere Gäste an der Bar, so dass die Bedienung viel Zeit für ihn hatte. Sie redeten über Greifswald, über das Hotel und die Arbeit. Es tat Erik gut, mal mit jemandem zu reden, der ihn nicht kannte, nicht seine Vorgeschichte kannte. Bis 24 Uhr blieb er sitzen, stieg aber nach dem zweiten Glas Wein auf Apfelschorle um, denn betrinken wollte er sich hier auf keinen Fall. Um Mitternacht verabschiedete er sich von der Bedienung und ging ins Bett.

Auch am Sonntag wachte er kurz vor 8 Uhr auf, war wieder der einzige beim Frühstück und packte danach seine Sachen. Um 9:30 Uhr checkte er aus und fuhr nach Stralsund. Dort blieb er den kompletten Tag, schaute sich die wunderschöne Altstadt an und fuhr gegen 17 Uhr zurück Richtung Renzow. In Wismar machte er kurz Pause, nahm dort sein Abendessen zu sich und fuhr um 20 Uhr weiter. Als er zu Hause ankam, packte er seine Sachen aus, warf die Waschmaschine an und beantwortete die privaten Mails, die sich über das Wochenende angesammelt hatten. Danach setzte er sich noch vor den Fernseher, bis die Wäsche fertig gewaschen war, und nachdem er diese aufgehängt hatte, ging er ins Bett. Heute hatte er wieder Probleme mit dem Einschlafen und ging raus auf den Südbalkon. Er dachte noch einmal an das zurückliegende Wochenende, an die Arbeit, an Anna und dann doch wieder an Katharina. Mit dem Gedanken an sie ging er dann um 1 Uhr ins Bett und schlief diesmal gleich ein.

Am Montagmorgen klingelte der Wecker um 6 Uhr morgens und Erik ging unter die Dusche. Nach dem Frühstück und dem Zeitunglesen saß er um 7:30 Uhr im Büro und prüfte zuerst seine geschäftlichen Mails, von denen über das Wochenende aber nicht viele eingetroffen waren. Also machte er sich an die erste Anfrage, bevor die anderen beiden eintrafen. Anna schaute kurz ins Büro und sah, dass es Erik besser ging. Sie ließ ihn aber alleine und Erik schaffte bis zum Mittag 2 Anfragen. In der Pause saßen die drei wieder zusammen und redeten über das vergangene Wochenende. Am Nachmittag machte sich Erik an eine größere Anfrage, mit der er auch nicht fertig wurde, als Sebastian zur Besprechung ins Büro kam. Danach kam Anna rein und sie plauderten eine Weile. Aber auch heute merkte Anna, dass Erik bei den persönlichen Fragen immer noch abblockte. Trotzdem freute sie sich, dass es ihm offenkundig besser ging und um 18 Uhr ging sie dann in Feierabend. Erik blieb noch 2 Stunden sitzen, machte aber dafür die eine Anfrage fertig und ging erst danach in die Wohnung. Nach dem Abendessen nahm er sich eine Fachzeitschrift vor, die heute eingetroffen war. Um 22:30 Uhr ging er ins Bett und schlief gleich ein. Vor dem Einschlafen dachte er noch kurz an Anna.

Dienstagmorgen stand er wie gewohnt um 6 Uhr auf, frühstückte, las die Zeitung und ging ins Büro. Als die anderen beiden ankamen, war er schon mittendrin in der ersten Anfrage. Um 10 Uhr kam ein Privatkunde rein und auch diesmal führte Erik das Gespräch, während Sebastian nur zuhörte. Bis 12 Uhr waren sie mit der Nachbearbeitung fertig und zu dritt machten sie wieder Mittagspause. Danach machten sie sich getrennt an die Arbeit, bis zur Besprechung von Erik und Sebastian um 16:30 Uhr. Um 17 Uhr ging dann Sebastian in Feierabend und Anna kam ins Büro. Erik war vorher mit der Anfrage fertig geworden und so hatte er heute gleich von Anfang an Zeit für Anna.

Zuerst versuchte sie, wieder näher an ihn ranzukommen, doch als er wieder abblockte, ging sie zu einem anderen Thema über und sie sprachen über Zeichentrickfilme und schließlich über Rio, von dem Anna nur Gutes gehört hatte. Da Erik diesen auf DVD hatte, fragte er Anna ob sie nicht mit ihm den Film sehen wollte. Sie hatte heute sogar Zeit und so verließen beide das Büro und gingen in Eriks Wohnung. Dort kochte Erik für beide und nach dem Essen legte er die DVD ein und stellte Getränke hin. Als kleinen Snack gab es noch Schokolade. Sie setzten sich dann auf die Couch und schauten sich zusammen den Film an. Als der Film zu Ende war, blieben sie noch eine Weile schweigend sitzen, bis Erik spürte, dass Anna ihren Kopf an seine Schulter lehnte. Er bewegte sich nicht, wusste nicht, was er machen sollte. So blieb er einige Minuten sitzen, bis er merkte, dass Anna schlief. Vorsichtig nahm er ihren Kopf in seine Hände, stand auf und legte Anna auf die Couch. Er holte eine Decke, deckte damit Anna zu, schaltete den Fernseher aus, machte sich bettfertig und ging in sein Bett. Auch heute konnte er wieder gleich einschlafen.

Auch am nächsten Morgen stand er um 6 Uhr auf und ging unter die Dusche. Als er nach dem Anziehen ins Wohnzimmer kam, war Anna auch schon wach, sah aber noch sehr verschlafen aus. Erik gab ihr ein Handtuch und auch sie ging duschen, während er das Frühstück vorbereitete. Danach frühstückten sie zusammen und sprachen noch einmal über den Film. Um 7:45 Uhr gingen dann beide runter ins Büro und machten sich an die Arbeit. Etwas später kam dann auch Sebastian. Bis 10 Uhr bearbeitete Erik eine Anfrage, schickte die Antwort raus und fuhr dann zu zwei Kundenterminen nach Schwerin. Um 16:30 Uhr war er dann wieder im Büro, gerade rechtzeitig für die Besprechung mit Sebastian, der um 17 Uhr wieder in Feierabend ging. Danach kam Anna rein und Erik bedankte sich erst einmal für den netten Abend gestern, allerdings redete keiner über die, aus Eriks Sicht, unfreiwillige Übernachtung.

Um 18 Uhr ging Anna schließlich und Erik ging in seine Wohnung, machte sich etwas zu essen, wusch ab und beantwortete dann einige private Mails. Danach nahm er sich wieder die Fachzeitschrift vor, die er am Montag nicht zu Ende gelesen hatte. Um 21 Uhr war er dann damit fertig, aber es war noch zu früh, um ins Bett zu gehen. Also ging er diesen Abend raus auf den Südbalkon. Ihm war bewusst, dass er eigentlich eine Freundin bräuchte, eine die für ihn da war und mit der er reden und leben konnte. Der Gedanke daran führte ihn aber auch das Bild von Katharina vor Augen und er musste sich erst einmal schluchzend hinsetzen. Nachdem er sich beruhigt hatte, ging er wieder ins Wohnzimmer, setzte sich auf die Couch und versuchte die Gedanken an Katharina zu verdrängen, schaffte dies aber lange Zeit nicht. Erst gegen

1 Uhr dachte er dann an die Arbeit. Daraufhin ging er ins Bett und konnte auch heute gleich beim ersten Versuch einschlafen.

Donnerstagmorgen saß er um 7:30 Uhr nach dem Frühstück im Büro und machte sich an die Nachbearbeitung der Termine von gestern. Die anderen beiden kamen zur gewohnten Zeit und als um 10 Uhr ein Kundentermin im Haus an stand, war Erik mit der Nachbearbeitung fertig geworden. Der Termin dauerte fast 2 Stunden und danach war wie üblich die Mittagspause dran. Erik schien es, als wäre Anna heute lockerer als sonst. Nach dem Mittag ging es wieder an die Nachbearbeitung und danach an Anfragen. Als Sebastian und auch Anna um 17 Uhr ins Wochenende gingen, fuhr Erik zum Einkaufen, da er endlich wieder frische Sachen brauchte. Erst um 19 Uhr war er in seine Wohnung und machte sich etwas zu essen. Danach beantwortete er Mails und telefonierte auch noch kurz mit Katharinas Eltern. Um 21 Uhr nahm er sich wieder ein Roman und las 2 Stunden. Er versuchte einzuschlafen, aber ging wie so oft raus auf den Südbalkon. Dort verbrachte er einige Zeit bis er um 2 Uhr erneut ins Bett ging und diesmal einschlafen konnte.

Mai 2015

Am Feiertag schlief Erik bis 10 Uhr, frühstückte, räumte kurz in der Wohnung auf, packte sich spontan eine Reisetasche und fuhr wieder nach Greifswald. Im selben Hotel wie vor einer Woche bekam er erneut ein Zimmer. Er checkte ein und spazierte noch kurz durch die Stadt, bevor er sich zum Abendessen ins Hotel begab. Danach setzte er sich wieder an die Hotelbar und die Bedienung war auch dieselbe wie beim letzten Mal. Sie erkannte ihn sofort und so kamen sie gleich ins Gespräch.

Nach den üblichen Gesprächsfloskeln fragte sie ihn: *»Warum sind sie wieder in Greifswald? Beruflich können sie ja am Wochenende kaum unterwegs sein.«*
Er entgegnete: *»Ich habe noch nicht alles gesehen. Besonders das Naturschutzgebiet Eldena möchte ich mir anschauen und auch noch mal an der Ryck spazieren gehen. Zum Abschalten ist es bestimmt gut geeignet.«*
»Dann heißt es also die nächsten beiden Tage früh aufstehen?«
»Es ist Wochenende, da kann ich ruhig mal ausschlafen. Zwischen 9 und 10 Uhr frühstücken und dann irgendwann gemütlich das Hotel verlassen. Es wird also ein ruhiges Wochenende.«
»So spät? Da stehe ich ja nur wenig später auf und könnte fast mitkommen«, sagte sie, aber wohl eher ironisch gemeint.
»Klar«, sagte Erik. *»Soll ich hier im Hotel auf sie warten? Sie kennen sich bestimmt auch besser aus.«*
Sie stutzte erst, schaute leicht verwirrt, sagte aber dann zu. Erik blieb noch eine Weile sitzen und sie plauderten weiter, bis er um 23 Uhr hoch in sein Zimmer ging und dort gleich einschlief.

Um kurz vor 9 Uhr wachte er auf, blieb noch etwas liegen und nach dem Frischmachen ging er hinunter zum Frühstück. Er aß ausgiebig, ging danach ins Zimmer, zog sich um und um 11 Uhr traf er sich dann mit der Bedienung vor dem Hotel. Sie gingen Richtung Eldena und führten ihr Gespräch vom gestrigen Abend weiter. Da sie heute auch vor hatten den kompletten Tag mit einander zu verbringen, wurde das Gespräch auch persönlicher. Sie hieß Julia, war 26 und arbeitete seit letztem Sommer als Bar-Chefin im Hotel. Nur am Wochenende stand sie eigentlich an der Bar, ansonsten machte sie die Koordination und da sie sich viel mit den Gästen unterhielt und unterhalten musste, kannte sie sich wirklich gut in der Gegend aus. Die beiden spazierten sehr lange, sahen sich zwischendurch die Klosterruine, den Bierkeller und die Bockwindmühle an. Am späten Nachmittag kehrten sie in ein Café ein und blieben dort noch 1 Stunde bei einem Kaffee sitzen. Danach trennten sich ihre Wege und Erik traf um 18:30 Uhr wieder im Hotel ein. Nachdem er kurz in seinem Zimmer war und sich frisch gemacht hatte, ging er hinunter zum Abendessen. Danach setzte er sich wie gehabt an die Hotelbar und redete wieder mit Julia. Um 22:30 Uhr ging er dann ins Bett und schlief erneut sofort ein.

Auch am nächsten Tag war er vor 9 Uhr wach und stand diesmal gleich auf. Nach dem Frühstück packte er seine Sachen, checkte aus und legte seine Taschen in den Kofferraum. Das Auto parkte er noch schnell um, so dass es nicht mehr auf dem Hotelparkplatz stand und traf sich dann um 11 Uhr wieder mit Julia. Heute gingen sie entlang der Ryck spazieren, sahen sich den Museumshafen an und gingen dann durch den Ortsteil Wieck. Dort sahen sie sich besonders die Klappbrücke und den Fischereihafen an. Am frühen Nachmittag kehrten sie dann in einem der vielen Cafés ein und redeten dort noch eine Weile bei einem Kaffee. Um 17 Uhr gingen die beiden in Richtung Hotel und am Auto von Erik verabschiedeten sie sich dann von einander, nachdem sie ihre Telefonnummern und Email-Adressen ausgetauscht hatten. Julia ging ins Hotel zur Arbeit und Erik fuhr wieder zurück nach Renzow.
Um 19:30 Uhr kam er zu Hause an, packte die Sachen aus und warf die Waschmaschine an. Er aß dann noch eine Kleinigkeit zum Abendessen, beantwortete seine privaten Mails und hängte später noch seine Wäsche auf. Danach nahm er sich noch den Roman vor, den er am Donnerstag

92

schon angefangen hatte und um 22 Uhr ging er ins Bett. Heute konnte er wieder nicht gleich einschlafen und ging raus auf den Nordbalkon. Dort dachte er noch an das vergangene Wochenende, an die Stunden mit Julia und an das, was die nächste Woche eventuell bringen würde. Um 1 Uhr ging er zum zweiten Mal ins Bett und konnte diesmal auch einschlafen.

Am Montagmorgen, dem 4. Mai, klingelte der Wecker wie üblich um 6 Uhr und nach dem Duschen und dem Frühstück saß Erik um 7:30 Uhr im Büro und machte sich über die eingegangenen Mails her. Einige Minuten später kamen dann die anderen beiden und machten sich auch an die Arbeit. Um 9 Uhr kam wieder ein Kunde und Erik war 2 Stunden mit dem Gespräch beschäftigt. Um 11 Uhr ging dieser und Erik machte sich an die Nachbearbeitung. Um 12 Uhr saßen die drei dann beim Mittagessen zusammen und sprachen über das vergangene Wochenende. Nach der Pause ging es dann zurück an die Arbeit und Erik machte die Nachbearbeitung fertig. Bis 16:30 Uhr schaffte er 2 kleinere Anfragen, als Sebastian dann zur täglichen Besprechung ins Büro kam. Anna schaute um 17 Uhr nur kurz hincin und Erik fuhr wenig später nach Grevesmühlen zum Einkaufen. Um 18 Uhr war er wieder zurück, machte sich sein Abendessen und ging nach dem Abwasch kurz an den PC um seine Mails abzurufen und zu beantworten. Er schrieb auch eine Mail an Julia, bedankte sich noch einmal für das schöne Wochenende und fuhr danach den Rechner runter. Heute Abend setzte er sich wieder vor den Fernseher und ging um 22:30 Uhr ins Bett. Auch heute wälzte er sich unruhig im Bett und ging dann raus auf den Balkon. Wieder dachte er kurz an Julia, dachte aber auch an die Arbeit und an Anna. Um 1 Uhr versuchte er erneut einzuschlafen und diesmal klappte es auch.

Am nächsten Morgen blieb Erik bis 6:30 Uhr im Bett liegen und stand dann erst auf. Trotzdem saß er nach dem Frühstück wieder um 7:30 Uhr im Büro und war in einer komplizierten Anfrage vertieft als Anna und Sebastian kurz vor 8 Uhr eintrafen. Auch als die drei um 12 Uhr gemeinsam Mittag aßen, war er noch nicht fertig geworden und so ging es nach der Pause wieder an diese Anfrage. Um 16 Uhr wurde er dann endlich damit fertig und wenig später kam auch Sebastian zur Besprechung. Nach dieser Besprechung verließ Erik heute um 17 Uhr das Büro und ging in das Gasthaus. Dort nahm er erst einmal sein Abendessen zu sich, sprach mit 3 weiteren Gästen, die dort anwesend waren und um 19 Uhr fing ein kleines Skatturnier an. Er hatte mittlerweile noch mehr Übung und es lief ganz gut und Spaß machte es auch. Bis 21:30 Uhr blieb er und ging dann nach Hause, während die anderen noch etwas weiter spielten. Zuhause rief er noch seine Mails ab, beantwortete einige, unter anderem auch eine von Julia und surfte noch ein wenig im Internet. Er bestellte noch 3 neue Bücher und 4 neue DVDs und fuhr danach den Rechner runter. Er ging noch kurz raus auf den Südbalkon und dachte an Anna und Julia. Unruhig ging er noch einige Zeit auf dem Balkon umher, bis er um 23 Uhr ins Bett ging und gleich einschlief.

Am Mittwochmorgen war er dennoch ausgeschlafen und fit und saß dementsprechend munter um 7:30 Uhr im Büro vor der ersten Anfrage. Vor 8 Uhr waren auch die anderen beiden wieder da und um 8:30 Uhr kam wieder ein Privatkunde. Da dieser schon häufig mit Sebastian telefoniert hatte und ihn dadurch auch kannte, überließ Erik das Gespräch Sebastian und setzte sich nur dazu. Das Gespräch fand in Sebastians Büro statt und er führte dieses auch sehr gut. Um 10 Uhr ging der Kunde und Erik und Sebastian hatten ein wenig Zeit, bis um 10:30 Uhr der nächste Termin anstand. Auch dieses führte Sebastian und auch hier gab es keine Probleme. Um 12 Uhr saßen dann alle drei wieder zusammen beim Mittag und redeten über die beiden Gespräche, wobei Anna die meiste Zeit nur zu hörte und nur selten etwas fragte. Um 13 Uhr machten sich Erik und Sebastian an die Nachbearbeitungen und nachdem diese um 14:30 Uhr fertig waren, machten sie sich wieder an Anfragen. Erik wurde mit der einen fertig, die er heute Morgen angefangen hatte, bis um 16:30 Uhr wie gewohnt Sebastian rein kam. Die Besprechung drehte sich größtenteils noch einmal um die beiden Termine heute Morgen. Erik lobte Sebastian, der sich aber noch immer etwas unsicher fühlte. Aber mit der Zeit würde sich das auch legen.
Um 17 Uhr gingen Anna und Sebastian in Feierabend und Erik ging in die Wohnung. Dort zog er sich wieder seine Laufsachen an und lief die 6 km. Es ging zwar ganz gut, aber um längere Strecken laufen zu können, würde er mehr trainieren müssen. Auch an seinem Gewicht änder-

94

te sich nicht viel. Er redete sich aber ein, dass es zumindest auch nicht mehr wurde. Heute gab es als Sportleressen Nudeln und nach dem Essen sah er fern und um 22 Uhr ging er gleich ins Bett, konnte aber wieder nicht einschlafen. Also ging es wieder raus auf den Balkon und auch heute schlief er erst um 1 Uhr ein.

Am Donnerstagmorgen stand er noch etwas müde um 6 Uhr auf, duschte, frühstückte und saß um 7:45 Uhr im Büro über einer weiteren größeren Anfrage von gestern. Bis 11 Uhr wurde er mit dieser fertig und schaffte bis zur Mittagspause noch eine kleinere. Nach dem Mittagessen fuhr er zu einem Termin nach Lützow und war um 15 Uhr wieder zurück. Die Nachbearbeitung dauerte etwas länger, aber er wurde fertig noch bevor Sebastian zur Besprechung ins Büro kam. Um 17 Uhr kam dann Anna wieder herein und die beiden plauderten noch eine Weile. Gegen 18 Uhr ging dann auch Anna und Erik verließ das Büro, um sich sein Abendessen zu machen. Nach dem Abwasch bearbeitete er seine privaten Mails. Julia hatte gestern geantwortet und so schrieb er ihr heute zurück. Danach las er etwas in einem Fachbuch und gegen 22 Uhr hatte er dann genug und ging ins Bett. Ausnahmsweise konnte er sogar sofort einschlafen.

Freitagmorgen duschte Erik wieder kurz und nach dem Frühstück war er um 7:45 Uhr im Büro, kurz bevor die anderen beiden kamen. Da er gestern nur zwei Anfragen bearbeitet hatte, lagen daher heute einige mehr auf seinem Tisch. Bis zum Mittag schaffte er auch 2 und nach dem Mittagessen war er mit einer Dritten fast fertig, als Sebastian um 14:30 Uhr ins Büro kam. Die Besprechung fiel heute kurz aus und so schaffte er bis 15 Uhr auch die andere Anfrage, bevor Anna dann zu ihm kam. Sie sprachen über alles Mögliche, Arbeit, Politik, Land und Leute. Das Gespräch zog sich eine Weile hin und als Erik irgendwann auf die Uhr schaute, war es schon 17 Uhr. Da das Gespräch aber sehr gut lief, wollte er es nicht komplett unterbrechen und so lud er Anna in seine Wohnung ein. Sie verließen das Büro und begaben sich in die Küche, in der Erik den beiden das Abendessen vorbereitete. Während des Kochens und auch beim Essen redeten sie weiter und nachdem Erik den Tisch abgeräumt hatte, setzten sie sich ins Wohnzimmer auf die Couch und sprachen über Religion. Das Gespräch verlief in einer nor-

95

malen Atmosphäre, da keiner von ihnen streng gläubig war und auch sonst waren beide sehr tolerant. Sie sprachen auch über den Islam und Erik fiel auf, dass Anna eine noch bessere Allgemeinbildung hatte, als er gedacht hatte. Um 22 Uhr verabschiedete sich Anna dann von Erik, heute mit einer freundschaftlichen Umarmung und Erik ging dann kurze Zeit später ins Bett. Auch heute konnte er gleich einschlafen.

Heute klingelte der Wecker nicht und Erik schlief bis 9 Uhr durch. Nach dem Frühstück setzte er sich ins Auto und fuhr mal wieder nach Lübeck. Er spazierte durch die Innenstadt, kaufte sich neue Kleidung und machte am frühen Nachmittag eine kurze Pause in einem Café. Um 17 Uhr verließ er Lübeck und machte auf dem Rückweg einen kurzen Abstecher nach Grevesmühlen. Dort kehrte er in ein Restaurant ein, um das Abendessen zu sich zu nehmen. Um 20 Uhr kam er schließlich zu Hause an, bearbeitete seine privaten Mails und sah dann wieder fern. Um 22:30 Uhr ging er ins Bett, konnte aber wieder nicht einschlafen. Also setzte er sich raus auf den Balkon und dachte wieder über verschiedene Dinge nach. Vor allem an Julia und an Anna musste er denken. Anna verhielt sich normal, hatte ihm wegen Katharina geholfen, war seine Angestellte und trotzdem fühlte er sich immer noch zu ihr hingezogen. Und Julia? Einerseits hat ihm das Wochenende sehr gefallen und er musste auch häufiger an sie denken, anderseits kamen ihre Mails so komisch rüber. Ein Funken wollte irgendwie nicht überspringen. Und warum etwas unbedingt versuchen, was kaum Aussichten auf Erfolg hatte und woran er auch nicht richtig glaubte? Mit diesen Gedanken ging er um 1 Uhr ins Bett und diesmal schlief er nach kurzer Zeit ein.

Am Sonntagmorgen stand Erik um 9 Uhr auf und fuhr nach Pokrent zum Gottesdienst. Nachdem er danach kurz beim Grab seiner Eltern stand, redete er noch mit dem Pastor. Nach dem Gespräch fuhr er wie gestern nach Grevesmühlen, diesmal mit der Absicht sich mit Anna zu treffen. Die beiden verbrachten den halben Tag miteinander und um 16 Uhr fuhr Erik nach Hause. Wieder ging er Laufen, wieder die 6 km-Runde und mittlerweile konnte er ganz gut einschätzen, wie schnell er unterwegs war. Die Strecke war flach und für ihn als Anfänger sehr angenehm. Nach dem Duschen öffnete er sich eine Flasche Wein, setzte sich auf den Balkon, aß eine Kleinigkeit und träumte ansonsten vor sich hin. Gegen Mitternacht ging er dann ins Bett und schlief gleich ein.

Der Wecker klingelte um 6 Uhr und Erik ging unter die Dusche. Nach dem Frühstück saß er um 7:45 Uhr im Büro und ging zuerst die Mails durch. Wenig später kamen die anderen beiden, aber Erik fiel das Arbeiten heute schwer und so schaffte er bis zum Mittag auch nur eine Anfrage. Um 13 Uhr ging es mit der Arbeit weiter und als Sebastian um 16:30 Uhr ins Büro hineinkam, hatte Erik immerhin 2 Anfragen geschafft. Nach der Besprechung und nachdem Sebastian die Antworten verschickt hatte, ging er in den Feierabend und Anna kam in Eriks Büro. Dort blieben sie aber nur kurz und gingen dann erneut in seine Wohnung, wo Erik beiden Abendessen kochte. Zum Essen gab es dann den Wein von gestern, den Anna im Kühlschrank entdeckte.

Nach dem Essen räumte Erik den Tisch ab, während es sich Anna auf der Couch bequem machte. Auch dort redeten sie weiter über die Arbeit und sich. Die beiden verstanden sich richtig gut und so vergingen die nächsten 2 Stunden wie im Flug und mittlerweile waren sie auch mit der Flasche Wein fertig. Erik wollte die Zweite holen und fuhr nebenbei den Rechner hoch, um Anna noch Fotos von den Bahamas zu zeigen. Er schenkte beide Gläser voll und setzte sich dann vor den PC. Anna stellte sich hinter den Stuhl, stützte sich auf die Rückenlehne und sah ihm über die Schulter. Nach 25 Minuten waren sie am Rechner fertig und Erik fuhr ihn runter. Er drehte sich danach zu Anna um und der Wein hatte seine Wirkung schon entfaltet.

Als er aufstand, stellte sie ihr Glas auf den Tisch, nahm ihm seines aus der Hand, stellte es dazu und legte ihre Arme um seinen Hals. Tief sahen sich die beiden in die Augen, vergaßen die Arbeit und alles andere. Zaghaft und zärtlich küssten sie sich zum ersten Mal und nach einem kurzen Moment wurde der Kuss intensiver. Die Zungen kamen mit ins Spiel und auf dem Weg ins Schlafzimmer begannen sie sich gegenseitig auszuziehen. Als sie dort ankamen, waren beide bis auf ihre Unterwäsche nackt und Erik warf Anna aufs Bett. Dort zog er ihr den BH und den Slip aus, zog auch seinen Slip aus und mit Hilfe seiner Zunge erkundete er ihren Körper, bis er bei ihrem Mund angekommen war.

97

Noch einmal küssten sie sich, bis Anna erwartungsvoll ihr Becken anhob und Erik sanft in sie eindrang. Für einige Zeit schienen sie miteinander zu verschmelzen und nachdem beide zum Höhepunkt gekommen waren, schliefen sie aneinander gekuschelt ein.

Am Dienstagmorgen klingelte der Wecker wieder um 6 Uhr und Erik ging unter die Dusche. Danach weckte er Anna mit sanften Küssen und ging in die Küche, um das Frühstück vorzubereiten. Nachdem Anna mit dem Duschen fertig war, frühstückten sie gemeinsam und redeten dabei über die letzte Nacht. Sie waren beide noch etwas verwirrt.

Zuerst entschuldigte sich Erik: *»Es tut mir leid, was gestern geschehen ist. Ich weiß nicht, was mit mir los war. Mich hat der Wein wohl so verwirrt.«*
Doch auch Anna bat um Entschuldigung: *»Nein, es ist nicht deine Schuld. Ich hätte kein Wein trinken dürfen und dann wäre es nie geschehen.«*
»Doch wie soll es weitergehen? Du bist meine Angestellte und können wir einfach so zur Normalität zurückkehren?«
»Ja, auch ich denke, dass es bei einer reinen Freundschaft bleiben sollte. Dies war einmalig und wohl dem Weine geschuldet. Vergessen wir doch einfach die gestrige Nacht.«

Darin waren sich beide einig und so gingen sie nach dem Frühstück um 7:45 Uhr ins Büro und machten sich an die Arbeit. Wenige Minuten später kam auch Sebastian. Bis zum Mittag schaffte Erik 2 Anfragen, da heute weniger Telefonanrufe kamen. In der Mittagspause saßen die drei wieder zusammen und Sebastian lenkte das Thema schnell auf die Arbeit, da er nicht so an Politik interessiert war, wie die anderen beiden. Um 13 Uhr ging es wieder an die Arbeit zurück und wenig später kam ein Geschäftskunde. Das Gespräch dauerte bis 15 Uhr und Erik wurde mit der Nachbearbeitung fertig, kurz bevor Sebastian zur Besprechung hinein kam. Um 17 Uhr ging dieser und Erik fuhr auch schon seinen Rechner runter, als Anna ins Büro kam. Er verabschiedete sich von ihr und ging in seine Wohnung, aß noch eine Kleinigkeit und bearbeitete dann seine privaten Mails. Mit einem schlechten Gewissen antwortete er Julia, schrieb aber nichts vom gestrigen Abend. Um 22

98

Uhr fuhr er seinen Rechner herunter, ging raus auf den Balkon und dachte an Julia und die größte Zeit an Anna.

Was war da gestern geschehen? Konnte er wirklich die Schuld auf den Wein schieben oder war es das gewesen, was beide gewollt hatten? Wollten sich beide näherkommen? Wollte er nur wieder eine Frau spüren? Was wollte sie? Konnte es so weitergehen? Nur Freundschaft und ein normales Arbeitsverhältnis? Würde es bei der Arbeit Probleme geben? Sollte er eine Beziehung mit Anna wagen? Er würde sich die nächsten Tage einfach auf die Arbeit stürzen und versuchen, die Gedanken an Anna zu verdrängen. Es gab genug zu tun und da war keine Zeit für eine richtige Beziehung. Auch wenn ihm der Sex mit Anna sehr gefallen hatte. Um 23:30 Uhr ging Erik dann ins Bett und schlief unruhig ein.

Um 6 Uhr klingelte am Mittwoch der Wecker und nach dem Frühstück saß Erik um 7:30 Uhr im Büro. Kurz vor 8 Uhr kamen die anderen beiden, während Erik schon die erste Anfrage bearbeitete. Bis zur Mittagspause schaffte er aber nicht mal diese, da er wieder durch einige Anrufe unterbrochen wurde. Auch Sebastian erzählte beim Essen, dass die Anfragen und Telefonate in den letzten Tagen leicht zugenommen hatten. Dasselbe ist auch Anna aufgefallen, bei der die Anrufe ankamen. Erik sagte dazu nichts, freute sich aber über die Auftragslage und nach der Pause rief er dann beim Bürgermeister an. Nachmittags konnte er zwei Anfragen fertig bearbeiten und Sebastian kam zur Besprechung mit vier erledigten. Um 17 Uhr machten alle Feierabend und Erik ging in seine Wohnung, machte sich sein Abendessen und nach dem Abwasch bearbeitete er noch seine privaten Mails. Julia hatte wieder geschrieben und so antwortete er ihr gleich. Für eine Gemeinderatssitzung machte er einen weiteren Tagesordnungspunkt fertig und schickte diesen an den Bürgermeister. Danach informierte er sich weiter im Internet über die Dinge, die er für die Gemeinderatssitzung bräuchte und vieles, was danach kommen wird. Bis 22:30 Uhr war er damit beschäftigt und danach ging er ins Bett. Er träumte am Anfang noch von seinen Plänen, schlief aber sehr schnell ein.

Am Donnerstagmorgen stand er um 6 Uhr zur gewohnten Zeit auf, duschte und frühstückte und um 7:45 Uhr war er wieder im Büro. Als Sebastian wenige Minuten später eintraf, rief Erik ihn zu sich ins Büro. Erik hatte vor in nächster Zeit einen neuen Mitarbeiter einzustellen, der sowohl ihm als auch Sebastian etwas Arbeit abnehmen soll. Erik fragte ihn daher, ob dieser weiterhin nur Privatkunden oder auch Geschäftskunden übernehmen wolle. Sebastian war zufrieden mit den Privatkunden und hatte sich in den 2 Monaten auch mehr darauf spezialisiert und wolle daher nach wie vor nur diese betreuen. Erik war mit der Antwort natürlich einverstanden und die beiden machten sich dann an die Arbeit. Erik machte zuerst wieder eine Stellenanzeige für einen Rechtsanwaltsfachangestellten fertig und schickte diese einem Bekannten zu, damit dieser diese noch einmal kontrollieren konnte. Danach wandte er sich einer Anfrage zu und konnte sie auch bis zum Mittag erledigen.

Die drei saßen in der Pause wieder zusammen beim Essen und sprachen über die Mitarbeitersuche. Um 13 Uhr ging es mit der Arbeit weiter und Erik konnte am Nachmittag 2 Anfragen bearbeiten. Um 16:30 Uhr kam dann Sebastian zur Besprechung und um 17 Uhr saß dann Anna wieder im Büro. Er hatte gerade die Stellenanzeige zurückbekommen und ging sie mit Anna noch einmal durch. Danach blieben die beiden noch bis 18 Uhr sitzen und redeten über die Anzeige. Anna fuhr dann nach Hause und Erik ging in seine Wohnung. Nach dem Essen und dem Abwasch las er wieder in einem Roman und um 22:30 Uhr ging er ins Bett, schlief aber erst nach einiger Zeit ein.

Dafür schlief er am nächsten Tag etwas länger, stand erst um 6:30 Uhr auf und war daher sehr munter. Nach dem Frühstück war er wieder vor 8 Uhr im Büro und ging zuerst, wie üblich, die Mails durch. Um 8:30 Uhr, als er damit fertig war, nahm er sich die erste Anfrage vor und konnte diese und eine weitere noch bis zum Mittag abschliessen. Nach der gemeinsamen Mittagspause rief er bei seinem Ansprechpartner im Arbeitsamt an und schickte ihm die Stellenanzeige zu. Bis zur Besprechung mit Sebastian um 14 Uhr schaffte er noch eine Anfrage und nachdem Anna nur kurz um 15 Uhr hineinschaute und sich verabschiedete, fuhr er nach Schwerin ins Möbelhaus, um die Möbel für das neue Büro zu bestellen. Er fand sogar die gleichen wie die, die in den Büros

100

seiner jetzigen Mitarbeiter standen. Er kaufte danach noch etwas mehr ein und war gegen 18 Uhr wieder zu Hause. Nach dem Abendessen bearbeitete er seine privaten Mails und las weiter im Roman. Um 23 Uhr ging er ins Bett und auch heute konnte er gleich einschlafen.

Samstag den 16. Mai, schlief er wieder länger und fuhr dann nach Ratzeburg. Er spazierte ein wenig durch die Stadt, schaute sich das Ernst Barlach Museum an, nahm in einem Café einen Imbiss ein und fuhr danach zum Lankower See, um einen kleinen Spaziergang zu machen. Abends war er wieder in der Wohnung und machte sich etwas zu essen. Nach dem Abwasch schaute er fern, doch als er um 23 Uhr ins Bett ging, konnte er nicht schlafen und ging raus auf den Balkon. Erst gegen 2 Uhr ging er ins Bett und schlief ein.

Der Wecker klingelte um 8:30 Uhr und Erik stand gleich auf. Nach dem Frühstück fuhr er nach Pokrent zum Gottesdienst und ging zum Grab seiner Eltern. Der Pfarrer kam danach zu ihm und die beiden redeten eine Weile. Um 12 Uhr fuhr Erik nach Hause zurück, las seine privaten Mails durch und es war auch diesmal wieder eine Mail von Julia dabei. Sie hatte ihm über ihr Wochenende erzählt, aber auch geschrieben, dass sie sich freuen würde, wenn sie ihn mal wieder sehen könnte. Erik wusste nicht, was er darauf antworten solle und so fuhr er den Rechner runter, ohne ihr zu schreiben. Stattdessen lief er seine übliche Runde, ruhte sich aus und machte sich dann sein Abendessen. Nach dem Abwasch las er erneut ein Buch, das ihn auch richtig fesselte. Um 22:30 Uhr ging er ins Bett, konnte aber wie so häufig nicht einschlafen und so ging er raus auf den Nordbalkon. Er dachte wieder an Anna und später an Julia. Um 24 Uhr versuchte er, erneut einzuschlafen, und diesmal klappte es auch.

Montagmorgen saß Erik nach dem Duschen und dem Frühstück um 7:45 Uhr im Büro, als die anderen beiden wie gewohnt wenig später eintrafen. Um 9 Uhr hatte Erik einen Termin in Wismar und kehrte um 12 Uhr pünktlich zur Mittagspause zurück. Das Paket mit den DVDs und Büchern war mittlerweile angekommen und Erik brachte es kurz in die Wohnung. Nach dem Mittag ging es an die Nachbearbeitung und als die abgeschlossen war, machte er sich an die Anfragen. Bis 16:15

Uhr schaffte er eine und dann kam wie üblich Sebastian zur Besprechung. Nachdem dieser um 17 Uhr gegangen war, kam Anna nur kurz
ins Büro um sich zu verabschieden. Erik blieb danach noch 2 Stunden
sitzen, machte 2 Anfragen fertig und ging dann in die Wohnung zum
Abendessen. Danach beantwortete er seine privaten Mails. Auch an
Julia schrieb er gleich, auch wenn es ungewiss war, dass sie sich jemals
wiedersehen würden. Danach fuhr er den Rechner herunter und rief
kurz bei den Eltern von Katharina an. Da es noch zu früh war, um ins
Bett zu gehen, nahm er sich noch das Buch und setzte sich auf die
Couch. Um 23 Uhr ging er ins Bett, hatte aber wieder mit den Ein-
schlafproblemen zu kämpfen und ging raus auf den Balkon. Um 1 Uhr
konnte er beim zweiten Versuch dann einschlafen.

Dienstag war er ziemlich müde, kam schlecht aus dem Bett und so saß
er erst um kurz vor 8 Uhr im Büro. Die Arbeit ging auch heute schwer
und irgendwie war er nicht ganz fit. Einen Kundentermin hatte er um
13 Uhr, der bis 14 Uhr ging und die Nacharbeit war auch schnell erledigt. 3 kleine Anfragen erledigte er noch, bevor Sebastian kurz reinschaute und in Feierabend ging. Anna kam danach ins Büro und fragte,
ob er nicht Lust hätte, mit ihr ins Kino zu gehen. Diesmal wollte sie
sich „Get Hard" ansehen. Erik war zwar müde, aber er dachte sich,
wenn er Anna absagen würde, könne er heute bestimmt wieder nicht
einschlafen. Außerdem war er auch froh, den Abend mit ihr verbringen
zu können, und daher sagte er zu. Anna reservierte schnell Karten und
kam kurz mit Erik in die Wohnung. Er machte sich dort frisch und sie
fuhren nach Grevesmühlen. Dort aßen sie eine Kleinigkeit und unterhielten sich, bis der Film anfing. Nach dem Film tranken sie noch einen
Cocktail und machten sich dann auf den Heimweg. Diese Nacht konnte
er gleich einschlafen.

Am nächsten Morgen wachte er daher etwas munterer auf, auch wenn
die Nacht wieder zu kurz war. Um 10 Uhr fuhr er zu 3 Kundenterminen
in Schwerin und kam erst um 16 Uhr zurück. Die Nachbearbeitung
dauerte bis 20 Uhr, aber Erik hatte heute Zeit und so saß er noch eine
Weile im Büro. In der Wohnung machte er sich nur eine Kleinigkeit zu
essen und blätterte wieder eine Fachzeitschrift durch. Um 22 Uhr ging
er ins Bett und schlief gleich ein.

Dementsprechend war er am Donnerstagmorgen auch etwas ausgeruhter und war schon um 7:30 Uhr im Büro. So konnte er mit einer Anfrage beginnen, bevor die anderen beiden eintrafen und bis zum Mittagessen wurde er sogar mit drei Anfragen fertig. Nach der Pause konnte er zwei weitere bearbeiten und während er über der sechsten saß, kam Sebastian zur Besprechung rein. Um 17 Uhr machte dieser Feierabend und Anna setzte sich wieder zu Erik. Auch heute drehte sich das Gespräch um die Politik, diesmal aber mehr in Mecklenburg-Vorpommern. Um 18:30 Uhr verabschiedete sich auch Anna und Erik machte noch die eine Anfrage fertig. Um 19:30 Uhr ging auch er und machte sich in seiner Wohnung sein Abendessen. Nach dem Abwasch ging er kurz an den Rechner, um die Mails zu prüfen, und schrieb wieder 3 Antworten. Julia hatte heute nicht geschrieben, aber dafür einige Studienkollegen. Heute nahm er sich eine DVD und sah sich den Abend über einen Film an. Mittendrin bekam er noch einen Anruf von Katharinas Eltern und um 23:00 Uhr war der Film dann zu Ende und Erik ging ins Bett. Auch heute hatte er keine Probleme und schlief gleich ein.

Freitagmorgen duschte Erik nach dem Aufstehen und nach dem Frühstück war er wie gestern um 7:30 Uhr im Büro. Er fing sofort mit einer Anfrage an, bevor einige Minuten später seine Mitarbeiter eintrafen. Um 9 Uhr kam ein Kunde für Erik und um 12 Uhr war er mit der Nachbearbeitung des Gespräches und der Anfrage fertig. Zum Mittagessen saßen die drei wieder zusammen und nach der Pause schaffte Erik noch eine weitere Anfrage, bis Sebastian um 14:30 Uhr zur Besprechung ins Büro kam. Um 15 Uhr machte dieser Feierabend und auch Anna ging ins Wochenende. Erik verließ auch das Büro, warf die Waschmaschine an und kaufte schnell für das Wochenende ein. Als er daheim war, konnte er wieder eine Mail von Julia beantworten und nachdem die Wäsche fertig war, zog er sich um und fuhr nach Schwerin, um sich ein weiteres Mal mit Studienkollegen zu treffen. Den späten Nachmittag verbrachten sie zuerst in einem Restaurant, bis es dann um 20 Uhr in eine Cocktailbar ging. Ab Mitternacht brachen immer mehr auf und um 1 Uhr ging Erik dann mit einem Studienkollegen mit, bei dem er übernachten konnte. Er schlief dort gleich ein, auch wenn die Couch ungemütlicher als sein Bett zu Hause war.

Um 9 Uhr wachte Erik am Samstag auf und zusammen mit seinem Studienkollegen, der einen Termin hatte, verließ er um 10 Uhr das Haus. Erik setzte sich ins Auto und fuhr nach Hamburg. Dort ließ er am Stadtrand das Auto stehen, fuhr mit der S-Bahn in die Innenstadt und nahm in einem Café einen Snack und ein Kaffee zu sich. Danach begab er sich auf einen Spaziergang entlang der Binnenalster und der kleinen Alster. Kurz nach 17 Uhr ging er in die Europa-Passage und nahm im Restaurant »De Holsteiner« sein Abendessen zu sich. Er blieb noch eine Weile sitzen und um 21 Uhr fuhr er dann zurück nach Renzow. Die Wäsche war den Tag über getrocknet und so legte er sie zusammen, bevor er um 23 Uhr ins Bett ging. Allerdings konnte er wieder nicht einschlafen und so ging er raus auf den Balkon. Dachte dort an Julia und freute sich auf den nächsten Tag. Um 1 Uhr ging er erneut ins Bett und diesmal fand er auch Schlaf.

Der Wecker klingelte am Morgen um 8 Uhr und Erik fuhr nach dem Duschen und dem Frühstück nach Güstrow. Er parkte in der Nähe des Schlosses und ging zu Fuß dorthin. Nur wenige Minuten musste er sich gedulden, bis Julia auch dort eintraf. Die Umarmung zur Begrüßung war herzlich und nachdem sie sich 3 Wochen nicht gesehen hatten, schien Julia glücklich zu sein, Erik wiederzusehen. Sie hakte sich bei ihm unter und zu zweit gingen sie ins Schloss, um sich etwas Kultur anzutun. Nachdem sie sich einiges an norddeutscher Kunst angesehen hatten, entschieden sie sich noch den Schlosspark anzusehen und die Museen von Ernst Barlach auszulassen. Um 17 Uhr gingen sie dann in ein gemütliches Restaurant und saßen dort bis 21 Uhr. Danach spazierten beide zu ihren Autos zurück, wobei sie direkt nebeneinander geparkt hatten. Sie verabschiedeten sich dort voneinander, wieder mit einer herzlichen Umarmung und Erik fuhr nach Renzow zurück. Er ging gleich ins Bett, dachte noch kurz an Julia und schlief dann ziemlich schnell ein.

Auch am Pfingstmontag konnte er ausschlafen, frühstückte länger als sonst und surfte danach kurz im Internet. Als er damit fertig war und

104

sich vom Frühstück erholt hatte, lief er wieder seine Runde. Dabei musste er die ganze Zeit an Anna und Julia denken. Mittags machte er es sich auf dem Balkon bequem und um 13 Uhr verließ er das Haus und ging ins Gasthaus. Dort fand eine kleine Veranstaltung statt und Erik nahm natürlich daran teil. Es war eine gemütliche Feier und Erik war wieder die meiste Zeit am Reden und hatte seinen Spaß. Fast 5 Stunden blieb er und war einer der letzten, der sich auf den Heimweg machte. Als er zu Hause ankam, bekam er zwei Telefonanrufe und bearbeitete danach wieder seine privaten Mails. Auch heute war eine Mail von Julia dabei, die er gleich beantwortete. Vor 2 Wochen war er sich noch unsicher, was aus ihm und Julia werden würde, aber mittlerweile klangen ihre Mails auch ganz anders als noch am Anfang. In Güstrow hatte sie auch ihre Zurückhaltung etwas abgelegt und mehr Selbstsicherheit an den Tag gelegt. Nachdem er den Rechner heruntergefahren hatte, setzte er sich dann auf die Couch und sah sich mal wieder eine DVD zur Entspannung an. Um 22 Uhr ging er ins Bett, konnte aber nicht einschlafen und begab sich auf den Südbalkon. Um Mitternacht versuchte er erneut einzuschlafen und diesmal schaffte er es auch.

Um 6:30 Uhr stand er auf, frühstückte und ging ins Büro, bevor die anderen kurze Zeit später eintrafen. 2 Anfragen konnte er bis zur Mittagspause erledigen und zu dritt nahmen sie wie üblich ihr Essen zu sich. Nach der Pause ging es mit den Anfragen weiter und auch am Nachmittag schaffte Erik zwei. Nach der Besprechung mit Sebastian und nachdem dieser in Feierabend gegangen war, ging Erik runter zu Anna und plauderte mit ihr noch 30 Minuten, bis beide das Büro verließen. Anna fuhr nach Hause, während Erik zu den Nachbarn auf einige Partien Skat rüber ging.

Mit seinen Nachbarn kam er hervorragend zurecht, auch wenn diese viel älter waren als er und seine Eltern hätten sein können. Und vielleicht fühlten sich sie auch so. Denn eigene Kinder hatten die beiden keine und erst als es zu spät war, merkten sie, dass doch etwas in ihrem Leben fehlte. Aber Erik war ja da und er war so eine Art Ersatzsohn. In ihrer Nähe fühlte sich Erik teilweise auch sehr geborgen, auch wenn er mit ihnen nicht über alles reden konnte. Dennoch waren sie in den letzten Jahren eine Art Ersatzeltern geworden. Die Stunden vergingen wie

105

immer wie im Flug und um 22 Uhr ging Erik zurück in die Wohnung. Er wollte eigentlich gleich ins Bett gehen, aber als er noch kurz an Julia dachte, setzte er sich doch an den Rechner und rief noch schnell seine Mails ab. Es war tatsächlich wieder eine von ihr dabei. Beim Lesen huschte ein Lächeln über sein Gesicht und seine Augen begannen zu leuchten. Er antwortete ihr und bearbeitete auch die anderen Mails noch, bis er um 23:00 Uhr ins Bett ging. Heute konnte er gleich einschlafen und die Nacht träumte er von Julia.

Dadurch war er am Mittwochmorgen natürlich ausgeruhter und saß nach dem Duschen und dem Frühstück um 7:30 Uhr im Büro. Die anderen beiden kamen um kurz vor 8 Uhr, während Erik schon die erste Anfrage bearbeitete. Um 9 Uhr kam ein Privatkunde und auch dieses Gespräch führte Sebastian. Erik saß nur daneben, hörte zu und sagte nur sehr wenig. Auch die Nachbearbeitung machte Sebastian alleine, kam kurz vor der Mittagspause zu Erik und zweit gingen sie diese noch einmal durch. In der Pause saßen die drei dann wieder zusammen und um 13:30 Uhr kam diesmal ein Geschäftskunde. An diesem Termin nahm Erik alleine teil, denn Sebastian hatte genug Anfragen, die er noch abarbeiten musste, und da er mittlerweile selbst Gespräche führte, brauchte er nicht mehr bei allen dabei sein. Um 16 Uhr ging der Kunde und Erik machte sich an die Nachbearbeitung. Zwischendurch kam Sebastian zur Besprechung rein und um 17 Uhr saß Anna wieder in seinem Büro. Sie ging dann um 18 Uhr und Erik machte bis 19:30 Uhr die Nachbereitung fertig. Nach dem Abendessen und dem Abwasch setzte er sich an den PC und bearbeitete seine Mails. Auch heute hatte Julia geschrieben und so antwortete Erik ihr auch sofort. Er schrieb dann noch 4 weitere Mails, fuhr dann den Rechner runter und nahm sich eine DVD aus dem Regal. Mit etwas Wein machte er es sich dann vor dem Fernseher gemütlich und um 23 Uhr ging er ins Bett. Heute hatte er allerdings wieder Probleme einzuschlafen und so ging er raus auf den Südbalkon. Wieder schwirrten ihm einige Gedanken durch den Kopf, aber als er um 1 Uhr ins Bett ging, konnte er trotzdem einschlafen.

Donnerstagmorgen war er noch etwas müde, saß aber trotzdem um 7:45 Uhr pünktlich vor den anderen beiden im Büro über einer Anfrage.

Heute Morgen standen keine Termine an und so konnten Sebastian und Erik sich um Anfragen kümmern. Es standen noch einige Aufgaben an, aber die beiden lagen trotzdem gut in der Zeit. Die Auftragslage war sehr gut, was Erik als Unternehmer natürlich sehr freute und noch konnten sie die Anfragen zeitnah erledigen. Denn die Kunden wollte Erik nicht warten lassen. Wie gut, dass er im März Sebastian eingestellt hatte und dieser ihm viel Arbeit abnahm. Alleine würde er das meiste nicht mehr schaffen. Bis zum Mittag konnte Erik 3 Anfragen bearbeiten und konnte sich in der Pause etwas erholen. Um 13 Uhr ging es mit den Anfragen weiter und diesmal machte sich Erik an eine kompliziertere. Bis 16:30 Uhr wurde er mit dieser nicht fertig, als Sebastian wieder zur Besprechung ins Büro kam.

Um 17 Uhr kam Anna ins Büro und da Erik etwas Hunger hatte, fragte er sie, ob sie nicht mit in seine Wohnung zum Abendessen kommen möchte. Sie ging natürlich mit und Erik kochte den beiden etwas zu essen, während sie in der Küche weiterredeten. Heute hatten sie sich als Thema die deutsche Wirtschaft ausgesucht. Auch beim Essen ging es dann weiter und nach dem Abräumen machten sie es sich auf der Couch bequem. Heute gab es kein Wein, sondern Apfelschorle und Limo. Bis 23 Uhr redeten sie und erst als Anna kurz auf die Uhr sah, fiel ihnen auf, wie spät es eigentlich war. Anna sah schon etwas müde aus und so bot Erik ihr an, wieder auf der Couch zu übernachten, da er kein Gästebett hatte. Er brachte ihr einige Decken und ein Kissen und nachdem sich beide bettfertig gemacht hatten, gingen sie ins Bett beziehungsweise legten sich aufs Sofa. Heute schlief Erik gleich ein.

Um 6 Uhr stand Erik auf, duschte und machte dann das Frühstück für die beiden. Bevor er den Tisch deckte, weckte er Anna auf, die dann kurz im Bad verschwand. Zusammen frühstückten sie und um 7:45 Uhr gingen dann sie ins Büro. Erik machte sich gleich an die Anfrage, die er gestern nicht fertig bearbeitet hatte und einige Minuten später saß auch Sebastian in seinem Büro. Bis zum Mittag wurde Erik dann aber mit der Anfrage fertig und konnte sich so beim Mittagessen auf die Gespräche konzentrieren. Nach der Pause bearbeitete er noch eine Anfrage und wenig später kam dann Sebastian zur Besprechung ins Büro. Um 15 Uhr verabschiedete sich auch Anna ins Wochenende und Erik fuhr kurz zum Einkaufen nach Grevesmühlen. Um 17 Uhr war er wieder zu Hause und rief seine Mails ab, wozu er gestern ja nicht gekommen war. Er antwortete sofort Julia, die schon am Donnerstag geschrieben hatte, und schrieb noch weitere Mails. Nachdem er den Rechner heruntergefahren hatte, machte er sich sein Abendessen und nach dem Abwasch nahm er sich noch ein Buch vor. Um 23 Uhr ging er ins Bett, konnte aber wieder nicht einschlafen. Auf dem Südbalkon musste er wieder an Anna und Julia denken. Als er dann um 1 Uhr ins Bett ging, konnte er aber gleich einschlafen.

Den Samstag nutzte er, um richtig auszuschlafen. Erst um 10 Uhr stand Erik auf, war dafür aber auch richtig fit und munter. Das Frühstück ließ er heute ausfallen und lief wieder seine 6 km Runde. Nach dem Duschen ging er zu einem Bekannten im Dorf, der seinen Geburtstag feierte. Erik wusste, dass er jetzt häufiger zu solchen Anlässen gehen musste. Früher hatte er sich zurückgezogen, aber jetzt, wo es mit der Firma besser lief und er älter wurde, musste er sich häufiger zeigen. Allerdings würde ihm das auch nicht schwer fallen, denn die Ehefrau hatte sehr gut und reichlich gekocht und auch die Kuchen und Torten waren sehr lecker, so dass er um 18 Uhr gut gesättigt nach Hause ging. Die 6 Stunden beim Geburtstag gingen schnell vorbei, da es auch eine Menge zu reden und erzählen gab. Erik fühlte sich in der Runde sehr wohl, hörte aber die meiste Zeit nur zu. Wie so häufig war er der Jüngste. An Essen war heute natürlich nicht mehr zu denken, also bearbeitete er seine Mails, wieder eine von Julia, und las abends weiter das Buch. Um 22:30 Uhr ging er ins Bett, schlief aber erneut nicht ein und ging raus auf den Nordbalkon. Um 2 Uhr, beim zweiten Versuch, konnte er dann einschlafen.

Am Sonntagmorgen klingelte der Wecker um 8 Uhr und nach dem Frühstück und dem Abwasch fuhr Erik nach Pokrent um dort am Gottesdienst teilzunehmen, ging dann zum Grab seiner Eltern und sprach danach noch kurz mit dem Pastor. Um 12 Uhr war er zu Hause, lief auch heute 6 km, auch wenn es ihm etwas schwerer fiel. Die Beine waren von gestern noch etwas müde. Wieder duschte er und wenig später ging er zu den Nachbarn, die ihn zum Grillen eingeladen hatten. Den Nachmittag verbrachten sie bei herrlichem Sonnenschein im Garten und auch am Abend, als es kühler wurde, blieben sie draußen. Erst um 20 Uhr ging Erik zurück in die Wohnung, putzte kurz sein Badezimmer und seine Küche und ging dann ins Bett. Etwas müde schlief er dann auch gleich ein.

Am Montagmorgen klingelte der Wecker wieder um 6 Uhr und Erik ging zuerst Duschen und frühstückte dann. Um 7:45 Uhr saß er im Büro, ging seine Mails durch, als wenig später auch die anderen beiden kamen. Er machte sich an eine Anfrage und fuhr um 9 Uhr zu einem Termin nach Wismar. Um 12 Uhr war er zurück und zu dritt saßen sie in der Pause wieder im Esszimmer. Nach dem Mittagessen erledigte Erik zuerst die Nachbearbeitung und dann die Anfrage von heute Morgen zu Ende. Bevor er sich an die nächste Anfrage machen konnte, kam Sebastian wieder zur Besprechung hinein. Nach der Besprechung fing Erik nicht mehr mit der Anfrage an, denn um 17 Uhr ging Sebastian dann in den Feierabend und Anna kam ins Büro. Heute sprachen sie nicht über Politik oder ähnliche Themen sondern nur über das Wochenende. Während Anna über ihr Wochenende erzählte, von den Abenden mit ihren Freunden, den Nachmittagen, die sie nie alleine verbrachte, fiel Erik wieder auf, wie einsam er eigentlich war. In einem Sportverein war er nicht, hatte nur seine Studienkollegen, mit denen er sich ab und zu traf und sich mit einigen Mails schrieb. Anscheinend fiel auch Anna dies auf, als Erik über sein Wochenende sprach, denn ihre Gesichtszüge und ihre Blicke sprachen deutliche Worte.

Um 18 Uhr ging auch sie und Erik blieb noch 2 Stunden sitzen, in denen er die Anfrage fertig bearbeitete. Danach machte er sich in seiner Wohnung sein Abendessen und rief nach dem Abwasch seine Mails ab. Er saß dann etwas länger über der Mail an Julia, bis er endlich damit einverstanden war, was er geschrieben hatte. Er schickte die Mail weg, fuhr den Rechner runter und las noch einige Minuten in einem Buch. Um 22:30 Uhr ging er ins Bett, konnte aber nicht einschlafen. Also ging er wieder raus auf den Balkon und dachte noch einmal an das Gespräch mit Anna, dachte auch noch an Julia. Dachte daran, was wäre, wenn seine Eltern nicht so früh gestorben wären. Hätte er dann mehr

Freunde gehabt? Er war zwar viel selbstständiger und reifer als seine Freunde, aber auch einsam. War das der Preis? Um 1 Uhr ging er dann wieder ins Bett und schlief ein.

Am Dienstagmorgen klingelte der Wecker wie üblich um 6 Uhr und Erik duschte und frühstückte. Um 7:30 Uhr kam dann ein Konditoreimeister aus Lützow und brachte eine kleine Geburtstagstorte. Erik stellte diese auf den Schreibtisch von Anna und setzte sich ins Büro und ging zuerst seine Mails durch. Wenig später kamen auch die anderen beiden und Erik gratulierte Anna natürlich gleich und übergab ihr auch ein Geburtstagsgeschenk. Es war ein Gutschein für eine Ganzkörpermassage in einem Kosmetikstudio in Schwerin. Erik hatte davon bisher nur Gutes gehört und nach einer anstrengenden Arbeitswoche ist so eine Massage an einem Samstag sehr erholsam. Danach schnitt Anna die Torte an und zu dritt saßen sie fast 30 Minuten im Büro von Anna, bis Erik die beiden zur Arbeit scheuchte und sich auch selbst wieder in seinem Büro an Anfragen machte. Bis zum Mittag schaffte er 2 Stück und in der Pause gab es dann erneut Torte. Um 13 Uhr ging es zurück an die Arbeit und am Nachmittag konnte Erik sogar 3 Anfragen fertig bearbeiten, bis Sebastian zur Besprechung hinein kam. Um 17 Uhr ging dieser in Feierabend und Anna kam mit dem Rest der Torte ins Büro. Die beiden saßen mit 18:30 Uhr zusammen, aber dann war die Torte auch aufgegessen und Anna fuhr nach Hause. Erik ging in seine Wohnung und rief zuerst die privaten Mails ab. Julia hatte natürlich geschrieben und er antwortete ihr direkt. Es waren auch noch 5 weitere Mails da, die er auch gleich beantwortete und als er um 22:30 Uhr ins Bett ging, konnte er sofort einschlafen.

Am Mittwochmorgen duschte er vor dem Frühstück und saß um 7:45 Uhr im Büro. Als Sebastian um kurz vor 8 Uhr kam, rief er ihn ins Büro zu einem Gespräch. Er sagte ihm, dass er sehr zufrieden mit ihm war und wenn Sebastian damit einverstanden wäre, würde er heute die Probezeit vorzeitig beenden und ihm zusätzlich noch eine Gehaltserhöhung von 100€ geben, da er doch mehr arbeitete, als am Anfang gedacht. Natürlich sagte Sebastian zu und Erik reichte ihm die Unterlagen zur Unterschrift. Nachdem dieser an die Arbeit gegangen war, rief Erik auch Anna und auch ihre Probezeit wurde vorzeitig beendet. Allerdings erhielt sie eine kleinere Gehaltserhöhung, da ihre Tätigkeiten natürlich nicht die gleichen, wie die von Sebastian, waren. Aber auch sie sagte sofort zu und unterschrieb. Nachdem dies geklärt war, machte sich Erik an die Anfragen und erledigte eine bis zur Mittagspause. Zu dritt saßen sie dann wieder beim Essen, bis es um 13 Uhr wieder an die Arbeit ging. Um 14 Uhr kam ein Privatkunde und Sebastian führte dieses Gespräch alleine, so dass Erik Zeit hatte Anfragen zu bearbeiten. Um 16 Uhr kam Sebastian zur Besprechung hinüber und sie gingen auch die Nachbearbeitung des Termins durch. Um 17 Uhr ging Sebastian und Anna kam ins Büro. Um 18:30 Uhr ging sie und Erik ging hinüber zu den Nachbarn, um ein weiteres Mal Skat zu spielen. Gegen 22 Uhr war er zu Hause und ging wenig später ins Bett. Auch heute konnte er gleich einschlafen.

Daher war er am nächsten Morgen ausgeschlafen und nach dem Frühstück saß er um 7:30 Uhr im Büro. Er nahm sich die Anfrage von gestern vor, die er am Nachmittag nicht beenden konnte und bis zum Mittag konnte er noch 2 weitere bearbeiten. In der Pause saßen die drei wieder zusammen beim Essen und um 13 Uhr ging es mit der Arbeit weiter. Am Nachmittag kam noch ein Geschäftskunde, aber das Gespräch dauerte nicht so lange und um 16:30 Uhr war Erik auch mit der Nachbearbeitung fertig. Nach der Besprechung mit Sebastian kam Anna nur kurz ins Büro und auch sie ging dann in Feierabend. Erik verließ auch das Büro und machte sich sein Abendessen. Danach schrieb er ein paar Mails, las wieder in einer Fachzeitschrift und um 23 Uhr ging Erik ins Bett. Da er wie so häufig nicht einschlafen konnte, ging er raus auf den Balkon. Um 1 Uhr konnte er beim zweiten Versuch dann einschlafen.

Freitagmorgen duschte er wieder vor dem Frühstück und ging um 7:45 Uhr in sein Büro. Um 9 Uhr fuhr er nach Grevesmühlen zu einem Termin, danach nach Lützow und um 14 Uhr war er zurück im Büro. Sebastian kam dann zur Besprechung hinein und Erik setzte sich später an die Nachbearbeitung der Termine. Anna schaute um 15 Uhr auch nur kurz rein, als sie in Feierabend ging und Erik war bis 17 Uhr mit den Nachbereitungen beschäftigt. Er ging danach Laufen und kochte sich dann sein Abendessen. Nach dem Abwasch warf er wieder Wäsche in

112

die Waschmaschine und bearbeitete seine Mails. Wie fast jeden Tag war eine von Julia dabei und auch diesmal antwortete Erik gleich. Die Liebe zwischen den beiden glich einem zarten Pflänzchen und die Mails waren das Wasser, das dieses goss. Nachdem er den Rechner runtergefahren hatte, nahm er sich wieder die Fachzeitschrift und las bis 22 Uhr. Bis 1 Uhr stand er dann auf dem Balkon und ging dann ins Bett.

Am nächsten Tag schlief er aus, stand dann um 10 Uhr auf und fuhr nach Grevesmühlen zum Einkaufen. Nachdem er fertig war und die Taschen in den Kofferraum geräumt hatte, ging er noch kurz auf eine kleine Erfrischung in ein Café. Er saß dort etwa 20 Minuten, als Anna auch rein kam. Sie sah ihn und setzte sich natürlich gleich zu ihm. Fast 2 Stunden blieben sie dort sitzen und während Erik nach Hause fuhr, ging Anna zu ihrem Termin im Kosmetikstudio. Erik lud zuerst den Einkauf aus und räumte diesen ein. Danach ging er wieder Laufen und machte sich abends etwas zu essen. Nach dem Abwasch legte er die Wäsche zusammen, sah sich einen Film an und ging um 22 Uhr ins Bett. Obwohl er noch an Anna denken musste, schlief er relativ schnell ein.

Um 8 Uhr klingelte der Wecker und Erik fuhr nach dem Frühstück nach Pokrent zum Gottesdienst. Als er danach wieder beim Grab seiner Eltern stand, kam der Pastor und fast 45 Minuten redeten die beiden miteinander, bis Erik zurück nach Renzow fuhr. Mittags aß er nur eine Kleinigkeit und ging später durchs Dorf spazieren. Dabei traf er einige Leute, redete viel und lange und kam erst um 17:30 Uhr wieder zu Hause an. Auch den dritten Tag hintereinander lief er, wieder war es anstrengend, aber trotzdem merkte er, wie er fitter wurde. Nach dem Duschen machte er sich sein Abendessen, bearbeitete nach dem Abwasch seine Mails und sah danach fern. Um 22:30 Uhr ging er ins Bett. Die frische Luft und die Bewegung hatte ihm wohl gut getan, denn er konnte gleich einschlafen.

Am Montagmorgen stand Erik um 6 Uhr auf, duschte, frühstückte und saß wieder um 7:45 Uhr im Büro. Er ging gerade die Mails durch, als die anderen eintrafen und nahm sich danach die erste Anfrage vor. Um

113

11 Uhr war er mit dieser fertig und rief dann seinen EDV-Fachmann an, um mit ihm einen Termin auszumachen. Kurz nachdem Erik den Hörer aufgelegt hatte, rief ihn sein Ansprechpartner beim Arbeitsamt an, um ihm mitzuteilen, dass die Stellenanzeige aktiviert war. Danach machte er sich an eine weitere Anfrage, konnte diese aber bis zum Mittag nicht beenden. In der Pause saßen die drei wie üblich zusammen, sprachen über die Arbeit und die Stellenanzeige. Um 13 Uhr ging es mit der Arbeit und für Erik mit der Anfrage weiter. Bis 16:30 Uhr konnte er sowohl diese, als auch noch eine weitere erledigen. Dann kam Sebastian wieder zur Besprechung ins Büro und um 17 Uhr war wieder Anna da. Sie blieb bis 17:30 Uhr und in dieser Zeit sprachen sie erneut über Politik. Als sie das Büro verließ, ging auch Erik in die Wohnung, machte sich erst sein Abendessen und nach dem Abwasch bearbeitete er seine Mails, wobei Julia ihm wie üblich geschrieben hatte. Um 20 Uhr fuhr er den Rechner runter und nahm sich ein Politikbuch vor. Um 22:30 Uhr ging er ins Bett, konnte aber nicht einschlafen. So ging er wieder raus auf den Balkon und mittlerweile war es auch um die Zeit noch relativ warm draußen. Er stand dort einige Zeit, dachte vor allem an Anna, bis er nach fast 3 Stunden ins Bett ging. Von ihr träumend schlief er dann gleich ein.

Der Wecker klingelte am Dienstag wieder um 6 Uhr und nach dem Frühstück ging Erik um 7:30 Uhr ins Büro. Er war mitten in einer Anfrage, als die anderen beiden eintrafen. Bis 12 Uhr konnte Erik 2 Anfragen erledigen. Wie immer saßen die drei beim Essen zusammen und sprachen auch heute über die Arbeit und die Stellensuche. Bis jetzt hatte sich noch keiner beworben, aber Erik hatte auch die Bewerbungsfrist auf den 31.06. festgelegt, so dass noch 2 Wochen Zeit waren. Nach der Pause ging es mit den Anfragen weiter, kurz unterbrochen von einem Privatkunden. Dies Gespräch führte Sebastian alleine, so dass Erik arbeiten konnte. Am Nachmittag schaffte Erik wieder 2 Anfragen und um 16:15 Uhr kam Sebastian zur Besprechung und Nachbearbeitung des Termins. Um 17 Uhr ging er und auch Anna machte Feierabend. Erik verließ das Büro um 17:30 Uhr und ging zu den Nachbarn um mehrere Partien Skat zu spielen. Um 22:30 Uhr war er zurück und ging noch raus auf den Balkon. Heute dachte er größtenteils an die Arbeit

114

und die kommenden Wochen. Um Mitternacht ging er dann ins Bett und schlief schnell ein.

Mittwoch stand er um 6 Uhr auf, duschte und frühstückte und ging um kurz nach 8 Uhr nur kurz ins Büro, da er heute einige Termine auswärts hatte. Erst um 15 Uhr war er wieder zurück und machte sich dann an die Nachbearbeitungen. Bis zur Besprechung mit Sebastian wurde er damit nicht fertig und als Anna um 17 Uhr ins Büro kam, hatte er erst eine abgeschlossen. Sie blieb bis 18 Uhr und die beiden redeten wieder viel über die Politik und gar nicht über sich. Erik fand, dass sich Anna seit dem einen Montag nicht verändert hatte. Nachdem sie um 18 Uhr gegangen war, machte er die Nachbearbeitungen fertig und um 21 Uhr ging er dann in seine Wohnung. Dort kochte er sich nur eine Kleinigkeit und bearbeitete nach dem Abwasch wieder seine Mails. Die Mail von Julia beantwortete er natürlich sofort. Er surfte danach noch ein wenig und um 22:30 Uhr ging er ins Bett und schlief auch wenig später ein.

Am nächsten Morgen stand er um 6:30 Uhr auf und ging nach dem Frühstück um 7:30 Uhr ins Büro. Er machte sich gleich an die Anfragen und wurde bis zum Mittag mit dreien fertig. Nach der Mittagspause kamen die Männer von der Möbelfirma und richteten das neue Büro ein. Als sie wieder gegangen waren, kam Anna mit dem Büromaterial nach oben und verschönerte das Büro noch ein wenig. Währenddessen arbeiteten Sebastian und Erik weiter und bis zur Besprechung konnte Erik wieder eine Anfrage fertig zurückschicken. Nach der Besprechung ging Sebastian um 17 Uhr in Feierabend und Anna und Erik unterhielten sich danach noch etwas im neuen Büro. Um 17:30 Uhr ging auch Anna, Erik blieb noch bis 18:30 Uhr, um die eine Anfrage zu erledigen. Danach ging er in seine Wohnung, machte sich sein Abendessen und telefonierte mit Katharinas Eltern. Im Anschluss setzte er sich wieder an seinen Rechner und bearbeitete seine Mails. Um 21 Uhr nahm er sich dann noch eine Fachzeitschrift vor, las diese aber nicht durch, sondern ging um 22:30 Uhr ins Bett. Auch heute schlief er wieder gleich ein.

Freitagmorgen stand er ausgeruht um 6 Uhr auf, duschte, frühstückte und ging ins Büro. Um kurz vor 8 Uhr saß er dort und wenig später trafen dann die anderen beiden ein. Um 9 Uhr kam ein Privatkunde, mit dem Sebastian das Gespräch führte. Als der Kunde um 10 Uhr ging, kam ein Geschäftskunde und dieses Gespräch führte Erik. Um 12 Uhr war der Kunde dann wieder weg und zu dritt machten sie wieder Pause. Heute redeten sie über die beiden Gespräche und um 13 Uhr ging es dann für beide an die Nachbearbeitungen. Um 14:30 Uhr kam Sebastian zur Besprechung rein und sowohl er als auch Anna verabschiedeten sich um 15 Uhr in den Feierabend. Erik blieb bis 16 Uhr sitzen und schloss eine Anfrage noch ab. Dann verließ auch er das Büro und ging zum Bürgermeister. Bis 18 Uhr blieb er dort und ließ sich noch mal einiges zu seiner Anfrage wegen der Gemeinderatssitzung erklären. Als er wieder zu Hause war, machte er sich sein Abendessen und bearbeitete nach dem Abwasch seine Mails. Danach legte er eine DVD ein, machte es sich auf der Couch bequem und sah bis 22 Uhr einen Film. Als der Film zu Ende war, ging er raus auf den Balkon und um 23 Uhr dann ins Bett. Dort schlief er auch gleich ein.

Am Samstagmorgen schlief Erik wieder aus und frühstückte ausgiebig. Er fuhr danach nach Grevesmühlen, um dort einzukaufen, traf diesmal nicht Anna und war daher auch zur Mittagszeit zu Hause. Nachdem er die eingekauften Sachen eingeräumt hatte, ging er wieder Laufen und machte er es sich danach mit der Fachzeitschrift auf dem Balkon bequem. Nachmittags ging er zu den Nachbarn. Dort grillten sie wieder und unterhielten sich viel über Eriks Firma. Um 20 Uhr war Erik dann zurück in seiner Wohnung und ging erst einmal raus auf den Balkon. Um 23 Uhr ging er ins Bett und schlief gleich ein.

Sonntagmorgen, den 14. Juni, fuhr Erik nach dem Frühstück wie gewohnt zur Kirche und besuchte den Gottesdienst. Danach ging er zum Grab seiner Eltern und blieb dort für einige Minuten stehen. Später fuhr er nach Grevesmühlen zur Freizeitanlage weiter, auf der sich heute viele Skateboarder trafen. Zwar machte Erik sich nicht viel aus Skateboard und die meisten Skateboarder waren ihm auch suspekt, trotzdem wollte er mal wieder raus und sich etwas ablenken. Gleich als er die Anlage betrat, traf er 2 Studienkollegen und plauderte mit ihnen einige

116

Zeit. Danach ging er etwas herum und redete kurz mit 4 Leuten aus dem Dorf, die auch so alt waren wie er und eher in die Umgebung passten. Nach 3 Stunden verließ Erik dann die Anlage und fuhr zurück nach Hause. Dort fuhr er sein Auto in die Garage und ging zu seinen Nachbarn schräg gegenüber. Das Gespräch dauerte sehr lange und er blieb auch zum Abendessen da, aber als er um 21 Uhr das Haus verließ, waren alle zufrieden mit dem Ergebnis. Er warf noch schnell die Wäsche in die Waschmaschine, bearbeitete nebenbei seine privaten Mails und als er um 22 Uhr die Wäsche aufgehängt hatte, ging er ins Bett. Auch heute konnte er wieder gleich einschlafen.

Ausgeruht stand Erik am Montag um 6 Uhr auf, ging unter die Dusche, frühstückte und saß um 7:30 Uhr im Büro und ging zuerst seine Mails durch. Um kurz vor 8 Uhr kamen die anderen beiden und nachdem Anna die Planung für den heutigen Tag zusammen mit der vorläufigen Planung für die Woche geschickt hatte, fuhr er zu einem Termin nach Schwerin und war um 11 Uhr wieder im Büro. Bis zur Mittagspause wurde er mit der Nachbearbeitung fertig und zu dritt saßen sie danach wieder im Esszimmer. Nach der Pause brachte Anna zwei Bewerbungen für die neue Stelle zu Erik und dieser ging sie kurz durch. Bewerbungsschluss war der 31.06. und bis dahin waren noch einige Tage Zeit. Am Nachmittag konnte Erik 2 Anfragen erledigen und auch die Besprechung mit Sebastian war schnell vorbei. Um 17 Uhr kam dann Anna ins Büro und die beiden redeten über das Wochenende. Über die Bewerbungen sprachen sie nicht, denn damit hatte Anna nichts zu tun und Erik wollte sie da auch erst einmal raushalten. Um 18 Uhr ging sie dann und Erik verließ auch das Büro und machte sich sein Abendessen. Nach dem Abwasch nahm er sich ein Buch, setzte sich erst auf den Balkon und später dann auf die Couch zum Lesen. Um 22:30 Uhr konnte er beim ersten Versuch nicht einschlafen und ging wieder raus auf den Südbalkon. Um 23:30 Uhr konnte er dann einschlafen.

Dienstag wachte Erik vor dem Weckerklingeln auf und nachdem er geduscht und gefrühstückt hatte, saß er um 7:45 Uhr im Büro. Um 8 Uhr kam ein Kunde zu einem Termin, kurz nachdem Anna und Sebastian eingetroffen waren. Um 10 Uhr ging der Kunde wieder und wenig später kam der nächste. Dieser blieb bis 12:30 Uhr und danach machte

Erik eine kurze Mittagspause. Um 13 Uhr ging es dann an die Nachbearbeitung und er schaffte es, noch eine Anfrage zu erledigen, bis Sebastian um 16:30 Uhr zur Besprechung herein kam. Um 17 Uhr schaute Anna nur kurz rein und zusammen mit Sebastian verließ sie dann das Büro. Heute waren per Mail 3 Bewerbungen eingetroffen und nachdem Erik diese ausgedruckt hatte, ging er alle 5 noch einmal durch und sortierte sie vor. Um 17:30 Uhr ging er dann in die Wohnung und machte sich sein Abendessen. Nach Bearbeitung seiner Mails telefonierte er noch mit Katharinas Eltern und setzte sich dann vor den Fernseher. Um 22 Uhr ging er ins Bett, stand aber wenig später wieder auf dem Balkon. Um 23 Uhr konnte er dann schließlich einschlafen.

Auch am Mittwoch saß Erik um 7:30 Uhr im Büro, nachdem er geduscht und gefrühstückt hatte. Mit den Mails war er schon fertig und er nahm sich gerade die erste Anfrage vor, als die anderen beiden eintrafen. Um 9 Uhr kam ein Privatkunde, der bis 11 Uhr im Büro von Sebastian blieb. Bis zur Mittagspause konnte Erik 2 Anfragen erledigen und zu dritt aßen sie einen Salat, den Anna mitgebracht hatte. Um 13 Uhr ging es dann mit den Anfragen weiter und als Sebastian um 16:30 Uhr ins Büro kam, hatte Erik wieder 2 Anfragen geschafft. Um 17 Uhr kam Anna dann ins Büro und bis 18 Uhr plauderten die zwei ein wenig, bis beide zeitgleich das Büro verließen. Anna fuhr nach Hause, während Erik ins Gasthaus ging, da dort um 19 Uhr die Gemeinderatssitzung stattfinden sollte. Bis dahin redete er am Tresen noch mit dem Gastwirt und pünktlich um 19 Uhr fing die Sitzung an.

Alle 10 Gemeindevertreter waren anwesend und zuerst führte der Bürgermeister das Wort. Die ersten 4 Tagesordnungspunkte bezogen sich noch auf den Gemeinderat und Erik hatte damit nichts zu tun. Der 5. Punkt war dann der, den Erik beantragt hatte, und so wurde er in den Saal hineingebeten. Seine Firma, die ja im Haus integriert war, wird mit dem neuen dritten Mitarbeiter komplett belegt sein und wenn er weiter expandieren möchte, hätte er leider kein Platz dafür. Daher plante er, ein neues Bürogebäude zu bauen, schräg gegenüber von seinem Haus und etwas entfernt vom Haus seines Nachbarn. Das Grundstück gehörte ihm schon, da er es von seinen Eltern geerbt hatte. Mit seinem Nachbarn hatte er es am Sonntag abgeklärt, allerdings war das Grundstück

118

noch nicht als Baugrundstück deklariert. Dem stand aber eigentlich nichts im Wege und so bekam Erik einen positiven Bescheid. Das bedeutete, dass er sich gleich morgen um Architekten kümmern könnte. Danach setzte er sich wieder kurz an den Tresen und ging um 21 Uhr heim. Dort sah er noch kurz fern und ging dann ins Bett. Allerdings konnte er nicht einschlafen und ging wieder raus auf den Balkon. Er schaute hinüber zur anderen Straßenseite, dort wo sein neues Bürogebäude entstehen sollte. Wieder dachte er an die Verantwortung, die er übernahm und wieder bekam er etwas Angst vor den Herausforderungen. Wieder fragte er sich, ob er dies schaffen würde. Mit diesen Selbstzweifeln ging er um Mitternacht ins Bett und schlief erst nach einiger Zeit ein.

In dieser Nacht schlief Erik wieder unruhig und wachte am Donnerstagmorgen um 6:30 Uhr auf. Zur gleichen Zeit wie gestern saß er dann im Büro, ging seine Mails durch und als die anderen beiden kamen, fuhr er nach Lützow zu einem Termin. Danach fuhr er nach Wismar und um 12 Uhr hatte er ein weiteres Gespräch in Grevesmühlen. Um 14 Uhr saß er wieder im Büro und machte sich an die Nachbearbeitungen. Um 16:30 Uhr kam Sebastian kurz rein und nach der Besprechung konnte Erik die Ergebnisse der Nachbearbeitungen an die Kunden senden. Um 17 Uhr setzte sich Anna zu ihm und die beiden plauderten noch bis 18 Uhr. Danach fuhr Anna nach Hause und Erik ging in seine Wohnung und kochte sich dort sein Abendessen. Nach dem Abwasch setzte er sich an den PC, bearbeitete seine privaten Mails und machte sich dann an die Anfragen an Architekten in der Umgebung und natürlich schrieb er auch wieder Julia. Da er in nächster Zeit einiges zu tun hatte, musste er ihr auch leider schreiben, dass er die nächsten Wochen nicht nach Greifswald fahren konnte. Um 22 Uhr ging er ins Bett, konnte aber nicht einschlafen und erst als er nach 2 Stunden auf dem Balkon wieder ins Bett ging, schlief er ein.

Am Freitagmorgen warf er die Umschläge für die Architekten in den Briefkasten und ging dann in sein Büro. Er konnte eine Anfrage bis 10 Uhr bearbeiten und dann kam ein Kunde ins Büro. Als dieser dann um 12 Uhr das Büro verließ, machte Erik zusammen mit den anderen beiden Mittagspause und nach dem Essen ging es mit der Nacharbeit und

119

Anfragen weiter. Mittlerweile hatte er 7 Bewerbungen erhalten, von denen er aber schon 3 aussortiert hatte und ihnen nach dem 31.06. absagen wollte. Die anderen schaute er sich am Nachmittag noch einmal an, als er zwischen 2 Anfragen Pause machte. Um 14:30 Uhr war er mit der zweiten Anfrage fertig und als er mit einem Telefonat zu Ende war, kam Sebastian zur Besprechung hinein. Um 15 Uhr gingen dann seine beiden Mitarbeiter ins Wochenende und Erik blieb noch sitzen. Gegen 16 Uhr verließ er dann sein Büro und lief seine 6 km. Nach dem Duschen nahm er sich eine Zeitschrift vor, die von Mitarbeiterführung handelte. Um 19 Uhr machte er Pause um etwas zu essen und danach ging es mit dem Lesen weiter. Um 22:30 Uhr hatte er dann genug und ging noch raus auf den Südbalkon. Dort schaute er in die Dunkelheit und dachte dabei an Anna und Julia. Um kurz nach Mitternacht ging er dann ins Bett und schlief nach einer Weile ein.

Am nächsten Tag konnte Erik länger schlafen und blieb auch noch einige Minuten liegen. Um 10 Uhr stand er schließlich auf, aß eine Kleinigkeit und fuhr dann nach Schwerin. Er kaufte dort erst einmal wieder ein und setzte sich dann auf eine Bank am See und ging die Notizen von gestern Abend durch. Instinktiv hatte er bei Anna und Sebastian das meiste richtig gemacht, trotzdem gab es bei seiner Mitarbeiterführung noch einiges zu verbessern. Am späten Nachmittag setzte er sich dann in ein Restaurant, nahm das Abendessen zu sich und blieb danach noch eine Weile sitzen. Um 20 Uhr fuhr er zurück nach Renzow und las die Zeitschrift zu Ende. Gegen 22 Uhr ging er dann ins Bett und lag noch einige Zeit wach, bevor er schließlich einschlief.

Am Sonntagmorgen stand er wie üblich zeitig auf und machte sich auf den Weg nach Pokrent. Dort besuchte er zuerst den Gottesdienst um danach zum Grab seiner Eltern zu gehen. Gespräche führte er heute keine und so fuhr er früh nach Renzow zurück. Nachdem er wieder Laufen gewesen war, ruhte er sich aber nicht aus, sondern machte einen Spaziergang, der ihn auf dem Rückweg durchs Dorf führte. Dort traf er insgesamt 5 Einwohner, mit denen er sich jeweils eine Weile unterhielt. Am Nachmittag war er dann wieder zu Hause und las in einem Buch. Nur durch das Abendessen unterbrochen, las er bis 23 Uhr. Mit dem Buch wurde er nicht fertig, aber nach so vielen Stunden lesen, hatte er

120

genug und ging noch kurz auf den Balkon. Als er dann ins Bett ging, schlief er gleich ein.

Um 6 Uhr klingelte der Wecker und Erik sprang unter die Dusche. Die Zeitung las er beim Frühstück durch und blieb noch kurz sitzen. Trotzdem war er um 7:45 Uhr im Büro und ging seine Mails durch. Um 8:30 Uhr kamen dann gleich 2 Kunden, einer für Sebastian und einer für Erik, wobei das Gespräch von Erik länger dauerte, während Sebastian schon nach 30 Minuten fertig war. Aber bis zum Mittag hatte Erik die Nachbearbeitung erledigt und beim Essen sprachen sie dann über die Termine. Am Nachmittag konnte Erik nur eine Anfrage fertig bearbeiten, aber heute kamen einige Telefonate, die seine Planung für sein neues Bürogebäude betrafen. Insgesamt hatten sich 5 Architekten gemeldet, 2 davon per Mail und von allen ließ er sich die Vorschläge zu schicken, um schon einmal eine gewisse Vorstellung zu bekommen. Um kurz vor 17 Uhr kam dann Sebastian rein, der nicht viele Fragen hatte und so war die Besprechung schnell erledigt. Anna kam danach noch für 30 Minuten ins Büro und sie redeten etwas über das Wochenende. Als Anna das Büro verlassen hatte, ging auch Erik in seine Wohnung, um sich sein Abendessen zu kochen und das Buch zu Ende zu lesen. Er wurde heute wieder nicht fertig, da er um 22 Uhr müde ins Bett ging und erneut gleich einschlief.

Dienstagmorgen war Erik richtig munter, saß heute sogar schon um 7 Uhr im Büro und bearbeitete Anfragen. Das war auch nötig, denn um 9 Uhr fuhr er zu drei Terminen in Wismar und war erst um 15 Uhr zurück. Mit der Nachbearbeitung wurde er nicht fertig, obwohl er bis 18 Uhr im Büro blieb. Nach dem Essen las er das Buch zu Ende und wollte dann wieder mit einer Zeitschrift anfangen. Diesmal ging es um Finanzplanung und Buchhaltung. Auch damit musste er sich jetzt mehr beschäftigen, seit er nicht mehr alleine arbeitete. Aber nachdem er etwas in der Zeitschrift gelesen hatte, legte er diese zur Seite und setzte sich an seinen PC und beantwortete wieder einige private Mails. Um 22:30 Uhr ging er dann noch für eine Stunde auf den Balkon und schlief danach in seinem Bett ein.

Am Mittwochmorgen saß er dann später im Büro und ging noch einmal die Bewerbungen durch. 3 Absagen machte er sofort fertig, schickte sie aber noch nicht weg. Die anderen 4 rief er an, um mit ihnen jeweils einen Termin für Montag bzw. Dienstag auszumachen. Auch wenn noch nicht der 31. Juni war, wollte er trotzdem die Stellenbesetzung hinter sich bringen. Danach machte er sich an die Nachbearbeitung, später an Anfragen und konnte bis zur Mittagspause 2 erledigen. Nach der Pause schaffte er nur eine, die aber auch etwas größer war. Die Besprechung mit Sebastian dauerte heute etwas länger als sonst, aber um 17 Uhr konnte dieser trotzdem in Feierabend gehen. Danach kam Anna wie üblich rein, diesmal aber nur, um sich zu verabschieden, und Erik ging auch in seine Wohnung, um sich sein Abendessen zu machen. Nach dem Abwasch sah er sich diesmal einen Film an. Als er um 22 Uhr ins Bett gehen wollte, konnte er aber wieder nicht schlafen und ging raus auf den Südbalkon. Dort blieb er 2 Stunden und um kurz nach Mitternacht konnte er dann doch einschlafen.

Am Donnerstag war er um 7:30 Uhr im Büro und war mit der ersten winzigen Anfrage schon wieder fast fertig, als die anderen beiden eintrafen. Um 9 Uhr fuhr er dann zu einem Termin nach Schwerin und war zur Mittagspause wieder zurück. Nach dem Essen machte er die Nachbearbeitung und schaffte bis zur Besprechung mit Sebastian noch 2 Anfragen. Nach der Besprechung mit Sebastian kam Anna ins Büro und spontan beschlossen die beiden heute Abend mal wieder ins Kino zu gehen. „Fast and the Furious 7" war vor kurzem gestartet und so machten sich die zwei auf den Weg nach Grevesmühlen. Sie bekamen noch 2 Karten und setzten sich vorher in ein Restaurant, um noch eine Kleinigkeit zu essen. Um 20 Uhr fing der Film an und beide amüsierten sich. Nach dem Film setzten sie sich noch auf ein Getränk ins Café und 1 Stunde später fuhr Erik dann nach Hause. Dort konnte er wieder nicht einschlafen und ging diese Nacht hinaus auf den Nordbalkon. Er musste eine Weile an Anna denken, denn dieser Abend hat ihm als Entspannung sehr gut getan. Zum Schluss dachte er aber auch an Julia, die er jetzt schon länger nicht gesehen hatte. Um Mitternacht ging er dann wieder ins Bett und schlief dann auch gleich ein.

122

Nach nur 6 Stunden Schlaf war Erik am Freitag noch etwas müde, auch wenn die Dusche und der Kaffee zum Frühstück etwas halfen. Trotzdem war er vor den anderen beiden im Büro, wobei diese nur wenig später eintrafen. Um 8:30 Uhr kam der erste Geschäftskunde und um 11 Uhr schon der nächste. Da die Gespräche etwas länger dauerten und Erik sich gleich an die Nachbearbeitung machte, ließ er die Pause ausfallen und arbeitete durch. So wurde er fertig, bevor Sebastian um 14:30 Uhr hinein kam. Um 15 Uhr ging dieser ins Wochenende und Anna setzte sich für 1 Stunde noch zu Erik ins Büro. Um kurz nach 16 Uhr ging auch sie und Erik ging danach ins Dorf zu einer weiteren Geburtstagsfeier. Bis 23 Uhr blieb er dort und auch auf dem Rückweg führte er noch mit einem anderen Einwohner Gespräche. Als er dann zu Hause war, fiel er müde ins Bett und schlief ausnahmsweise gleich ein.

Am Samstag schlief Erik etwas länger und stand erst um 9 Uhr auf. Ohne Frühstück setzte er sich ins Auto und fuhr nach Grevesmühlen und Schwerin, um mal wieder frische Sachen einzukaufen. Voll bepackt ging er zu seinem Auto zurück, verstaute die Einkäufe und setzte sich noch auf ein Croissant und einen Kaffee in ein Café. Als er damit fertig war, fuhr er nach Renzow zurück und brachte seine Einkäufe in die Küche. Um 12 Uhr ging er dann ins Dorf zum Sportplatz und besuchte das Dorffest. Danach sah er den Kindern bei ihren Wettkämpfen zu und plauderte mit verschiedenen Einwohnern. Um 17 Uhr waren dann die Spiele zu Ende. Als die Kinder dann nach Hause gingen, gingen die Erwachsenen in das Gasthaus und ließen den Tag bei Gesprächen und leckerem Essen ausklingen. Um 22 Uhr ging Erik als einer der letzten nach Hause, bearbeitete noch schnell seine privaten Mails und ging dann ins Bett, wo er gleich einschlief.

Am nächsten Morgen stand Erik früher auf und besuchte wie gewohnt den Gottesdienst um 10 Uhr in Pokrent. Danach sprach er noch kurz mit dem Pastor, bevor er sich wieder auf den Heimweg machte. Beim Gespräch erfuhr er, dass das Gasthaus in Grevesmühlen an den vorbestraften Rechtsradikalen verkauft worden war. Für Erik war klar, dass er dort nie essen würde und er entschied sich, stattdessen häufiger in anderen Restaurants in Grevesmühlen zu essen. Bei seiner 6 km Runde konnte er dann weiter darüber nachdenken. Frisch geduscht und mit

Obst gestärkt nahm er sich die Zeitschrift vor, die er sich schon am Dienstag rausgelegt hatte. Nur unterbrochen vom Abendessen las er bis 20 Uhr. Am Abend telefonierte er mal wieder mit Katharinas Eltern und hörte danach noch etwas Musik. Um 22 Uhr ging er noch kurz auf den Südbalkon, aber um 22:30 Uhr lag er dann im Bett und schlief gleich ein.

Daher war er am Montagmorgen ausgeruht und saß nach dem Duschen und dem Frühstück um kurz nach 7 Uhr im Büro und machte sich schon einmal über die Mails her, die neu eingetroffen waren. Er bereitete sich dann auf die Vorstellungsgespräche vor und um 10 Uhr kam dann auch der erste Bewerber. Im Gegensatz zur Bewerbungsrunde im Februar hatte er die Reihenfolge verändert, so dass diesmal sein Favorit zum Schluss dran kam und nicht schon am Anfang. Also war der Bewerber, der als erstes das Gespräch hatte, in der Liste nur die Nummer 4 und beim Gespräch konnte er auch nicht viele Punkte sammeln. Er schien Erik zu unselbstständig zu sein. Fachwissen war zwar vorhanden, aber es fehlte doch sehr an Selbstbewusstsein und auch sonst war er sehr ruhig, so dass er wohl nicht ins Team passen würde. Um 11 Uhr war das Gespräch zu Ende und Erik bearbeitete seine Notizen über den Bewerber, bevor er mit Anna und Sebastian zusammen Mittag machte.

Um 14 Uhr kam der nächste Kandidat und dieser hatte zu viel Selbstbewusstsein. Aus seinem Stellengesuch konnte man es nicht herauslesen, aber er schien doch sehr von sich überzeugt zu sein, obwohl er bei einigen Fragen passen musste. Als er um 15 Uhr ging und sich verabschiedete, konnte Erik an Annas Gesichtszügen sehen, was sie von dem Kandidaten hielt. Aber Erik wollte dies in Ruhe entscheiden und bereitete daher auch für diesen Bewerber seine Notizen auf. Bis zum Gespräch mit Sebastian konnte er sogar noch eine Anfrage erledigen, es war allerdings die einzige heute. Um 17 Uhr kam Anna ins Büro und versuchte Erik etwas über die Bewerber zu entlocken, was ihr aber nicht gelang. Das sah sie dann auch relativ schnell ein und das Gespräch ging dann ins Private über. Um 18:30 Uhr verließ sie dann das Büro und Erik machte sich in seiner Wohnung sein Abendessen. Danach las er noch die Zeitschrift weiter, machte sich Notizen, um morgen im Büro noch mal in seinen Finanzen zu recherchieren. Um 22 Uhr

124

ging er ins Bett, wo er noch einige Zeit an Anna dachte, bevor er einschlief.

Der Wecker riss ihn am Dienstag wieder um 6 Uhr aus dem Schlaf und als er mit der Zeitung fertig war, ging er ins Büro, um die beiden Gespräche für heute vorzubereiten. Wenig später kamen die Anna und Sebastian und Erik machte sich noch an eine Anfrage, da noch etwas Zeit blieb. Um 10 Uhr war der erste Bewerber dann eingetroffen und das Gespräch lief deutlich besser als mit den beiden Bewerbern gestern. Mit der Ausbildung war er seit einem Jahr fertig und seitdem arbeitete er in Hamburg, wollte aber einen Arbeitsplatz näher an Schwerin, um etwas Anfahrtszeit und –kosten zu sparen. Er war mit 23 Jahren ungefähr so alt, wie die anderen beiden und auch von seiner Art Sebastian sehr ähnlich. Als das Gespräch um 11 Uhr zu Ende war, lag dieser Bewerber weiterhin vor den beiden von gestern im Rennen.

Bis der vierte Aspirant um 14 Uhr kam, konnte Erik eine Anfrage bearbeiten und Mittagspause machen. Der vierte Aspirant war bisher sein Favorit gewesen, aber nachdem das Gespräch um 15 Uhr zu Ende war, hatte Erik sich schon fast auf den dritten Bewerber festgelegt. Er machte sich nach dem Gespräch noch Notizen, vervollständigte alle 4 Profile und legte sie dann erst mal zur Seite, um etwas Abstand zu bekommen. Stattdessen telefonierte er mit einem Kunden. Um 16:30 Uhr kam Sebastian wie üblich kurz herein und um 17 Uhr war Anna wieder da.

Wie gestern versuchte sie Erik etwas über die Bewerber zu entlocken, aber auch heute war sie dabei erfolglos. Es schien Erik ein wenig Spaß zu bereiten, sie dabei zu necken, was Anna dann auch bald auffiel. Als Entschuldigung lud er sie zum Abendessen ein und sie verließen daraufhin das Büro und während er das Essen zubereitete, plauderten sie weiter, allerdings nicht mehr über die Bewerber. Von Eriks Plänen, ein neues Bürogebäude zu bauen, wusste Anna nichts und Erik verriet auch nichts darüber. Stattdessen redeten sie noch etwas über das Dorffest und das Dorfleben im Allgemeinen und auch nach dem Essen saßen sie auf der Couch noch eine Weile zusammen. Um 22 Uhr fuhr Anna dann nach Hause und Erik räumte die Küche auf, bevor er ins Bett ging und schnell einschlief.

125

Am Mittwoch saß er nach einer erfrischenden Dusche um 7:30 Uhr im Büro. Nachdem er seine Mails bearbeitet hatte, ging er die Stellengesuche durch und entschied sich dann endgültig für den 3. Bewerber. Die Absagen für die anderen druckte er aus und gab sie Anna zum Versenden. Danach rief er den 3. Bewerber an und sagte ihm zu. Er schickte dann auch den Arbeitsvertrag zu. Arbeitsbeginn war der 24. August und das Büro war schon fertig eingerichtet, so dass Erik bis dahin nichts mehr vorbereiten musste. Daher konnte er sich an die Anfragen machen und nur unterbrochen von der Mittagspause erledigte er heute 5. Das Gespräch mit Sebastian verlief wieder sehr kurz und Anna schaute ebenfalls nur rein, um sich zu verabschieden. Aber auch Erik machte um 17 Uhr Feierabend und heute sah er sich nach dem Abendessen wieder eine DVD an. Er ging dann raus auf den Südbalkon und dachte an die Arbeit und an die bevorstehenden Aufgaben. Das Grundstück, auf dem er sein Bürogebäude errichten wollte, konnte er im Dunkeln sogar leicht sehen. Daher sah er träumend einige Minuten hinüber, bis er dann um 23 Uhr ins Bett ging und einschlief.

Donnerstag schlief er etwas länger und saß um 7:45 Uhr im Büro und nahm sich heute die Notizen vor, die er am Montag gemacht hatte, bevor er sich Anfragen befasste. Um 9 Uhr kam ein Privatkunde, um den sich aber Sebastian kümmerte, so dass Erik weiter arbeiten konnte. Für ihn kam aber um 11 Uhr ein Geschäftskunde und dieser Termin dauerte bis 13 Uhr. Also ließ er mal wieder das Mittagessen ausfallen, erledigte lieber die Nachbearbeitung und danach noch eine Anfrage, bevor Sebastian wieder zur Besprechung rein schaute. Anna kam auch heute nur kurz rein und Erik blieb noch bis 18 Uhr, um die Anfrage zu beenden. Danach machte er sich wieder sein Abendessen, telefonierte noch mit Julia und nahm sich wieder ein Roman vor. Das Buch war richtig gut und ließ sich sehr gut lesen, so dass er entspannt um 22:30 Uhr ins Bett ging. Er konnte aber nicht einschlafen und ging also raus auf den Balkon, diesmal auf den Nordbalkon, und blickte in die Ferne, musste dabei wieder an Katharina denken. Noch immer spürte er einen starken Schmerz, wenn er an sie dachte und er wusste, dass er für eine neue Beziehung noch nicht bereit war. Auch wenn Anna und Julia besondere Frauen waren, aber so wie Katharina gewesen war, waren die beiden nicht. Um 1 Uhr ging er dann wieder ins Bett und schlief diesmal auch ein.

Am Freitag duschte er wieder vor dem Frühstück und saß um 7:45 Uhr im Büro, nachdem er auch mit der Zeitung fertig war. Wenig später kamen die anderen beiden und um 8:30 Uhr fuhr Erik zu einigen Terminen, so dass auch heute die beiden wieder alleine Pause machten mussten, denn erst um 14:30 Uhr war Erik wieder zurück. Sofort kam Sebastian zur Besprechung herein und danach machte sich Erik an die Nachbearbeitungen der 4 Gespräche. Anna setzte sich um 15 Uhr zu ihm und schaute ihm über die Schulter. Um 16:30 Uhr wurde er dann fertig und plauderte danach noch mit Anna, bis diese um 18 Uhr ging. Auch er verließ das Büro und ging zu seinen Nachbarn, um Skat zu spielen. Um 22:30 Uhr war er wieder in der Wohnung, war aber noch nicht müde und las den Roman einige Zeit weiter und ging danach ins Bett. An Julia denkend schlief er dann ein.

Samstag fuhr er gleich früh morgens nach Greifswald, parkte sein Auto in der Nähe vom Hotel und traf sich dort mit Julia. Zusammen spazierten sie mal wieder durch die Stadt und redeten fast unterbrochen. Abends kehrten sie dann in ein Restaurant ein und blieben dort noch länger sitzen, bis sie um 23 Uhr in Julias Wohnung gingen und Erik es sich dort auf der Couch bequem machte. Auch wenn diese etwas unbequem war, konnte er gleich einschlafen.

Am nächsten Morgen standen beide um 9 Uhr auf und verließen die Wohnung, um in der Nähe in einem Café zu frühstücken. Danach gingen sie noch durch einen Park und am Nachmittag verabschiedeten sie sich voneinander und Erik fuhr nach Renzow zurück. Dort machte er sich erst sein Abendessen, bevor er kurz mit Julia telefonierte, sich an den Rechner setzte, Mails schrieb und ein wenig surfte. Um 23 Uhr ging er dann ins Bett und schlief nach einer Weile ein.

Nachdem er am Montagmorgen geduscht, gefrühstückt und die Zeitung gelesen hatte, saß er um 7:30 Uhr im Büro und ging dort zuerst seine Mails durch. Als Anna und Sebastian um kurz vor 8 Uhr ins Büro kamen, hatten sie einen Kunden für Erik im Schlepptau. Dieser blieb bis 9 Uhr und bis zum Mittag hatte Erik nicht nur die Nachbearbeitung erledigt, sondern zusätzlich noch 2 Anfragen. Heute saß er wieder mit den beiden zusammen im Essensraum und zu dritt redeten sie über das vergangene Wochenende. Um 13 Uhr ging es wieder an die Arbeit und auch am Nachmittag konnte Erik 2 Anfragen erledigen. Die Besprechung mit Sebastian dauerte auch heute nicht so lange und Anna blieb dafür bis 18 Uhr. Am Abend las er dann bis 22 Uhr den Roman zu Ende. Er ging dann noch mal auf den Südbalkon, um 23 Uhr ins Bett und schlief dort auch gleich ein.

Auch am Dienstag, dem 22. Juli, saß er um 7:30 Uhr im Büro, bereitete sich dort auf das erste Gespräch vor und der Kunde kam auch pünktlich um 8 Uhr. Nach einer Stunde war der Termin zu Ende und bis 12 Uhr wurde Erik mit einer Anfrage fertig. In der Pause drehte sich das Gespräch dann größtenteils um die Arbeit, bis es um 13 Uhr wieder an die Anfragen ging. Für Sebastian kam zwischendurch noch ein Kunde und zu diesem Gespräch hatte Sebastian dann auch einige Fragen, so dass er schon um 16 Uhr ins Büro von Erik kam. Um 16:45 Uhr waren sie mit der Besprechung fertig und um 17 Uhr verließen Anna und Sebastian das Büro, während Erik noch ein wenig blieb und die eine Anfrage zu Ende bearbeitete. Nach dem Abendessen in der Wohnung setzte er sich wieder vor den Fernseher. Nach dem Film ging er relativ entspannt auf den Südbalkon. Dort dachte er an Anna und Julia, aber wie schon am Donnerstag verdrängte das Bild von Katharina die anderen beiden. Noch einmal sah er einige schöne Szenen vor seinen Augen, bis der Unfall sich in den Vordergrund drängte und Erik doch wieder schluchzend auf die Bank zusammensackte. Dort blieb er einige Minuten sitzen, bis er um kurz nach Mitternacht ins Bett ging, immer noch mit Tränen in den Augen und erst nach einer Weile einschlief.

Nach dem Duschen, Frühstücken und Zeitunglesen ging es am Mittwoch wieder um kurz vor 8 Uhr ins Büro. Dort blieb er allerdings nur bis um 9 Uhr, da er heute erneut einige Kundentermine hatte, von denen er erst um 15 Uhr zurückkam. Mit den Nachbearbeitungen wurde er bis 17 Uhr nicht fertig, trotzdem verließ er das Büro und fuhr nach Lützow um sich mit einem Kunden zutreffen, der nur abends Zeit hatte. Weil es danach schon 20 Uhr war, blieb er in Lützow und ging dort in ein Restaurant um dort sein Abendessen einzunehmen. Um 21 Uhr fuhr er schließlich nach Hause und setzte sich an den PC, um noch einige Mails zu schreiben und ein wenig im Internet zu surfen. Um kurz vor 23 Uhr ging er ins Bett und schlief gleich ein.

Am Donnerstag kam er wieder gut aus dem Bett und saß schon um kurz nach 7 Uhr im Büro, las dort aber erst die Zeitung zu Ende. Als seine beiden Mitarbeiter um 8 Uhr eintrafen, saß er über den Nachbearbeitungen der Kundentermine von gestern, mit denen er bis zur Mittagspause auch fertig wurde. Nach der Pause, die er wie üblich mit den beiden verbrachte, nahm er sich die Post vor, die im Laufe des Vormittages eingetroffen war. Mit dabei waren auch die 5 Vorschläge der Architekten, die Erik am Nachmittag durchging. Zu allen machte er sich Notizen und lud vier Architekten zu Gesprächen ein. Einem Architekten sagte er gleich ab, da ihm der Preis deutlich zu hoch war. Bis Sebastian in sein Büro kam, war er damit fertig und um 17 Uhr kam dann Anna zu ihm. Sie hatte natürlich die Unterlagen von den Architekten gesehen und fragte ihn dazu ein Loch in den Bauch. Erik sagte aber nicht viel dazu, um Anna etwas auf Distanz zu halten, da sie ja schließlich seine Angestellte war. Und auch wenn sie befreundet waren, hieß es ja noch lange nicht, dass er ihr alles erzählte, was er so plante. Ein wenig musste er Berufliches und Privates trennen, auch wenn ihm dies schwerfiel. Gerade bei Anna. Er ließ sich aber immer ein wenig entlocken, so dass Anna zumindest wusste, dass ein neues Bürogebäude gegenüber geplant war. Um kurz vor 18 Uhr verließ sie dann das Büro und auch Erik ging in seine Wohnung, um sich dort sein Abendessen zuzubereiten. Heute fing er dann ein neues Politikbuch an und las bis kurz vor Mitternacht. Danach ging er aber noch auf den Balkon und musste dort an Anna denken. Nach fast 1 Stunde ging er dann ins Bett und schlief gleich ein.

Freitagmorgen ließ er sich etwas mehr Zeit und war daher erst kurz vor 8 Uhr im Büro. Wenig später kamen die anderen beiden und um 9 Uhr zwei Kunden, einer für Erik und einer für Sebastian. Beide Termine waren aber nur sehr kurz und so wurden beide bis zur Pause mit den Nachbearbeitungen fertig. Am Nachmittag konnten sie noch jeweils eine Anfrage erledigen, bevor Anna und Sebastian um 15 Uhr ins Wochenende gingen. Erik ging in seine Wohnung und abends kamen seine Nachbarn vorbei. Nach dem Essen wurden wieder einige Partien Skat gespielt, bis die beiden um 22 Uhr den Heimweg antraten. Erik ging ins Bett und konnte sehr schnell einschlafen.

Am Samstag, den 11. Juli, konnte er ausschlafen und so stand er erst gegen 10 Uhr auf und frühstückte in aller Ruhe. Danach ging er zum Feuerwehrhaus und nahm am Fest der Freiwilligen Feuerwehr teil. Zum Abendessen war er wieder in seine Wohnung und nach dem Abwasch las er das Buch bis 22 Uhr weiter. Danach ging er ins Bett und konnte gleich einschlafen.

Sonntag stand er schon um 8 Uhr auf, frühstückte und wenig später trafen die Eltern von Katharina ein. Sie waren in Berlin gewesen und besuchten ihn auf dem Rückweg. Bis zum Mittagessen sprachen sie über Katharina und über Erik und nach dem Essen fuhren sie dann weiter nach Schweden. Zum Abschied überreichten sie Erik noch ein Fotoalbum als Andenken an Katharina. Das Album sah er sich gleich an und schöne Erinnerungen wurden wieder wach. Was war das damals für eine glückliche, aber viel zu kurze Zeit gewesen. War das wirklich schon 3 Monate her? Noch immer schien ihm Katharina so lebendig und gerade in den Nächten fragte er sich häufig, ob dies alles nur ein böser Traum gewesen ist. Noch immer hoffte er freitags, dass sie einfach durch die Tür hereinkommen und ihn umarmen würde. Doch sie würde ihn nicht besuchen, nie mehr. Und bei dem Gedanken an den Unfall und den Verlust wurde ihm schwarz vor Augen. Er ließ das Fotoalbum fallen, rutschte vom Sofa und sank schluchzend auf den Teppich. Einige Stunden lag er dort, weinend, um seine Katharina trauernd, ihren Tod beklagend. Erst gegen 20 Uhr stand er wieder auf, räumte das Fotoalbum weg und ging raus auf den Balkon. An Essen war heute

130

nicht mehr zu denken und draußen versuchte er die Gedanken an Katharina zu verdrängen. Versuchte an Anna und Julia zu denken, an seine Firma, aber Katharinas Bild blieb vor seinen Augen. Auch auf dem Balkon verbrachte er einige Stunden ohne auf die Zeit zu achten und erst gegen 1 Uhr ging er ins Bett. Heute hatte er wieder Probleme einzuschlafen und wälzte sich unruhig im Bett umher, bis dann doch irgendwann die Augen zufielen.

Am Montagmorgen war er daher wieder leicht übermüdet, da halfen auch die Dusche und der Kaffee nicht. Und seine Stimmung war insgesamt nicht so gut, dies bemerkte auch Anna, als sie um 8 Uhr sein Büro betrat. Sie blieb für einen Moment im Türrahmen stehen, aber als Erik nicht groß reagierte, ging sie an ihren Arbeitsplatz. Bis 10 Uhr konnte Erik eine Anfrage abschließen und dann kamen die 4 Architekten, um sich das Grundstück anzusehen und mit Erik einige Details zu besprechen. Sie sahen sich auch etwas die Ortschaft an und gingen dann in Eriks Büro. Dort gab Erik ihnen dann noch einige Notizen mit und um 15 Uhr gingen sie wieder. Zur Mittagszeit war auch die Post eingetroffen, mit der Information vom Amt, dass das Grundstück als Baugrundstück deklariert worden ist. Er telefonierte daraufhin noch eine Weile mit seinem Finanzberater und fing gerade eine weitere Anfrage an, als Sebastian das Büro betrat. Fragen gab es heute wieder keine und so konnte Erik die kleine Anfrage sogar fast zu Ende bringen, bevor Anna um kurz nach 17 Uhr ins Büro kam.

Da er aber auch diesmal zurückhaltend blieb, verabschiedete sie sich nur kurz und verließ dann auch das Büro. In ihrem Auto dachte sie dann über Erik nach und fragte sich, was über das Wochenende geschehen war. Sie fand darauf natürlich keine Antwort und fuhr nach Hause. Erik bearbeitete die Anfrage zu Ende und verließ dann auch das Büro. Heute hatte er das Mittagessen ausfallen lassen, aber trotzdem hatte er nur wenig Hunger und so machte er sich nur eine Kleinigkeit. Nach dem Abwasch ging er gleich raus auf den Balkon, denn auch heute hatte er kein Bedürfnis irgendetwas anderes zu machen. Er saß dort eine Weile, die meiste Zeit an Katharina denkend, und erst gegen 22 Uhr ging er in die Wohnung zurück und direkt ins Bett. Aber wieder einmal konnte er nicht schlafen und so stand er auf und setzte sich aufs

Sofa. Fast apathisch saß er dort, dachte an seine Katharina und erneut sank er vom Sofa und blieb auf dem Teppich liegen. Gegen 3 Uhr kam er dann etwas zu sich und ging ins Bett, konnte aber nicht durchgängig schlafen.

Er war auch wach, als der Wecker klingelte und stand daher sofort auf. Beim Frühstück aß er nur eine Scheibe, so richtig Appetit hatte er nicht und schon früh saß er an seinem Arbeitsplatz. Wie schon nach Ostern versuchte er erneut seinen Kummer bei der Arbeit zu vergessen, aber so ganz gelang es ihm nicht. Wieder reagierte er nicht auf Anna und heute ließ er erneut die Mittagspause ausfallen und arbeitete durch. Dadurch schaffte er zwar einige Anfragen, aber als Anna wieder nach Feierabend ins Büro kam, schien sie darüber nicht glücklich zu sein. Erik blockte aber das Gespräch dazu ab und so ging Anna relativ schnell wieder und wieder machte sie sich im Auto Gedanken, aber auch Vorwürfe. Erik blieb noch eine Weile, bis er gegen 18:30 Uhr in die Wohnung ging.

Während er Wäsche wusch, aß er wieder nur eine Kleinigkeit und setzte sich dann an den Rechner, um Mails abzurufen und teilweise zu antworten. Julia hatte ihm am Sonntag geschrieben und passend zu seiner Stimmung war die Mail von ihm heute in einem deutlich neutraleren Ton als sonst. Es fiel ihm erst auf, als er sie schon verschickt hatte, aber als er den Rechner herunterfuhr, war sie schon wieder vergessen. Zielstrebig ging er zum Fotoalbum von Katharina und blätterte es erneut durch. Und auch heute verließen ihn die Kräfte und wieder lag er längere Zeit auf dem Teppich. Erst gegen 23 Uhr stellte er das Fotoalbum wieder ins Regal und ging raus auf den Balkon. Dachte wieder nur an Katharina. Für Julia und Anna hatte er keine Gedanken übrig, nur für Katharina. Gegen 2 Uhr ging er ins Bett, schlief unruhig und mit vielen Wachphasen.

Dafür hatte er am Mittwochmorgen auch leichte Kopfschmerzen und auch ein größeres Hungergefühl. Doch trotzdem aß er nach dem Duschen wieder nur eine Scheibe Brot und selbst die zwang er in sich hinein. Im Büro wurde es nicht besser und Anna sah ihn heute noch sorgenvoller an als gestern, sagte aber wieder nichts. Als Erik auch

132

heute nicht an der Mittagspause teilnahm, brachte ihm Anna etwas zu essen ins Büro. Doch der Teller blieb unberührt, bis sie um 17 Uhr erneut zu ihm kam und heute saß sie länger bei ihm. Sie sah ihm, zu wie er weiter arbeitete, und wusste nicht, ob er sie wahrnahm oder nicht. Um 18 Uhr verließ sie das Büro, ohne das er ein Wort gesagt hatte und als sie im Auto saß, flossen die Tränen. Erst nach einigen Minuten war sie soweit, dass sie fahren konnte. Erik ging auch weniger später, ging aber nicht in die Wohnung, sondern etwas spazieren. Er ging nicht durchs Dorf, stattdessen durch die freie Natur, um seine Gedanken ordnen zu können. Gegen 20 Uhr war er zurück, aß wieder nur eine Kleinigkeit und ging wieder auf den Balkon. Heute versuchte er gar nicht erst früh ins Bett zu gehen, sondern blieb sehr lange draußen sitzen und erst um 2 Uhr ging er ins Bett. Geholfen hatten die frische Luft und der Spaziergang nicht, denn auch heute war an einen ruhigen Schlaf nicht zu denken.

Als er am Donnerstag aufwachte, spürte er gleich, dass wieder etwas nicht in Ordnung war. Die Kopfschmerzen waren stärker geworden, der Magen war leer und als er vor dem Spiegel stand, sah er, dass das Nasenbluten zurückgekehrt war. Also ging er unter die Dusche und nachdem die Kopfschmerzen stärker waren, nahm er heute zum Frühstück eine Schmerztablette ein. Wieder aß er aber nur wenig, denn es fehlte ihm immer noch der Appetit. Heute ging er erst kurz vor 8 Uhr ins Büro und Anna zuckte heute leicht zurück, als sie die Augenringe sah. Zum Glück hatte Erik die Woche über keine Kundentermine und so blieb er auch den kompletten Tag im Büro. Da er gestern nichts gegessen hatte, stellte ihm Anna heute nichts hin. Nachdem Sebastian das Büro verlassen hatte, kam Anna wieder ins Büro und sprach Erik diesmal auch an.

Ihm war das sichtlich unangenehm und so blockte er ihre Versuche ab. Aufgrund seiner schlechten Verfassung und Stimmung geschah dies ruppiger, als er es wollte, und leicht verletzt ging Anna in den Feierabend. Sie fuhr nach Hause und in der Wohnung konnte sie die Tränen zum wiederholten Mal nicht zurückhalten. Erik bekam davon natürlich nichts mit, arbeitete bis 20 Uhr weiter und ging erst dann in die Wohnung. Wieder gab es nur eine Kleinigkeit zu essen und wieder fiel die Antwortmail an Julia anders aus, als er es wohl ursprünglich wollte.

Aber wie die letzten Male fiel es ihm nicht so richtig auf. Heute versucht er, eine DVD zu sehen, aber nach wenigen Minuten schaltete er den Fernseher aus und ging raus auf den Balkon. Dachte an Katharina, an Julia, an Anna und an seine Firma. Dachte über sein Leben nach, über das was er bisher erreicht hatte und was wohl noch vor ihm liegen würde. Hätte er diese Überlegungen vor einigen Tagen gehabt, wären sie wohl positiver ausgefallen als heute. Diese Woche war suboptimal verlaufen und Erik fragte sich, wie die nächsten Tage werden würden. Diese Gedanken hielten ihn eine Weile wach und erst gegen 2 Uhr ging er dann ins Bett.

Auch am Freitag wachte er wieder mit blutverschmiertem Gesicht auf. Die Kopfschmerzen waren dafür etwas weniger geworden, der Appetit war aber weiterhin nicht vorhanden. So aß er auch heute nur eine Scheibe und auch die Augenringe waren ausgeprägter als gestern. Anna sah dies natürlich, aber nach dem Gespräch am letzten Abend hatte sie heute Morgen keine Lust, erneut mit ihm darüber zu reden. Noch immer schien sie leicht verletzt zu sein. Sebastian war es natürlich auch aufgefallen, dass Erik wohl etwas bedrückte, aber beim Gespräch in der Mittagspause mieden die beiden das Thema, auch wenn Erik ein weiteres Mal in seinem Büro blieb. Bei den Fragen von Sebastian half Erik natürlich, aber als um 15 Uhr dann Anna ins Büro kam, war er wieder still. Wieder versuchte sie zu ihm durchzudringen, aber hatte keinen Erfolg. Daher ging sie 30 Minuten später und ließ Erik alleine zurück. Dieser blieb noch für eine Stunde sitzen und ging dann zu den Nachbarn zum Grillen. Diesen erzählte er nichts von seinen erneuten Schlafproblemen, sondern verhielt sich so normal wie möglich. Gegen 23 Uhr ging er dann nach Hause und direkt auf den Balkon. Obwohl er die Woche über kaum Schlaf hatte, schlief er wieder unruhig, als er um 2 Uhr ins Bett ging.

Am Samstag schlief er bis um 8 Uhr, war aber durch den unruhigen Schlaf nicht wirklich munter. Das Frühstück daheim ließ er ausfallen und fuhr bei wunderschönem Wetter nach Wismar, frühstückte dort und fuhr dann weiter nach Boltenhagen. Dort spazierte er ein wenig umher, aß ein Eis und trank 2 Eiskaffees, fuhr dann am späten Nachmittag zurück nach Wismar und aß dort abends in einem Restaurant. Er aß

134

mehr als unter der Woche, aber trotzdem nur eine kleinere Portion. Nach dem Essen fuhr er dann heim, las seine privaten Mails, antwortete auf einige und blätterte ein wenig in einer Fachzeitschrift. Um 23 Uhr ging er auf den Balkon und blieb dort bis um 1 Uhr. Danach schlief er gleich ein und sogar fast durch.

Sonntag früh ging er mal wieder in die Kirche, vermied aber das Gespräch mit dem Pastor und fuhr gleich danach nach Hause. Wenig später kam Julia und zusammen spazierten sie etwas durch Renzow und Umgebung. Obwohl es ihm nicht sehr gut ging, verbrachte er mit ihr einen schönen Tag und die beiden unterhielten sich sehr viel, aber irgendwie anders als beim letzten Mal, etwas neutraler. Von dem Fotoalbum, den Schlafproblemen und dem Nasenbluten sagte er nichts. Abends kochte er für sie, bis sie um 22 Uhr nach Hause fuhr. Erik räumte erst mal auf und ging ins Bett, schlief aber nicht ein, sondern wälzte sich umher. Er ging dann doch raus auf den Balkon und blieb dort wieder bis 1 Uhr. Als er danach im Bett lag, schlief er schließlich nach einiger Zeit doch ein.

Montagmorgen verschlief Erik beinahe und wachte erst gegen 7:30 Uhr auf und wieder hatte er in der Nacht Nasenbluten gehabt. Er duschte schnell, schmierte sich etwas Brot und ging runter in sein Büro. Als Anna kam, saß er schon vor der ersten Anfrage und erledigte diese, bis um 10 Uhr ein Architekt kam, um ihm sein Vorschlag für das neue Bürogebäude zu zeigen. Erik war davon sehr angetan und zu zweit gingen sie zum anderen Grundstück, um weitere Details zu besprechen. Um 14 Uhr ging der Architekt und ließ die Unterlagen für Erik da. Dieser machte sich gleich an die nächsten Anfragen und legte die Dokumente vom Architekten fürs erste zur Seite. Um 17 Uhr schaute Anna kurz rein, Sebastian hatte die nächsten 3 Wochen Urlaub und so waren die beiden allein. Das Gespräch mit dem Architekten schien Erik etwas gelockert zu haben, denn er winkte Anna sogar ins Büro und dort unterhielten sich die beiden über das Wochenende, allerdings nicht über Eriks Zustand. Um 18:30 Uhr fuhr Anna dann auch und Erik ging in die Wohnung, kochte, wusch die Wäsche und nach dem Essen schrieb er wieder einige Mails. Nachdem er die Wäsche aufgehängt hatte, setzte er sich vor den Fernseher und diesmal sah er sich den Film auch an, den

135

er am Donnerstag schon eingelegt hatte. Um 22:30 Uhr ging er wieder auf den Balkon und um 2 Uhr ins Bett. Wieder schlief er unruhig.

Dienstag war er immer noch sehr müde, wachte aber bereits um 7 Uhr auf, ging unter die Dusche und war etwas munterer als gestern als er im Büro saß. Heute stand nichts Besonderes auf dem Plan und so konnten die 2 bis auf die Mittagspause durcharbeiten. Erik machte heute auch eine Pause, aß aber nur sehr wenig. Bis zum Feierabend konnte er 3 Anfragen bearbeiten und zusammen mit Anna ging er um 17 Uhr in Feierabend. Er fuhr kurz nach Grevesmühlen zum Einkaufen und als er dort Anna traf, lud er sie auf einen Kaffee ein. Sie plauderten eine Weile, bis sie sich trennten, und nach Hause fuhren. Nach dem Abendessen las Erik ein wenig in einer Zeitschrift, ging um 22 Uhr auf den Balkon und um Mitternacht ins Bett. Heute konnte er zumindest besser schlafen.

Am Mittwoch war er schon um 6 Uhr wach und fühlte sich etwas fitter als die letzten Tage. Das war auch gut so, denn heute hatte er wieder 2 Kundentermine in Schwerin und erst gegen 14 Uhr war er zurück im Büro. Außer den Nacharbeiten schaffte er nichts mehr, als er um 18 Uhr das Büro verließ. Heute stand einmal mehr Skatspielen bei den Nachbarn auf dem Programm und bei schönem Wetter saßen die 3 bis 21 Uhr draußen. Erik ging dann zurück in sein Haus und nachdem er seine privaten Mails bearbeitet hatte, ging er bis Mitternacht raus auf den Balkon. Heute schlief er wieder unruhiger.

Am heutigen Donnerstag, den 22. Juli, musste Erik noch den Monatsabschluss für Mai und Juni machen und diesmal schaute Anna ihm über die Schulter. Sie sollte die Aufgabe irgendwann übernehmen und mittlerweile war ihre Probezeit beendet und sie lang genug dabei, dass sie die Zahlen sehen durfte. Die finanziellen Kennziffern sahen sehr gut aus und Erik war sehr angetan von seinem Unternehmen. Bis zum Mittag hatten sie das Meiste geschafft und nach dem Essen bearbeiteten sie den Abschluss zu Ende. Danach befassten sie sich noch die Vorbereitung für den Juli und die Planung für August. Normalerweise wurde Erik mit diesen Aufgaben immer viel schneller fertig, aber Anna hatte doch einige Fragen und so waren die beiden den ganzen Tag beschäf-

136

tigt. Auch den nächsten Monat würden sie noch zusammen den Abschluss bearbeiten und danach sollte Anna es alleine machen können. Um 18 Uhr wurden sie erst fertig und Anna sah leicht erschöpft aus und so lud Erik sie in seine Wohnung ein. Dort kochte er für beide, während sie in der Küche plauderten. Nach dem Essen setzten sie sich mit etwas Wein auf den Balkon und blieben dort bis 22 Uhr. Nachdem Anna 2 Gläser Wein getrunken hatte, ließ Erik sie nicht mehr fahren, sondern machte die Couch für sie fertig. Wenig später ging er dann ins Bett und schlief richtig gut. Zwar liefen die Gespräche nicht unbedingt so, wie Anna es gehofft hatte, aber trotzdem war sie froh, dass Erik überhaupt wieder mit ihr vernünftig redete und sie sogar bei ihm übernachten durfte.

Freitag duschte Erik und deckte schnell den Frühstückstisch. Anna war währenddessen auch aufgewacht und machte sich im Bad frisch. Nach dem Frühstück gingen beide kurz vor 8 Uhr ins Büro und widmeten sich der Arbeit. Um 15 Uhr ging Anna ins Wochenende und Erik ging in die Wohnung, packte schnell seine Reisetasche und fuhr nach Wittenberge. Er hatte kein Zimmer reserviert, da er wieder spontan das Wochenende wegfuhr, aber gleich im ersten Hotel, dem Hotel Germania, konnte er übernachten. Abends aß er auch dort und um 21 Uhr ging er aufs Zimmer. Er las noch ein wenig in einem Buch, das er mitgenommen hat, und um 23 Uhr schlief er dann ein.

Samstagmorgen wachte er ausgeruht und 8 Uhr auf und ging zum Frühstück. Um 11 Uhr verließ er das Hotel und sah sich die Stadt an. Besonders das Rathaus und der Bahnhof hatten es ihm angetan. Mittags aß er nur eine Kleinigkeit und abends kehrte er in einem Restaurant ein und ließ sich dort kulinarisch verwöhnen. Um 22 Uhr war er zurück im Hotel, ging wenig später ins Bett und schlief gleich ein.

Am nächsten Tag war Erik noch ausgeruhter, stand wieder um 8 Uhr auf und ging noch einmal nach dem Frühstück in die Stadt. Um 12 Uhr machte er sich auf den Heimweg, machte allerdings in Ludwigslust einen Zwischenstopp, sah sich dort das Schloss und einige andere Dinge an und nahm dort in einem Restaurant auch sein Abendessen ein. Danach fuhr er heim, wusch noch Wäsche und schrieb ein paar Mails.

Nachdem er die Wäsche aufgehängt hatte, ging er um 23 Uhr ins Bett. Er konnte sofort einschlafen und das Wochenende hatte ihm sehr gut getan.

Am Montag war Erik frisch und ausgeruht um 7 Uhr im Büro und fuhr um 9 Uhr nach Wismar zu einem Kundentermin. Um 12 Uhr war er wieder zurück und der zweite Architekt stand vor der Tür. Auch er hatte Pläne dabei, zeigte Erik detailliert die Planung und sie schauten sich noch einmal das Grundstück an. Allerdings gefiel Erik das erste Angebot besser. Trotzdem behielt er die Dokumente vom zweiten Angebot und legte diese zu den Unterlagen von letzter Woche. Die Nachbearbeitung konnte er noch erledigen, bis Anna hereinschaute. Diesmal lud er sie gleich in seine Wohnung ein und dort erzählten sie sich vom Wochenende. Nach dem Essen setzten sie sich auf die Couch und Erik erzählte ein wenig von den Terminen mit den beiden Architekten. Auch heute gab es Wein und so blieb Anna wieder da und übernachtete auf der Couch. Erik ging ins Bett und schlief um 22 Uhr gleich ein.

Um 6:30 Uhr wachte er auf, machte das Frühstück und weckte Anna. Sie war leicht verschlafen und froh, bei Erik übernachtet zu haben, auch wenn die Couch nicht so bequem war, wie ihr Bett daheim. Sie frühstückten zusammen und danach gingen sie ins Büro.
Mit einem: *»Das mir das mit dem Übernachten nicht zur Gewohnheit wird!«* und einem Augenzwinkern ging Erik nach oben in sein Büro.
Anna konnte ihm nur hinterherrufen: *»Vielleicht ziehe ich ja demnächst bei dir ein!«.*
Erik lachte und machte sich fröhlich an die Arbeit. Die gute Stimmung hielt bis zum Feierabend an und diesmal fuhr Anna gleich heim. Erik ging in seine Wohnung, räumte auf, wusch noch einmal Wäsche und sah dann etwas fern. Um 22 Uhr ging er raus auf den Balkon und dachte dabei nur an Anna. Irgendwie hatte sie etwas, aber er selber fühlte, dass er noch nicht so weit war, wieder eine Beziehung anzufangen, und ob es eine mit seiner Angestellten sein sollte, war er sich auch unsicher. Er musste wieder an Katharina und Ostern denken, ging schnell hinein und warf sich weinend auf die Couch. Dort blieb er bis 1 Uhr und ging dann ins Bett, konnte aber erst nicht einschlafen und es sah so aus, als täte es ihm richtig gut, wenn Anna abends bei ihm war. Am Wochen-

138

ende hatte er sich auch vorgestellt, wie es wäre, aufs Neue ihren Körper zu spüren. Nach einer Weile konnte er doch einschlafen, träumte aber kurz von Katharina.

Mittwoch früh war er wieder richtig müde und unausgeschlafen. Leider standen heute erneut 3 Außentermine an und erst um 15 Uhr war er zurück. An den Nachbearbeitungen saß Erik auch noch, als Anna kurz reinschaute. Erik blieb bis 19 Uhr im Büro. Danach aß er etwas und telefonierte eine Weile mit Julia, erzählte ihr von seinem Wochenende und beschloss, sie das nächste Wochenende wieder zu besuchen. Er schrieb dann noch paar private Mails und ging dann raus auf den Balkon. Um Mitternacht schlief er dann in seinem Bett ein.

Am nächsten Tag war er etwas munterer und machte sich schon vor 8 Uhr an die Arbeit. Um 9 Uhr kam der dritte Architekt und stellte seine Pläne vor. Diese waren auch nicht schlecht, momentan auf einer Stufe mit denen vom ersten Architekten. Mit Besichtigung des Grundstückes dauerte der Termin bis 12 Uhr. Erik machte dann zunächst Mittagspause und sich dann über Anfragen her. Heute hörte er um 17 Uhr mit der Arbeit auf und fuhr nach Grevesmühlen zum Einkaufen. Abends aß er dort in einem Restaurant und fuhr gegen 21 Uhr zurück nach Hause. Er schrieb dann einige Mails und las noch kurz in einer Zeitschrift. Um 23 Uhr ging er ins Bett, aber wieder fiel ihm das Einschlafen schwer. Er ging trotzdem nicht auf dem Balkon, sondern lag lange wach im Bett, bis er dann doch einschlief.

Freitagmorgen packte er schnell eine Reisetasche, frühstückte und ging runter ins Büro. Heute kam um 9 Uhr ein Kunde, der fast 2 Stunden blieb. Danach erledigte Erik die Nachbearbeitung und noch eine Anfrage, bis er zusammen mit Anna um 15 Uhr das Büro verließ. Er warf seine Reisetasche in den Kofferraum und fuhr nach Greifswald. Julia wartete in ihrer Wohnung auf ihn und nachdem sie eine Weile geplaudert hatten, gingen sie in die Küche um zu kochen. Nach dem Essen und dem Abwasch setzten sie sich wieder auf die Couch und redeten den ganzen Abend. Julia fühlte sich sichtlich wohl in Eriks Gesellschaft und auch er genoss ihre Anwesenheit. Um 23 Uhr machten sie die

139

Couch für ihn fertig, wo er bald darauf einschlief, während Julia in ihr Bett ging.

Als Julia ihn am nächsten Tag mit einem zärtlichen Kuss weckte, war Erik zuerst überrascht, aber nach wenigen Sekunden erwiderte er diesen Kuss. Aus den einzelnen Küssen wurde ein wildes Geknutsche und Erik und Julia konnten dann ihre Begierden nicht mehr zurückhalten. Sie zogen sich schnell gegenseitig aus und Julia setzte sich auf Erik rauf. Nach einigen Minuten voller Lust und Leidenschaft kamen beide zum Höhepunkt und Julia legte sich erschöpft an Eriks Brust. Sie tauschen weitere Küsse aus, bis sie unter die Dusche gingen und frühstückten. Danach fuhren sie mit Eriks Auto nach Wolgast und sahen sich die Stadt an. Sie aßen dort auch abends und gegen 22 Uhr fuhren sie zurück zu Julias Wohnung. Etwas müde gingen sie schlafen, wobei Erik wieder auf der Couch schlief. Sie waren beide sehr zufrieden von dem Sex am Morgen, sprachen aber das Thema den Tag über nicht an. Trotzdem schliefen beide gleich ein.

Sonntagmorgen stand Erik vor Julia auf und deckte den Frühstückstisch. Nach dem Frühstück gingen sie durch Greifswald spazieren und unterhielten sich wieder die ganze Zeit. Diesmal kamen sie auch auf den Sex von gestern zu sprechen und beide stimmten überein, dass es wunderschön gewesen war. Als Erik merkte, dass Julia evtl. mehr hören wollte, sagte er ehrlich zu ihr, dass er noch nicht wieder so weit sei. Als sie ihn fragend ansah, erzählte er ihr alles was seit dem Bahamasurlaub geschehen war, von Katharina, von Ostern, vom Nasenbluten, von den schlaflosen Stunden, von der Arbeit. Nur über die Abende mit Anna sagte er nichts. Julia hörte verständnisvoll zu, legte ihren Arm und seine Schulter und für einen Moment blieben beide stumm. Dann küsste Julia ihn sanft und sagte, dass sie ihm natürlich Zeit gibt und wenn er jemanden braucht, dass sie für ihn da sei. Nach diesem Gespräch setzten sie sich in ein Café und aßen Eis. Danach kehrten sie zu Julias Wohnung zurück, wo Erik seine Tasche packte, sich verabschiedete und wieder heimfuhr.

Die Heimfahrt über dachte er über das Wochenende und Julia nach. Zu Hause angekommen, warf er wieder die Waschmaschine an und machte

140

sich etwas zu Essen. Nach dem Essen und dem Abwasch hing er die Wäsche auf und setzte sich mit einem Buch auf die Couch. Um 22 Uhr ging er auf den Balkon und dachte wieder an Julia. Es war ein schönes Wochenende gewesen, aber er wusste, dass er noch nicht wieder reif für eine Beziehung war. Dann fiel ihm Anna ein und auf einmal fühlte er sich richtig schlecht. Nutzte er beide Frauen nur aus? Nutzten sie ihn aus? Was war los? Verwirrt ging er ins Wohnzimmer zurück, schenkte sich ein Glas Wein ein und ließ seine Gedanken wieder zu den beiden Frauen wandern. Er wusste nicht, was er machen sollte. Hatte aber niemanden, mit dem er darüber reden konnte. Als ihm dann Katharina einfiel, kam wieder ein Weinkrampf und er sank auf den Boden. Dort blieb er lange Zeit, bis er um 2 Uhr ins Bett ging und einschlief.

August 2015

Am Montag stand er wieder übermüdet auf, ging unter die Dusche und nahm den Kaffee mit ins Büro. Wenig später kam Anna und machte sich auch an die Arbeit. Um 10 Uhr kam ein Kunde für Erik und danach ging es bis 17 Uhr an die Anfragen. Nach dem Feierabend schaute Anna bei Erik rein. Sie erzählten sich wieder von ihrem Wochenende, wobei Erik zwar über Julia und Greifswald erzählte, aber natürlich den Sex wegließ. Er versuchte, so neutral wie möglich zu erzählen, und es schien ihm zu gelingen, denn Anna machte kein fragendes, erstauntes oder verärgertes Gesicht. Es wurde dann schon 18:30 Uhr und Erik wollte in die Wohnung. Nachdem Anna nicht so richtig den Eindruck machte, dass sie nach Hause wollte, lud er sie wieder zum Essen ein und kochte schnell für beide.

Beim Essen und dem Abwasch plauderten sie weiter und setzten sich danach mit der angefangenen Flasche Wein auf die Couch. Beiden war schon während des ersten Glases klar, dass Anna erneut hier übernachten würde. Nachdem es Cognacpralinen zu Naschen gab und der Wein wirklich gut war, rückte Anna immer näher an Erik ran und lehnte sich schließlich mit dem Kopf an seine Schulter. Erik nahm sie in den Arm und so verharrten sie eine Weile stumm. Als ihre Gläser leer waren, stellte Erik sie auf den Tisch zurück. Er wollte Anna gerade fragen, ob er noch eine Flasche holen sollte, als er sie dort auf der Couch sitzend einen Moment lang ansah. Sie war wirklich eine bezaubernde Frau und für einen Atemzug verlor er den Verstand. Er setzte sich wieder neben ihr, schaute ihr tief in die Augen und als auch sie sich näher zu ihm hin beugte, küsste er sie lang und voller Hingabe. Sie erwiderte den Kuss, zog ihn dicht an sich ran und ließ ihn nicht los. Die Küsse wurden noch intensiver und langsam begannen sie sich gegenseitig auszuziehen. Nachdem beide nackt waren, legte sich Anna auf die Couch und Erik begann mit seiner Zunge langsam ihren Körper entlang zuwandern. In

142

der Mitte blieb er eine Weile und spielte mit seiner Zunge, was Anna mit einem wohligen Stöhnen quittierte. Er küsste sie noch einmal voller Leidenschaft, bevor er in sie eindrang und sie beide langsam zum gemeinsamen Höhepunkt brachte. Sie sahen sich in die Augen und küssten sich wieder. Danach sprangen sie kurz unter die Dusche und heute durfte Anna natürlich bei Erik im Bett schlafen. Nackt kuschelten sie sich aneinander und schliefen um 23 Uhr ein.

Dienstagfrüh wachte Erik als erstes auf und als er Anna dort liegen sah, fühlte er sich richtig schlecht. Sonntag hat er schon darüber nachgedacht was mit ihm, Julia und Anna war und jetzt das. Er machte für beide Frühstück und Anna stand auch auf. Zusammen frühstückten sie und gingen dann ins Büro. Er wirkte ein wenig abgelenkt, aber zum Glück hatte er heute 2 Termine in Wismar und war erst gegen 14 Uhr zurück. Mit den Nachbearbeitungen wurde er bis 16:30 Uhr fertig und machte sich noch an eine kleine Anfrage. Mit der war er auch noch beschäftigt, als Anna kurz reinschaute. Es sah so aus, als wollte sie heute wieder bei ihm bleiben, aber Erik wusste nicht, was dann eventuell noch einmal passieren würde. Also bearbeitete er die Anfrage noch nebenbei und Anna merkte dies, verabschiedete sich mit einem leicht traurigen Gesichtsausdruck. Erik blieb noch bis 18 Uhr und fuhr dann nach Grevesmühlen zum Einkaufen. Nach dem Essen schrieb er einige Mails und surfte noch ein wenig im Internet. Um 21 Uhr nahm er sich eine Zeitschrift und um 23 Uhr ging er auf den Balkon. Wieder dachte er an Anna und Julia und wieder hatte er ein schlechtes Gewissen. Irgendwie ging es in seinem Leben gerade drunter und drüber. Wo war die schöne Zeit mit Katharina geblieben? Um 1 Uhr ging er ins Bett, das Gesicht von Katharina vor sich und weinend schlief er ein.

Mittwochmorgen wachte er sehr spät auf und war nicht wirklich ausgeschlafen. Er schleppte sich unter die Dusche und dann ins Büro. Heute stand kein Kundentermin an, aber der vierte Architekt besuchte ihn heute. Der Termin dauerte bis 14 Uhr, war wieder interessant, aber Erik würde sich zwischen Architekt 1 und 3 entscheiden müssen. Morgen wollte er sich alle 4 Unterlagen noch einmal genauer anschauen. Bis 17 Uhr schaffte er 2 Anfragen und Anna schaute kurz rein, um sich zu verabschieden. Er ging dann auch in die Wohnung, bügelte und ging

143

dann rüber zu seinen Nachbarn zum Skat spielen. Um 22 Uhr war er zurück in der Wohnung und ging gleich auf den Balkon. Dort blieb er bis Mitternacht und schlief dann unruhig in seinem Bett ein.

Auch am nächsten Tag war er wieder sehr müde und kam kaum aus dem Bett. Trotzdem schaffte er es vor 8 Uhr ins Büro. Anna sah, dass Erik schon wieder erschöpft aussah, sagte aber am Morgen nichts, machte sich aber bei der Arbeit so ihre Gedanken. Am Nachmittag brachte Anna einen Kunden zu Erik und der Termin mit Nachbearbeitung dauerte bis 16 Uhr. Danach machte Erik noch eine Anfrage fertig, bis Anna wieder reinschaute und sich verabschiedete. Diesmal war Erik etwas traurig, dass Anna ging, erledigte aber noch 2 Anfragen und ging erst um 20 Uhr zum Essen in die Wohnung. Er setzte sich dann wieder vor den Fernseher und ging später erneut raus auf den Balkon. Dort blieb er bis 1 Uhr und ging ziemlich müde ins Bett.

Freitagfrüh wurde er kurz vor 6 Uhr wach, als er Feuchtigkeit im Gesicht spürte. Er ging sofort ins Bad und sah, dass in der Nacht erneut seine Nase geblutet hat. Schnell duschte er und warf den Schlafanzug in die Wäsche. Nach dem Frühstück und 2 Tassen Kaffee war er halbwegs fit genug, um Arbeiten zu können. Er saß über eine Anfrage und wieder bemerkte Anna, dass Erik wenig Schlaf gehabt hatte. Dennoch kriegte er den Tag rum und war froh, als es endlich 15 Uhr war. Er hatte heute nicht so viel geschafft wie sonst und wusste noch nicht, wie er das die nächsten Tage verbringen würde.

Zwar würde er sich auch freuen, das Wochenende mit Julia oder mit Anna zu verbringen, aber er wüsste nicht, wo das enden würde und er hatte davor auch ein wenig Angst. Allerdings hatte er auch Angst vor dem Alleinsein, wollte nicht das Wochenende alleine zu Hause verbringen. Aber was sollte er machen?

Wieder irgendwo hinfahren, sich eine Stadt anschauen? Irgendwie hatte er darauf keine Lust. Oder doch was mit Anna oder Julia unternehmen? Er wusste es nicht. Fast den ganzen Tag überlegte er, was er machen sollte. Für einen kurzen Moment dachte er, dass er Katharinas Eltern besuchen könnte, verwarf diesen Gedanken aber wieder, da er wusste,

144

dass es ihm danach wieder sehr schlecht gehen würde. Die Erinnerungen an Katharina sind in Schweden für ihn noch schlimmer als hier.

Um 15 Uhr verabschiedete sich Anna. Sie blickte erwartungsvoll, aber Erik wünschte ihr nur ein schönes Wochenende, allerdings freundlich und nicht abweisend. Danach telefonierte er mit Julia. Sie lud ihn für das Wochenende zu sich nach Greifswald ein, aber er lehnte ab, ohne ihr direkt die Gründe zu sagen. Er blieb bis 15:30 Uhr im Büro, lief danach seine 6 km-Runde und nach dem Duschen spazierte er noch durch Renzow und plauderte mit verschiedenen Bürgern. Um 19 Uhr aß er dann daheim und schrieb danach noch einige Mails. Im Fernsehen lief nichts Gutes und so las er wieder bis 23 Uhr. Anschließend ging er auf den Balkon, blieb dort bis 2 Uhr und dachte dabei zum wiederholten Male an Julia und Anna. Er ging schließlich doch ins Bett und schlief kurze Zeit später ein.

Samstag schlief er bis um 9 Uhr, fuhr zum Frühstücken nach Schwerin und ging danach über den Wochenmarkt. Er kaufte frisches Obst und Gemüse und schaute sich gerade den Stand mit den Blumen an, als er aus den Augenwinkeln eine Person sah, die ihn zielstrebig ansteuerte. Er drehte den Kopf etwas weiter und sah, dass es Anna war, die sich freute, ihn zu sehen. Eine kurze Umarmung als Begrüßung, ein kurzer Blick in die Einkaufskörbe und die Kommentare dazu und dann die Frage, warum er bei den Blumen steht.
»Zum einen wollte ich welche für die Wohnung und das Büro kaufen, damit mal wieder etwas Farbe hineinkommt, und zum anderen wollte ich dir Blumen mitbringen. Gefallen dir rote Rosen?«, so die Antwort von Erik.
Anna schaute ihn etwas überrascht an, wusste nicht, ob er sie auf den Arm nimmt oder nicht. Erik merkte dies und bestellte beim Verkäufer die schon vorher ausgesuchten Blumen. Dazu kaufte er noch einen Strauß roter Rosen und überreichte ihn Anna.
»Ich hoffe, die passen zu deiner Wohnung«, war der Kommentar dazu von ihm.
»Das musst du schon selber überprüfen.«, war die Antwort von Anna. Sie verabredeten, dass Erik seinen Einkauf mit den roten Rosen erst nach Hause fährt und dann Anna besucht. Sie wohnte in einer kleinen

145

Wohnung in Gadebusch und so fuhr Erik nur kurz nach Hause und dann weiter zu Anna.

Sie wartete schon in ihrer Wohnung auf ihn und freute sich erneut über die Blumen. Erik prüfte gleich, ob sie zur Einrichtung passten und danach setzten sie sich mit einem Kaffee auf die Couch. Anna hatte leider keinen Balkon, aber die Couch war auch sehr gemütlich. Sie plauderten dort einige Zeit und als es später wurde, gingen beide in die Küche und diesmal kochte Anna für ihn. Sie machte wie selbstverständlich eine Flasche Wein auf und schenkte sich und Erik ein Glas ein. Erik hatte eigentlich nicht vor, bei Anna zu übernachten, konnte aber auch nicht mehr nein sagen, denn zu Annas leckeren Essen passte der Wein auch sehr gut. Zusammen machten sie den Abwasch und gingen danach wieder auf die Couch. Erik hatte sein Glas fast ausgetrunken, da wollte Anna ihm schon nachschenken. Er konnte es aber gerade verhindern und als ihn Anna ansah, sagte er, dass er ja noch fahren muss.
»Du kannst doch hier übernachten. Die Couch ist bequem und wenn du magst, kannst du auch bei mir im Bett schlafen«, war die Antwort von Anna. Ihm war klar, worauf sie hinauswollte und ihr Gesicht dazu sprach auch Bände.
Trotzdem lehnte er ab: *»Vielleicht später noch eins.«*
»Alleine trinken ist aber auch nicht schön. Oder willst du, dass ich trinke und dann willenlos werde, um dann über mich herzufallen?«, fragte Anna halb-scherzhaft.
»Müsste ich dich dazu willenlos machen?«, kam die Frage von Erik zurück.
»Nein, das müsstest du nicht.«, sagte Anna und jetzt musste Erik aufpassen, was er sagt, da es sonst wieder auf das Eine hinausläuft.

Aber dafür war es schon zu spät. Anna beugte sich zu ihm rüber und küsste ihn sanft auf den Mund. Erik überlegte kurz, ob er diesen Kuss erwidern und wieder mit Anna ins Bett gehen sollte, oder ob er diesmal stark bleiben wollte. Anna bemerkte das Zögern und der nächste Kuss war noch intensiver. Doch Erik zog die Reißleine. Er drehte sich ein wenig von Anna weg, so dass sie ihn nicht mehr küssen konnte.
Sie war erstaunt und ihr Gesichtsausdruck wurde noch überraschter, als Erik sagte: *»Nein, heute nicht.«*

146

Doch Anna wollte das nicht akzeptieren, setzte sich auf Eriks Schoß, umarmte ihn und als Erik den Mund öffnete, begann sie einen langen Zungenkuss. Erik wurde jetzt fast ein wenig wütend. Er schob Anna von sich runter und stand auf. Anna sah fragend zu ihm hoch und Erik wiederholte sich: »Nein, heute nicht.« Er stand auf, nahm seine Sachen und verabschiedete sich von Anna, die weinend alleine zurückblieb.

Erik fühlte sich richtig schlecht. Warum hatte er es so weit kommen lassen? Eigentlich war er doch selbst schuld. Warum hatte er ihr die Rosen geschenkt? Und warum blieb er nicht? Es war zwar schon 20:30 Uhr, aber trotzdem rief er Julia an, da er wusste, dass sie heute Abend Zeit hatte. Er erzählte nichts von dem Abend, sondern sagte nur, dass er sie jetzt bräuchte und ob er vorbeikommen könne. Julia war darüber sehr glücklich und natürlich dürfe er sie besuchen. Also fuhr er noch Richtung Greifswald, kam sehr gut durch und war um 22 Uhr bei Julia. Sie umarmte ihn, fragte nicht, was war, sondern schenkte ihm Wasser ein und die beiden setzten sich auf die Couch. Erik legte sich in Julias Arme und dort blieb er eine Weile. Schließlich stand er auf und die beiden machten sich bettfertig. Da Julia heute keine Wäsche für die Couch bereit gelegt hatte, legte sich Erik zu ihr ins Bett, drehte sich allerdings von ihr weg und schlief gleich ein.

Er schlief relativ gut und lange, wachte erst um 10 Uhr auf. Julia hatte schon den Frühstückstisch gedeckt und frische Brötchen geholt. Zusammen frühstückten sie ausgiebig und unterhielten sich dabei. Julia fragte nicht nach gestern und Erik erzählte auch nichts davon. Nach dem Frühstück setzten sie sich mit einem Kaffee auf die Couch und plauderten weiter. Um 13 Uhr wollte Erik dann losfahren, da Julia nachher zur Arbeit musste. Er hatte nichts dabei, musste also auch nicht packen und ging auf die Toilette und danach Richtung Diele, um sich seine Schuhe anzuziehen. Julia hatte währenddessen ihre Hose und Oberteil ausgezogen und kam nur in Unterwäsche bekleidet in die Diele nach.

»Bist du sicher, dass du nicht noch 1-2 Stunden bleiben willst?«, fragte sie Erik und umarmte ihn.

147

Er erwiderte ihre Umarmung, aber als sie ihn zärtlich küsste, schob er sie weg. Sie war genauso überrascht wie Anna gestern, aber sie bekam zumindest einen schönen Abschiedskuss, als er ging.

»Nein, heute nicht.« War auch jetzt seine Antwort, bevor er ging. Julia blieb traurig zurück, während Erik nach Hause zurückfuhr und sich im Auto so seine Gedanken machte. Er stellte sich fast die gleichen Fragen wie auf der Hinfahrt, außer dass es nun auch um Julia ging. Am Nachmittag kam Erik dann in Renzow an und sah auf dem Telefon, dass sowohl Anna als auch Julia angerufen hatten. Er hatte aber überhaupt keine Lust mit den beiden zu telefonieren. Er öffnete eine Flasche Wein und setzte sich auf die Couch. Ein wenig verfluchte er gerade sein Privatleben. Warum war es so kompliziert? Warum gingen Julia und Anna so ran? Wieder vermisste er seine Katharina und wieder musste er beim Gedanken an sie schluchzen. Mit ihr war alles so schön und seit sie nicht mehr da war....

Weinend legte er sich auf die Couch und blieb dort eine Weile. Später machte er sich eine Kleinigkeit zu essen. So richtig hungrig war er nicht, momentan hatte er mehr ein Verlangen nach Wein und diesem Verlangen folgte er mit einem zweiten Glas. Er versuchte Katharina, Anna und Julia zu vergessen und nachdem er das dritte Glas ausgetrunken hatte, gelang ihm dies auch. Um 22 Uhr schlief er beseelt vom Alkohol auf der Couch ein und wachte gegen 1 Uhr wieder auf. Er machte sich schnell bettfertig, ging ins Bett und schlief dort wieder gleich ein.

Montagmorgen wachte Erik mit starken Kopfschmerzen auf. Er nahm gleich eine Kopfschmerztablette und ging nach dem Duschen und dem Frühstück ins Büro. Gestern Abend haben Anna und Julia noch mehrmals probiert ihn zu erreichen, aber er ist nicht ans Telefon gegangen. Daher hatte er ein wenig Angst vor dem Moment, wenn Anna ins Büro kommt. Sie fühlte sich wohl auch etwas unwohl und kam aus diesem Grund ein klein wenig nach Sebastian, grüßte Erik nur und machte sich ans Arbeiten. Am Vormittag erledigte Erik 3 Anfragen, machte dann mit den anderen beiden Mittag und am Nachmittag ging er noch einmal die Unterlagen der 4 Architekten durch. Die 2 Angebote, die er vorher schon aussortiert hatte, legte er sich zur Seite. Die anderen beiden schaute er sich noch einmal genauer an, konnte sich aber noch nicht richtig entscheiden. Anna schickte dann zwei Architekten die Absagen und Erik machte sich noch an eine Anfrage. Um 17 Uhr verabschiedete sich Sebastian und Anna kam auch rein. Sie sah etwas zerknirscht aus, hatte sich wohl den ganzen Tag Gedanken gemacht.

»Es tut mir leid wegen Samstag. Ich weiß, ich habe dich überfallen und zu viel gewollt. Aber ich liebe dich und ich möchte dich nie mehr gehen lassen.« Nun war es also raus...
Erik wusste nicht, wie er damit umgehen sollte: *»Jetzt bin ich etwas überrumpelt. Natürlich, du bist wunderschön und einfach super nett. Ich fühle mich in deiner Nähe pudelwohl und du tust mir richtig gut. Aber ich bin nun mal dein Vorgesetzter. Außerdem bin ich noch nicht wieder bereit für eine feste Beziehung. Und so ganz genau weiß ich auch momentan nicht, was ich will.«*
Von Julia sagte er ihr nichts, denn Julia war ja auch an ihm interessiert. Und vor einer Entscheidung beabsichtigte er sich eigentlich auch noch drücken, da er keine von beiden verlieren wollte.
Er nahm sie in die Arme und sagte: *»Ich brauche noch Zeit.«*
Anna meinte: *»Ich weiß von deinen Schlafproblemen, sehe doch häufig, wie schlecht es dir geht. Aber ich kann dir helfen, will dir auch helfen.«*

Sie drängte ihn aber nicht weiter, da sie spürte, dass ihm das Ganze etwas verunsicherte. Er lud sie aber in seine Wohnung ein und kochte wieder für sie. Beim Essen führten sie das Gespräch fort und diesmal erzählte Anna von sich und das sie bis jetzt auch immer Pech mit ihren Beziehungen hatte. Sie ist schon auf einige Männer reingefallen. Mit manchen hat sie gar nicht erst etwas angefangen, die anderen haben sie relativ schnell ausgenutzt und verarscht. Aber sie spürte und wusste, dass Erik anders war und dass Erik ihre große Liebe sei. Erik war das leicht unangenehm, denn so hat noch eine Frau mit ihm gesprochen. Die anderen haben sich einfach an ihn rangemacht und Katharina war sowieso was besonderes gewesen. Beim Gedanken an Katharina spürte er wie so häufig den Schmerz und zuckte kurz zusammen. Anna merkte es, fragte aber nicht nach. Beim Abwasch sagte Erik ihr dann, dass er immer noch den Seelenschmerz von Katharinas Verlust spüre. Anna wollte ihm zwar helfen, aber ihr wurde da wieder klar, dass der Schmerz tiefer sitzt, als sie gedacht hatte. Es schien ihr, als habe Erik

Katharina so sehr geliebt, wie sie ihn liebte. Auf der Couch redeten sie dann über andere Themen und heute trank Anna kein Wein, sondern zusammen mit Erik nur Wasser. So konnte sie um 22 Uhr auch mit dem Auto nach Hause fahren. Nach ihrer Aktion am Samstag und dem heutigen Gespräch erwartete sie nicht viel, bekam von Erik dann aber doch einen leichten Abschiedskuss auf die Wange. Erik ging wenig später ins Bett, schlief gleich ein und träumte etwas von Anna.

Dienstag wachte er früh auf und saß um kurz nach 7 Uhr im Büro und hatte schon eine Anfrage abgeschlossen, als die anderen beiden kamen. Um 10 Uhr fuhr er zu einem Kundentermin nach Grevesmühlen und danach zu einem in Schwerin. Dort traf er sich auch mit einer Studienkollegin zu einem Kaffee. Um 15 Uhr war er zurück und erledigte die Nacharbeiten. Um 17 Uhr gingen Sebastian und Anna in Feierabend und Erik fuhr nach Wismar um sich mit zwei Vertretern einer größeren Firma zum Abendessen zu treffen. Das Gespräch verlief sehr gut und gegen 21 Uhr fuhr Erik nach Hause. Wieder hatte er 2 Anrufe auf dem Telefon von Julia, rief aber wieder nicht zurück. Er prüfte dann seine Mails und mittlerweile waren 4 von Julia dabei. Er las sie aber nicht, da er sich nach dem gelungenen Abendessen nicht die Stimmung vermiesen lassen wollte. Er surfte noch ein wenig und ging um 22 Uhr ins Bett. Diesmal konnte er wieder nicht einschlafen und stand bis 1 Uhr noch auf dem Balkon. Als er dann ins Bett ging, konnte er einschlafen.

Am nächsten Morgen war er etwas müde und erst um kurz vor 8 Uhr im Büro, aber immer noch vor den anderen beiden. Um 10 Uhr fuhr er zu einem Architekten, schaute sich das Büro an und ging noch mal das Angebot durch. Um 13 Uhr war er dann beim anderen Architekten und hatte sich jetzt fast entschieden. Um 16 Uhr war er zurück und machte sich noch an eine Anfrage, an der er auch noch saß, als Sebastian und Anna sich verabschiedeten. Er blieb bis 18 Uhr im Büro, aß dann in der Wohnung und nach dem Abwasch rief er seine Mails ab.

Die erste Mail von Julia war noch von Sonntag, darin entschuldigte sie sich mehrmals. In der zweiten Mail von Sonntagabend entschuldigte sie sich noch mal, bat um einen Rückruf. In der dritten Mail machte sie sich Sorgen, bat erneut um Verzeihung und bat wieder um einen Rückruf. Die vierte Mail von Dienstag klang ein wenig niedergeschlagen, da sich Erik auf keine Mail gerührt hatte. Heute war die nächste Mail eingegangen und die wirkte noch verzweifelter und trauriger. Erik wusste nicht, ob Julia zu Hause war, rief aber trotzdem an und erreichte sie sogar.

Sie entschuldigte sich wieder und wieder, war aber sehr glücklich, dass er sich endlich gemeldet hatte. Sie sagte aber nicht, dass er ihre große Liebe sei, sondern dass sie am Sonntag das Verlangen hatte, ihn und seinen Körper ein weiteres Mal richtig zu spüren. So konnte er als Ausrede hervorbringen, dass er an dem Tag einfach nicht in der Stimmung gewesen ist und sie konnten sich aussprechen. Dieses Wochenende würden sie sich allerdings nicht sehen, aber das letzte Augustwochenende peilten sie an. Das Gespräch ging sehr lange und Erik danach auf den Balkon. Dort blieb er bis 1 Uhr, dachte an Julia und Anna und ging dann ins Bett. Unruhig schlief er ein.

Als Erik aufwachte fühlte er sich leicht gerädert und sprang unter die Dusche. Dort entschied er sich für den ersten Architekten und sagte dem anderen ab, als er im Büro war. Der ausgewählte Architekt kam um 10 Uhr vorbei und sie unterschrieben den vorgefertigten Vertrag. Somit konnte der Architekt mit der Bauplanung und später mit dem Bau des Bürohauses beginnen. Erik machte sich dann an die Anfragen, kurz unterbrochen von der Mittagspause und um 14 Uhr kam noch ein Kunde für ihn. Um 16 Uhr war er dann mit den Nacharbeiten fertig und machte sich noch an eine Anfrage, mit der er bis zum Feierabend auch fertig wurde. Sebastian schaute kurz rein und verabschiedete sich in den Feierabend und kurz danach kam auch Anna ins Büro.

Als sie eintrat, fiel ihm wieder auf, wie schön sie war und irgendwie war es bei ihm auch ein kleines bisschen Liebe. Vielleicht ging es bei ihm und Katharina damals etwas sehr schnell, dass sie zusammen kamen und eventuell müsste es sich bei ihm und Anna langsamer entwickeln. Dieses Wochenende wollte er aber wieder alleine wegfahren, Anna und Julia vergessen, und daher musste er Anna für morgen Abend absagen, als sie ihn einladen wollte. Heute hatte sie wenig Zeit und so fuhr sie um 17:30 Uhr und kurz danach bedauerte er es fast, ihr abgesagt zu haben. Um kein schlechtes Gewissen zu bekommen, rief er gleich bei einem Hotel in Wittenberg an und reservierte ein Zimmer. Danach ging er zu den Nachbarn und spielte mit ihnen bis 22 Uhr Skat. Ins Bett ging er dann allerdings noch nicht, sondern auf den Balkon und blieb dort bis Mitternacht.

Freitag, den 14. August, war er wieder etwas müde, kam auch nicht so gut aus dem Bett, schaffte es aber trotzdem, vor 8 Uhr seine Tasche fertig zu packen und im Büro zu sitzen. Um 8:30 Uhr kamen die zwei Vertreter von der Firma, mit denen er am Dienstag gegessen hatte und sie unterschrieben einen Vertrag. Somit war Erik mit den rechtlichen Dingen für dieses Unternehmen betraut worden und erhielt einen monatlichen Grundbetrag plus mögliche Zahlungen bei Aufwand. Er war zwar schon sehr ausgelastet, aber in etwas mehr als 2 Wochen fing der neue Mitarbeiter an und konnte ihm hoffentlich bald Arbeit abnehmen. Die Mittagspause ließ er ausfallen und arbeitete bis 15 Uhr durch. Sebastian verabschiedete sich ins Wochenende und wieder passte es Anna ab, dass sie ins Büro ging, nachdem Sebastian weg war. Erik machte sich auch zum Aufbruch bereit, wünschte Anna ein schönes Wochenende und nachdem sie so vor ihm stand, küsste er sie auf den Mund. Sie erwiderte den Kuss und so standen sie dort ein paar Minuten, bis Erik sich verabschiedete. Anna fuhr nach Hause und war zum einen sehr glücklich über die Küsse, zum anderen aber traurig, dass sie ihn das ganze Wochenende nicht sehen würde. Erik ging in die Wohnung, nahm seine Tasche und fuhr nach Wittenberg. Dort checkte er im Hotel ein und nahm dort auch das Abendessen zu sich. Danach setzte er sich noch auf ein Glas Wein an die Hotelbar, bevor er aufs Zimmer ging und in einer Fachzeitschrift las. Um 22 Uhr schlief er dann ein.

Samstagfrüh war er richtig munter, frühstückte um 8 Uhr und ging in die Stadt. Er machte mittags nur eine kurze Pause und ansonsten besichtigte er so viel wie möglich. Abends aß er dann in einem Restaurant, in einer Bar trank er noch zwei Cocktails und ging dann ins Hotel zurück. Auch heute schlief er um 22 Uhr ein.

Auch am nächsten Tag stand er früh auf. Nach dem Frühstückte checkte er aus und auch heute besichtigte er wieder vieles. Um 17 Uhr fuhr er

152

dann aus Wittenberg los und aß zwischendurch in Neuruppin. Um 22 Uhr war er zu Hause, schrieb noch schnell paar Mails und ging dann ins Bett. Wieder konnte er gleich einschlafen.

Montagfrüh saß er ausgeruht um kurz nach 7 Uhr im Büro und freute sich ein wenig auf Anna. Er hatte zwar ein schönes Wochenende gehabt, aber sie doch etwas vermisst. Um kurz vor 8 Uhr und nach Sebastian kam sie ins Büro und begrüßte Erik. Heute sah sie wieder bezaubernd aus und Erik brauchte paar Minuten bis er sich erneut auf die Arbeit konzentrieren konnte. Um 11 Uhr, nachdem er eine Anfrage abgeschlossen hatte, fuhr er zu einem Kundentermin nach Wismar. Um 14 Uhr war er zurück, nachdem er unterwegs gegessen hatte. Er machte sich an die Nacharbeit und erledigte 3 kleinere Anfragen bis 16:30 Uhr. Sebastian hatte heute wieder mehrere Fragen, aber um 17 Uhr konnte er trotzdem in Feierabend gehen. Danach schaute Anna rein und obwohl sie heute wirklich bezaubernd aussah, war Erik in dem Moment nicht in der Stimmung, sie zu küssen. Er lud sie aber in die Wohnung ein und beim Kochen und Essen plauderten sie über das Wochenende. Sie setzten sich danach auf die Couch, tranken etwas Wein und redeten weiter. Heute waren wohl beide nicht in der Stimmung für Küsse, aber Erik hielt Anna im Arm und dort schlief sie dann später ein. Erik saß noch eine Weile da, legte sie schließlich richtig hin und deckte sie zu. Als er ins Bett ging, konnte er gleich einschlafen.

Dienstagmorgen wachte er zuerst auf, duschte, machte das Frühstück und ging dann zu Anna ins Wohnzimmer. Sie war schon wach, aber noch nicht aufgestanden und wartete auf einen Guten-Morgen-Kuss. Den bekam sie auch und ging danach unter die Dusche. Nach dem Frühstück gingen beide ins Büro und machten sich an die Arbeit. Heute schaffte Erik 7 Anfragen, da er keinen Termin zwischendurch hatte. 2 Kunden kamen aber für Sebastian, der nach den Gesprächen mit 3 Fragen zu Erik kam. Dieser konnte sie ihm beantworten und Sebastian konnte dann noch eine Anfrage erledigen, bevor er in Feierabend ging. Anna schaute heute nur kurz rein, umarmte Erik kurz, der noch am Schreibtisch saß, und ging dann auch. Erik blieb noch 1 Stunde sitzen und dann in die Wohnung. Er telefonierte kurz mit Julia und machte sich dann was zu essen. Nach dem Abwasch schaute er etwas fern, blät-

153

terte nebenbei in einer Zeitschrift und ging um 22 Uhr auf den Balkon. Er dachte an Anna und Julia und er hatte sich eigentlich schon fast für Anna entschieden, wollte aber Julia nicht verlieren und daher noch keine wirkliche Entscheidung treffen. Er nahm sich vor, den Entschluss noch aufzuschieben, so lange, bis eine der beiden eine Entscheidung wollte. Um Mitternacht ging er ins Bett und schlief dort nach einer Weile ein.

Er wachte trotzdem relativ munter auf, saß um 7:30 Uhr im Büro und fuhr dann um 8 Uhr zu insgesamt 5 Terminen im Schweriner Umland. Um 16 Uhr war er wieder zurück, hatte aber nicht mehr richtig viel Lust zu arbeiten. Also schrieb er private Mails und schaute sich danach noch einmal die Unterlagen vom Architekten an. Um 17 Uhr verabschiedeten sich Anna und Sebastian in den Feierabend. Erik war auch froh, dass es schon so spät war und ging mal wieder ins Gasthaus. Dort wurde heute ein Theaterstück gezeigt, dargeboten von einer Gruppe aus Grevesmühlen. Vorher aß er etwas und um 23 Uhr ging er mit seinen Nachbarn zurück. Es war zwar schon später, dennoch war er eigentlich nicht müde und ging noch mal auf den Balkon. Um 1 Uhr ging er ins Bett und schlief ein.

Am nächsten Morgen war er dann sehr müde, war aber natürlich trotzdem der erste im Büro. Er machte sich an die Nacharbeiten der Termine von gestern und war damit den ganzen Tag beschäftigt, selbst die Mittagspause ließ er ausfallen. Um 16:30 Uhr kam Sebastian mit 2 Fragen und um 17 Uhr ging dieser in Feierabend. Anna schaut wieder nur kurz rein, um sich zu verabschieden, und ließ Erik alleine zurück. Er machte sich dann noch an eine Anfrage und konnte bis 20 Uhr sogar noch eine weitere erledigen. In der Wohnung machte er sich etwas zu essen und surfte ein wenig im Internet. Da er auf lesen oder fernsehen keine Lust hatte, ging er gleich auf den Balkon und blieb dort bis 23 Uhr. Er dachte an Julia, die er am Wochenende wiedersehen würde und an Anna.

Freitagfrüh packte er seine Reisetasche, ging ins Büro und machte sich an die Arbeit. Um 10 Uhr fuhr er zu einem Termin nach Grevesmühlen und war um 12 Uhr rechtzeitig zur Mittagspause wieder zurück. Bis zum Feierabend um 15 Uhr schaffte er die Nachbearbeitung und 2 An-

154

fragen. Zusammen mit Sebastian und Anna verließ er das Büro, ging in seine Wohnung um seine Tasche zu holen und fuhr nach Greifswald. Er holte Julia von der Arbeit ab und fuhr mit ihr zu ihrer Wohnung. Da beide heute nicht viel Lust auf Kochen hatten, gingen sie in ein Restaurant in der Nähe und aßen dort. Sie saßen dort bis 22 Uhr und gingen gemütlich nach Hause. Nachdem beide zum Essen etwas Wein getrunken hatten, fielen sie bald ins Bett und schliefen sofort ein. Auch Erik schlief wieder im Bett, allerdings achtete er vor dem Einschlafen auf etwas Abstand zu Julia.

Beide schliefen lang und waren daher frisch und ausgeruht. Sie gingen in ein kleines Café zum Frühstücken und danach am Museumshafen spazieren. Mittags aßen sie eine Kleinigkeit und am späten Nachmittag setzten sie sich am Marktplatz in ein Café und plauderten eine Weile. Später nahmen sie dort auch ihr Abendessen zu sich und gingen dann zurück zu Julias Wohnung. Es war schon 22 Uhr, als sie dort ankamen und beide waren wieder etwas müde. Trotzdem setzten sie sich noch kurz auf die Couch, allerdings schlief Julia wenig später ein. Erik trug sie ins Bett, machte sich kurz bettfertig und folgte ihr. Auch er schlief gleich ein.

Auch an diesem Morgen schliefen beide lang und waren sehr munter, als sie frühstückten. Sie verweilten den Vormittag auf der Couch, Julia lag in Eriks Armen, aber dort blieb sie und unterließ es, sich weiter an Erik ranzumachen. Mittags machten sie sich schnell einen Salat und gegen 13 Uhr brach Erik wieder auf. Julia sagte ihm zum Abschied, dass sie es liebte, wenn er in ihrer Nähe war. Sie gab ihm den Ratschlag Katharina langsam zu vergessen, damit sein Schmerz vergeht. Sie sei zumindest immer für ihn da.

Er gab ihr einen Kuss und fuhr heim. Unterwegs dachte er an Julias Worte und musste kurz anhalten, als ihm Katharina wieder einfiel. Nein, er werde Katharina niemals vergessen. Sie war seine erste Liebe, seine große Liebe und sie werde immer einen Platz in seinem Herzen haben. Er weinte einige Minuten und fuhr dann weiter. Kurz vor Renzow musste er wieder anhalten, als sich die Tränen wie ein Schleier vor seine Augen legten. Er telefonierte kurz mit Julia, als er zu Hause angekommen war und warf dann die Wäsche in die Waschmaschine. Danach machte er sich etwas zu Essen und nach dem Abwasch hängte er die Wäsche auf und setzte sich dann an den Rechner. Er schrieb ein paar Mails und telefonierte dann mit Katharinas Eltern. Um 22 Uhr ging er auf den Balkon und dachte an Julia und später an Katharina. Beim Gedanken an sie kamen ihm zum wiederholten Mal die Tränen und er ging rein und legte sich weinend auf die Couch. Um 2 Uhr ging er ins Bett, schlief aber erst nach einer Weile ein.

Montag wachte er spät auf, sprang unter die Dusche und nahm sein Frühstück mit ins Büro. Kurz nach 8 Uhr aß er es schnell auf und dann kam Anna zu ihm und zusammen machten sie sich an den Monatsabschluss für Juli. Um 10 Uhr machten sie Pause, denn Marius, der neue Mitarbeiter kam. Erik zeigte ihm sein Büro und Marius war erstaunt, dass er ein eigenes bekam. Erik wies ihn dann in die Tätigkeiten ein und dann setzte sich Marius zu Sebastian, um ihm über die Schulter zu schauen. Erik und Anna machten mit dem Monatsabschluss weiter und dies dauerte heute nicht ganz so lange wie Mitte Juli, aber trotzdem waren sie bis 16 Uhr beschäftigt. Danach setzte sich Marius noch kurz zu Erik und um 17 Uhr gingen Sebastian und Marius in den Feierabend.

Anna kam dann zu Erik ins Büro und sprach ihn an, dass er heute Morgen wieder so müde ausgesehen habe. Er erzählte ihr daher etwas vom Wochenende. Anna wusste von Julia, aber auch nur, dass sie eine gute Freundin sei. Er sagte ihr nicht, was Julia zu ihm bezüglich Katharina gesagt hatte, sondern nur, wie er auf dem Rückweg an Katharina denken musste. Sie sah den Schmerz in Eriks Augen und nahm ihn in die Arme. Innerlich wünschte sie sich, dass er sie so lieben würde, so wie er Katharina geliebt hatte. So standen sie da eine Weile, bis Erik Anna in seine Wohnung einlud und für sie kochte. Heute trank Anna wieder Wein zum Essen und auch auf der Couch trank sie noch ein Glas. Trotzdem hielt sie sich mit den Annäherungen zurück, da sie die Stimmung von Erik bemerkte. Er war froh, dass sie nur redeten und es tat ihm sichtlich gut. Um 22 Uhr ging Erik ins Bett, während Anna auf der Couch schlief. Sie schien es zu akzeptieren, zumindest protestierte sie nicht dagegen, und beide schliefen auch schnell ein.

156

Auch dieses Mal wachte Erik zuerst auf und machte das Frühstück. Diesmal bekam Anna keinen Kuss, denn sie war währenddessen schon aufgestanden und unter die Dusche gehüpft. Sie frühstückten zusammen und gingen danach an die Arbeit. Heute saß Marius den ganzen Tag bei Erik und schaute ihm über die Schulter. Nur unterbrochen von der Mittagspause arbeitete Erik Marius den ganzen Tag ein, ab nächster Woche sollte Marius dann anfangen alleine zu arbeiten. Da Sebastian mit den Privatkunden eigentlich alleine zu Recht kam, sollte Marius sich auch um die Geschäftskunden kümmern und Erik etwas Arbeit abnehmen. Um 17 Uhr gingen dann alle 4 in Feierabend und Erik rüber zu den Nachbarn auf einige Partien Skat. Um 22 Uhr war er wieder auf den Balkon, irgendwie kamen seine Gedanken auf Katharina und schluchzend sank er zusammen. Er legte sich auf die Couch, das Gesicht von Katharina im Auto vor sich. Erst gegen 1 Uhr stand er auf und ging ins Bett. Heute schlief er wieder sehr schlecht, träumte von Katharina und schreckte ab und zu hoch.

Mittwoch war er wieder richtig müde und auch die Dusche half nicht. Er schleppte sich ins Büro, doch leider kam um 10 Uhr ein Kunde und dieser Termin dauerte bis 13 Uhr. Also entfiel die Mittagspause und Erik arbeitete durch bis 16 Uhr. Dann kam Marius, der heute wieder bei Sebastian gesessen war, mit einigen Fragen und später noch Sebastian mit einer. Um 17 Uhr gingen alle 3 und Erik blieb noch bis 17:30 Uhr im Büro. Er fuhr dann zum Einkaufen und in der Wohnung kochte er und nach dem Abwasch schrieb er einige Mails. Danach telefonierte er kurz mit Julia und las eine Zeitschrift. Um 22 Uhr ging er auf den Balkon und dachte wieder an Anna und Julia. Später kamen die Erinnerungen an Katharina wieder hoch und wieder schossen ihm die Tränen in die Augen. Er ging ins Bett und weinte sich dort in den Schlaf.

Donnerstagfrüh war er noch müder als gestern. Auch Anna sah gleich, dass Erik nicht viel Schlaf gehabt hatte. Sie sprach ihn aber nicht an, da die anderen beiden auch gerade eintrafen. Erik machte sich an die Arbeit und heute saß Marius wieder bei ihm. Trotzdem schaffte Erik bis zur Mittagspause 3 Anfragen. Nach der Mittagspause arbeitete Erik weiter, schaffte noch mal 3 Anfragen, bis Marius um 16 Uhr mit ein paar Fragen anfing. Erik nahm sich Zeit, diese zu beantworten, und 45

157

Minuten später kam Sebastian mit einer Frage. Die beiden gingen um 17 Uhr in Feierabend und Anna kam ins Büro.

Nachdem Erik leicht übermüdet und überarbeitet aussah, schaute Anna ihn betrübt an und kam dann an seinen Platz und nahm ihn in die Arme. Er erwiderte die Umarmung und so standen sie dort eine Weile, bis Anna das Schweigen brach und ihn versuchte etwas aufzumuntern. Erik war zwar nicht wirklich abweisend, aber von Erfolg gekrönt, war die Aufmunterung auch nicht. Anna merkte dies und verabschiedete sich schließlich. Im Auto kamen ihr wieder die Tränen. Erik machte die eine Anfrage noch fertig und ging dann in die Wohnung zum Kochen. Nach dem Essen setzte er sich vor den Fernseher und schaute eine DVD. Danach ging er mal nicht auf den Balkon, sondern blieb auf der Couch sitzen. Da er doch etwas müde war, schlief er, wachte aber dann wieder schreiend auf, als er Katharinas Gesicht vor sich sah. Er ging ins Bad, sein Gesicht kalt abwaschen und danach ins Bett. Es dauerte, bis er einschlafen konnte und auch später wachte er immer mal wieder auf.

Am nächsten Morgen sah er beim Blick in den Spiegel, dass über Nacht mal wieder seine Nase geblutet hat. Er duschte, frühstückte und setzte sich ins Büro und fing an zu arbeiten. Anna schaute nur kurz rein und auch die anderen beiden merkten, dass Erik die letzten Tage etwas wenig Schlaf hatte. Trotzdem arbeitete Erik einige Anfragen ab, ließ seine Mittagspause ausfallen und konnte fast alle Anfragen vor dem Wochenende erledigen. Um 15 Uhr verliessen Sebastian und Marius das Büro und Anna schaute rein.

Nachdem sie gestern kaum Erfolg mit der Aufmunterung hatte, wollte sie heute eigentlich gleich wieder gehen, aber Erik winkte sie heran und plauderte ein wenig mit ihr. Er fragte sie schließlich, was sie morgen mache und nachdem sie nichts vorhatte, schlug er vor, dass sie auf dem Wochenmarkt in Schwerin einkaufen könnten, um dann den Samstag bei ihr zu verbringen und abends zusammen zu kochen. Natürlich war Anna von der Idee begeistert und sagte zu. Sie plauderten noch eine Weile bis Anna das Büro verließ und nach Hause fuhr. Erik ging in seine Wohnung, wusch Wäsche und las wieder etwas. Nachdem er die Wäsche aufgehängt hatte, fuhr er nach Wittenburg und aß dort in einem

Restaurant. Nach dem Essen und dem Espresso fuhr er wieder heim, schrieb noch paar Mails und ging auf den Balkon. Er dachte dort an Anna und dann an die Arbeit. Er war auch zufrieden mit Marius und hoffte, dass die Bauten an seinem neuen Bürogebäude bald beginnen. Montag wollte er beim Architekten mal anfragen. Um Mitternacht ging er schließlich ins Bett, konnte aber nicht gleich einschlafen und wälzte sich unruhig umher. Als er dann einschlief, wachte er wieder ab und zu auf.

Auch am Samstag sah er im Spiegel, dass in der Nacht seine Nase geblutet hatte. Er fühlte sich auch richtig müde und duschte ausgiebig. Nach dem Frühstück fuhr er nach Schwerin und traf dort Anna. Sie sah heute umwerfend aus und Erik hätte sie hier schon küssen können, aber da er nicht wusste, wer ihn hier alles kannte, beließ er es bei einer festen Umarmung. Zusammen gingen sie über den Wochenmarkt und kauften frisches Obst und Gemüse ein. Nachdem es so viel Auswahl gab, deckten sie sich gleich für Sonntag mit ein. Bei Sonnenschein setzten sie sich in ein Café und tranken noch einen Kaffee und spazierten dann durch Schwerin. Getrennt fuhren sie später zu Annas Wohnung, verstauten den Einkauf und machten es sich auf der Couch gemütlich.

Anna sprach das Aussehen von Erik an und dieser erzählte dann wieder von den letzten Nächten. Auch das Nasenbluten erwähnte er und Anna bekam Mitleid mit ihm.
Sie nahm ihn in die Arme und sagte: »Aber du hast ja mich.«
Erik schaute sie an und küsste sie liebevoll. Sie erwiderte den Kuss und minutenlang küssten sie sich. Beide spürten ein Glücksgefühl, Anna noch mehr als Erik, und wollten nicht von sich lassen. Sie hörten erst auf, als sie der Hunger bemerkbar machte und so gingen sie in die Küche, um zu kochen. Nach dem Essen und dem Abwasch ging es mit Wein auf die Couch, Anna legte eine DVD ein und kuschelte sich an Erik ran. Sie schauten einen schönen Film und blieben auch danach noch sitzen. Irgendwie empfand Erik das Küssen und Kuscheln heute anders als sonst. Die letzten Male war es so, als wäre es nur die Einleitung zum Sex und die Beziehung eher körperlich orientiert, aber heute war es anders, heute war es irgendwie Liebe. Um 23 Uhr gingen sie ins Bett und aneinander gekuschelt schliefen sie ein.

159

Um 9 Uhr wachte Anna zuerst auf und deckte den Frühstückstisch. Danach weckte sie Erik mit einem sanften Kuss. Nach dem Frühstück fuhren sie nach Dassow und verbrachten dort einen schönen Tag. Am späten Nachmittag fuhren sie nach Gadebusch zurück und kochten wieder bei Anna. Heute trank Erik keinen Wein, da er nach Hause fahren wollte. Aber auch so wurde es ein schöner Abend und der Abschied fiel beiden schwer. Erst nach einigen Minuten und mehreren Abschiedsküssen ging Erik zu seinem Auto und fuhr heim. Dort ging er fast direkt ins Bett und schlief gleich ein. In der Nacht träumte er viel von Anna.

Montagmorgen saß Erik um 7:30 Uhr im Büro und beantworte ein paar Mails. Wenige Minuten später kamen Marius und Sebastian, Anna hatte 3 Wochen Urlaub und war heute Morgen mit 3 Freundinnen nach Zypern geflogen. Erik vermisste sie jetzt schon. Da aber einiges an Arbeit anstand, vergaß er sie sehr schnell und erst bei der Mittagspause fiel ihm wieder ein, dass sie nicht da war. Am Nachmittag rief er beim Architekten an und erkundigte sich nach dem Stand. Nach ihren Fragen gingen Marius und Sebastian um 17 Uhr und liessen Erik allein zurück.

Gegen 18 Uhr verließ dieser das Büro und ging in die Wohnung. Er machte sich dort etwas zu essen und nach dem Abwasch telefonierte er mit Julia. Ein wenig hatte er schon ein schlechtes Gewissen wegen des Wochenendes, aber er ließ sich nichts anmerken und machte mit Julia aus, dass er sie am Wochenende wieder besuchen würde. Danach nahm er sich ein Buch und las bis 22 Uhr. Er ging dann raus auf den Balkon, dachte dort an Julia und dann an Anna. Ausgerechnet jetzt fuhr sie in Urlaub. Jetzt wo er sich eigentlich für sie entschieden hatte und es kein Weg zurückgab. Was würde am Wochenende bei Julia geschehen? Um 1 Uhr ging er schließlich ins Bett und nachdem er die letzten 2 Tage gut geschlafen hatte, wälzte er sich heute wieder häufiger umher.

160

Daher war er am nächsten Tag unausgeschlafener und saß erst kurz vor 8 Uhr im Büro. Um 10 Uhr kam ein Kunde für ihn und Marius saß beim Gespräch dabei. Auch er schien schnell zu lernen und passte auch ins Team hinein. Die Nachbearbeitung machten sie nach der Pause und danach blieb Marius bis 17 Uhr neben Erik sitzen und schaute ihm wieder über die Schulter. Dann kam Sebastian mit einer Frage und wenig später verliessen alle 3 das Büro. Erik ging in die Wohnung, machte sich kurz frisch und ging zu seinen Nachbarn um mal wieder Skat zu spielen. Um 22 Uhr kam er zurück und ging auf den Balkon. Dort blieb er bis Mitternacht und schlief dann unruhig in seinem Bett ein.

Mittwoch früh kam Erik auch schlecht aus dem Bett und hatte über Nacht erneut Nasenbluten gehabt. Anna fehlte ihm doch mehr, als er vorher gedacht hatte. Trotzdem saß er wieder vor 8 Uhr im Büro und arbeitete einige Anfragen ab. Die Mittagspause ließ er ausfallen, es gab genug zu tun und ohne Anna hatte er keine Lust auf die Pause. So schaffte er bis 16:30 Uhr insgesamt 8 Anfragen und auch Sebastian und Marius hatten heute einiges geschafft. Alle 3 gingen um 17 Uhr in Feierabend und Erik ging ins Gasthaus zu einer kleinen Bürgerversammlung. Er aß vor der Sitzung und danach blieb er noch kurz bei den anderen und war dann gegen 22 Uhr wieder daheim. Er schrieb noch paar Mails und las weiter im Buch. Auf den Balkon ging er heute nicht, sondern gleich um Mitternacht ins Bett. Auch diese Nacht schlief er unruhig.

Donnerstagmorgen war er noch müder und erneut hatte er in der Nacht Nasenbluten gehabt. Er schleppte sich ins Büro und hoffte, dass der Tag schnell vorbeigeht. Leider hatte er heute 2 Außentermine in Wismar, aber auch die brachte er rum, kaufte auf dem Rückweg noch ein und um 14 Uhr war er zurück im Büro. Er machte die Nacharbeiten fertig,

161

bevor Marius und Sebastian nacheinander erst mit Fragen reinkamen und dann, um sich zu verabschieden. Erik ging auch um kurz nach 17 Uhr und fuhr nach Schwerin, um sich dort mit Studienkollegen zu treffen. Um 22 Uhr war er zu Hause und telefonierte noch kurz mit Julia. Nach dem Telefonat ging er auf den Balkon. Langsam wurden die Abende wieder kühler und er konnte nur noch mit Jacke draußen sitzen. Um Mitternacht ging er ins Bett, schlief gleich ein und diesmal sogar durch.

Trotzdem war er am Freitag wieder sehr müde. Er packte seine Tasche und ging ins Büro. Heute kam um 10 Uhr ein Privatkunde für Sebastian und Marius nahm am Gespräch teil. Erik konnte durcharbeiten, ließ erneut die Pause ausfallen und arbeitete alle offenen Anfragen ab. Um 15 Uhr verließen Sebastian und Marius das Büro und Erik ging in seine Wohnung. Er machte sich schnell noch frisch, aß eine Kleinigkeit und fuhr nach Greifswald. Dort wartete Julia in ihrer Wohnung schon auf ihn und zur Begrüßung gab es einen zärtlichen Kuss. Erik vergaß Anna und seine Vorsätze und so küssten sich Julia und Erik eine Weile in der Diele. Sie gingen dann in die Altstadt, spazierten umher und nahmen dann in einem Restaurant ihr Abendessen ein. Nach dem Espresso gingen sie gemütlich zurück und da es schon 23 Uhr war in Julias Wohnung auch gleich ins Bett. Wie selbstverständlich legte sich Erik mit ins Bett und eng aneinander liegend schliefen sie ein.

Beide wachten gegen 8 Uhr auf, setzten sich in Eriks Auto und fuhren nach Stralsund. Dort frühstückten sie und spazierten dann Hand in Hand durch die Stadt. Abends aßen sie dort auch und fuhren gegen 21 Uhr zurück. Wieder gingen sie gleich ins Bett, als sie in der Wohnung waren, und wieder schliefen sie gleich ein.

Sonntag wachten beide kurz vor 9 Uhr auf, blieben aber noch eine Weile liegen und kuschelten miteinander. Nach dem Aufstehen duschten sie und frühstückten. Danach setzten sie sich noch auf die Couch und um 13 Uhr fuhr Erik wieder los. Es gab noch einige Abschiedsküsse in der Diele und auf dem Heimweg dachte Erik noch an das vergangene Wochenende. Kurz bevor er zu Hause war, fiel ihm Anna ein und ihm überkam ein schlechtes Gewissen. Er wusste, dass er sich sowohl Anna als auch Julia mies gegenüber verhielt und genauso mies fühlte er sich jetzt auch. Wie sollte er da bloß wieder rauskommen. Vielleicht war ja nach Annas Urlaub alles anders?

Er entschied sich, demnächst auch wieder eine Woche Urlaub zu machen und zu Hause setzte er sich an den Rechner und surfte ein wenig. Da er aber irgendwie nichts Passendes fand, warf er die Wäsche in die Waschmaschine und schrieb noch einige Mails. Er telefonierte kurz mit Julia und machte sich etwas zum Essen, beim Abwasch kam er dann auf ein Reiseziel, surfte danach und fand auch etwas. Buchen wollte er morgen wieder über das Reisebüro in Schwerin. Nachdem er den Rechner runtergefahren hatte, setzte er sich vor den Fernseher. Um 22 Uhr ging er auf den Balkon, dachte an Anna und Julia und fühlte sich wieder mies. Dann dachte er an den bevorstehenden Urlaub und dabei fiel ihm Katharina ein, seine Katharina. Die er im Urlaub kennengelernt hatte… Würde ihm so etwas wieder passieren? Er hoffte nicht. Sein Privatleben war schon kompliziert genug. Um Mitternacht ging er dann ins Bett, schlief dort gleich ein.

Montagmorgen saß er dann um 7:30 Uhr im Büro und war munterer als die letzte Woche. Er vermisste Anna auch heute, obwohl das Wochenende mit Julia sehr schön gewesen war. Um 10 Uhr fuhr er zu zwei Kundenterminen nach Schwerin und buchte dort auch seinen Urlaub. In 3 Wochen ging es dann für ihn nach Israel. Zurück im Büro machte er sich an die Nacharbeiten und nachdem Marius und Sebastian mit ihren Fragen bei ihm waren und beide im Feierabend gegangen waren, blieb er noch bis 19 Uhr im Büro. In der Wohnung kochte er sich etwas zu Essen und telefonierte mit Julia. Er erzählte ihr von seinem Urlaub und sie schien enttäuscht zu sein, dass er alleine fliegen würde, aber akzeptierte es dann doch. Nach dem Abwasch las Erik in einer Zeitschrift. Um 22 Uhr ging er auf den Balkon und stand dort wieder eine Weile. Dachte an Anna, an Julia, an die Arbeit und schließlich wieder an Katharina. Noch immer sah er sie deutlich vor seinen Augen. Der Schmerz wurde zwar langsam weniger, aber er war immer noch da. Auch als Erik um Mitternacht ins Bett ging und unruhig einschlief.

163

Am nächsten Morgen war er etwas müde, saß aber vor 8 Uhr im Büro und arbeitete die Anfragen ab. Um 11 Uhr kamen ein Kunde für Erik und einer für Sebastian. Marius entschied sich, bei Erik zuzuhören, da er ja auch mehr mit Geschäftskunden zu tun haben würde. Die Nacharbeit vom Termin machte Marius alleine und sprach danach mit Erik darüber. Um 17 Uhr gingen Sebastian und Marius wieder und Erik fuhr nach Grevesmühlen, um dort mit einem Unternehmer aus Lützow zu sprechen. Sören war ein guter Freund von Eriks Vater gewesen und fühlte sich mit 63 Jahren mittlerweile zu alt, um das Unternehmen weiter zu führen. Er hatte eine kleine Firma, die die Finanzbuchhaltungen für Firmen erledigte und das Geschäft lief auch ganz gut. Leider war in der Firma kein Nachfolger in Sicht und er wollte jetzt in Ruhestand, die Firma aber nicht einfach dicht machen. Erik verstand schnell, worauf Sören hinauswollte, und dieser sagte es ihm auch früh im Gespräch.

Erik hatte einen guten Ruf, seine Firma war in der Nähe und Sören wusste, dass er ein neues Bürogebäude bauen wollte. Seine 4 Mitarbeiter wollte er nicht auf die Straße setzen oder sein Unternehmen an einen Fremden verkaufen und so machte er Erik ein Angebot für eine Übernahme. Erik versprach, dass er darüber nachdenken würde und Sören ließ ihm Zeit bis Ende September. Das Angebot klang interessant, allerdings müsste Erik die Mitarbeiter irgendwo unterbringen, denn aus dem alten Gebäude müssten sie raus. Die beiden aßen noch zu Ende, plauderten beim Espresso weiter und gegen 22 Uhr fuhren sie nach Hause. Erik ging dort gleich auf den Balkon und dachte darüber nach. Seiner Firma ging es sehr gut und jetzt noch mal 4 Mitarbeiter würde mehr Verantwortung, mehr Ausgaben, aber vielleicht auch mehr Gewinn bedeuten. Allerdings wäre dafür das neue Gebäude fast schon wieder zu klein, wenn er irgendwann weiter expandieren möchte. Er wollte allen Mitarbeitern ein eigenes Büro anbieten und für sich selber bräuchte er natürlich auch eins. Eine Küche, Toiletten, drei Besprechungsräume und ein Mitarbeiterzimmer müssten auch untergebracht werden. Der Keller wäre für das Lager fast zu klein, also bräuchte man noch ein weiteres Zimmer. Vor seinen Augen baute er das Gebäude aus und mit dem Gedanken daran ging er um Mitternacht ins Bett und schlief gleich ein.

Mittwoch rief er um 9 Uhr den Architekten an, erzählte ihm von den Neuigkeiten und dieser sagte zu, nachher vorbeizukommen. Erik machte sich währenddessen an die Anfragen und erledigte bis 14 Uhr 3 Stück. Dann kam der Architekt und die beiden gingen es noch mal durch. Ursprünglich war das Gebäude für 6 Mitarbeiter plus Erik ausgelegt und nun entschied er sich für 12 plus ihm selbst. Der Architekt versprach, dass er ihm in den nächsten 2 Wochen ein Angebot zuschicken würde und die anderen Tätigkeiten trotzdem nicht zu stoppen. Das Grundstück war groß genug, auch wenn der Parkplatz natürlich vergrößert werden müsste. Nach diesem Gespräch machte Erik nur noch eine Anfrage fertig, bis Marius reinschaute. Er hatte noch 2 Fragen und Erik konnte diese schnell beantworten. Auch wenn Sebastian derzeit besser war als Marius, war Erik mit Marius auch sehr zufrieden. Er müsste sich mal die Mitarbeiter bei Sören anschauen, aber er ging davon aus, dass diese auch sehr gut waren. Um 17 Uhr gingen dann alle 3 in Feierabend und Erik mal wieder zu den Nachbarn. Mit denen spielte er bis 21 Uhr Skat und zurück in seiner Wohnung schrieb er noch paar Mails. Er ging dann raus auf den Balkon und dachte an das neue Gebäude und die Chance, die ihm die neuen Mitarbeiter bieten würden. Die Firma hätte dann ein zweites Standbein und da Sören und er teilweise unterschiedliche Kunden hatten, konnte er seinen Kundenkreis erweitern und eventuell beides, Finanzbuchhaltung und Wirtschaftsrecht, anbieten. Um 1 Uhr schlief er dann in seinem Bett ein.

Heute verschlief er fast, saß kurz vor 8 Uhr im Büro, nur wenige Minuten, bevor Sebastian und Marius eintrafen. Um 9 Uhr hatte er einen Termin in Wismar und schaute danach bei Sören vorbei. Er wollte sich die Firma und Mitarbeiter mal anschauen. Zugriff auf Finanz- oder ähnliche Daten bekam er natürlich noch nicht. Aber die Angestellten machten einen guten Eindruck und es schien auch genug Arbeit da zu sein. Da es schon Mittagszeit war, fuhr er mit Sören nach Grevesmühlen zum Essen. Dort unterhielten sie sich weiter über ihre Firmen. Erik hatte ein gutes Gefühl bei der Sache, wollte aber auf den Architekten warten und Ende September mit Sören noch über die Zahlen reden. Um 13 Uhr war er dann wieder im Büro, machte die Nacharbeiten und erledigte noch 2 Anfragen. Um 17 Uhr verließ er mit den anderen beiden das Büro und ging zu einem Dorfbewohner, der Geburtstag hatte. Nach dem Essen blieben sie noch etwas sitzen und erst um 23 Uhr war Erik wieder zu Hause. Er war müde, ging gleich ins Bett, konnte aber nicht sofort einschlafen.

Dementsprechend war er auch am Freitag etwas müde. Trotzdem schaffte er bis 15 Uhr 6 Anfragen, auch wenn er dafür die Mittagspause ausfallen ließ. Dann gingen Sebastian und Marius ins Wochenende und liessen Erik alleine zurück. Er wusste nicht, was er das Wochenende machen sollte. Anna kam gestern Abend aus dem Urlaub zurück, hat sich aber noch nicht gemeldet. Bei Julia war er letztes Wochenende und sie hatte dieses auch keine Zeit. Verreisen wollte er auch nicht, also würde er wohl zu Hause bleiben. Manchmal ist es ja auch schön, alleine zu sein, aber Erik hätte lieber Anna, Julia oder Katharina um sich gehabt. Seine Katharina. Beim Gedanken an sie kamen ihm wieder die Tränen. Er vermisste sie immer noch. Seine Katharina….

An Arbeit war nicht mehr zu denken und so ging er in die Wohnung. Wenn er keine Putzfrau gehabt hätte, hätte er jetzt sauber machen können, aber so lief er wieder seine Runde, auch wenn es ihm heute schwerfiel, da er einige Tage nicht laufen war. Er setzte sich nach dem Duschen vor den PC, schrieb paar Mails, surfte ein wenig und machte sich dann über das Unternehmen von Sören etwas schlau. Recherchierte auch über die Tätigkeiten und dachte sich, dass er dies auch schaffen könnte. Er machte sich Gedanken, wie er das neue Gebäude einrichten sollte. Geld hatte er zwar nicht genug, aber die Bank würde den Rest schon zahlen. Mit 7 Mitarbeitern wäre es ein anderes Unternehmen und er wäre auch nicht mehr der Älteste. Sebastian und Marius würden die gleichen Aufgaben machen wie vorher, Anna sollte seine persönliche Assistentin werden, 3 von Sörens Firma würden auch weiter arbeiten wie bisher und die vierte würde die Empfangsdame werden. Dies hat sie bei Sören auch schon nebenbei gemacht und dann wäre sie dabei noch ausgelasteter. Eventuell bräuchte er dann bald wieder jemand neuen. Er unterbrach seine Gedanken für das Abendessen, telefonierte mit Katharinas Eltern und setzte sich dann erneut an den PC. Bis 21 Uhr saß er da und las dann in einer Zeitschrift. Um 23 Uhr ging er auf den Balkon, ließ seine Gedanken schweifen und erst um 1 Uhr ging er schließlich ins Bett und schlief gleich ein.

166

Samstag wachte Erik um 9 Uhr auf, blieb noch etwas liegen und fuhr dann nach Schwerin. Er frühstückte und ging dann über den Wochenmarkt. Als er das letzte Mal hier war, war er zusammen mit Anna hier gewesen und während er sein Essen für das Wochenende kaufte, musste er häufiger an sie denken. Warum hatte sie sich gestern nicht gemeldet? Dieses Gefühl kannte er nicht, etwas Eifersucht war dabei, etwas Ungeduld. Er war wohl wirklich in sie verliebt. Er versuchte, nicht an sie zu denken, aber es gelang ihm nicht, auch nicht auf der Heimfahrt. Er verstaute zu Hause seinen Einkauf, lief dann erneut eine Runde durch die Wälder um Renzow herum und versuchte den Kopf freizubekommen. Diesmal lief er eine andere Runde, einfach um mal wieder etwas Neues zu sehen. Die Runde war mit 7,5 km auch länger und zum Schluss wurde er deutlich langsamer. Wollte weder an Anna noch an Julia denken und nach einer Weile dachte er dann an die Arbeit. Dieses Gedanken waren angenehmer, denn beruflich sah alles rosig aus.

Als er wieder daheim angekommen war, schaute er sich auch sein neues Grundstück an und hoffte, dass das neue Gebäude bald fertig wäre. Denn die vier neuen Mitarbeiter würden wohl kaum in seinem jetzigen Büro Platz finden und im Büro von Sören könnten sie auch nicht lange bleiben. Als er wieder in der Wohnung war, machte er sich sein Abendessen und nach dem Abwasch setzte er sich vor den Fernseher und schaute eine DVD. Um 22 Uhr nahm er sich noch eine Zeitschrift, blätterte etwas darin und ging später noch auf den Balkon. Dort blieb er bis Mitternacht und ging dann ins Bett, wo er gleich darauf einschlief.

Auch am Sonntag stand er wieder um 9 Uhr auf und fuhr nach Pokrent in die Kirche. Mit dem Pfarrer sprach er nicht, sondern fuhr direkt nach dem Gottesdienst nach Gadebusch und spazierte dort durch den Stadtwald. Insgeheim hoffte er, Anna zu begegnen, aber die Hoffnung erfüllte sich nicht und gegen Mittag fuhr er weiter nach Ratzeburg, aß dort eine Kleinigkeit und ging etwas durch die Stadt. Später fuhr er nach Renzow zurück und machte sich dort nach der 6 km Runde einen faulen Nachmittag auf der Couch. Nach dem Abendessen ging er wieder auf die Couch und schaute fern. Um 1 Uhr ging er schließlich ins Bett und schlief gleich ein.

Montagmorgen war er etwas müde und ging nach dem Frühstück runter ins Büro. Auch diese Woche musste er auf Anna verzichten und er vermisste sie immer mehr, ja verzehrte sich fast nach ihr. Sebastian und Marius fiel dies natürlich nicht auf, als sie kurz vor 8 Uhr eintrafen, denn Erik hing da schon über der Arbeit. Heute standen auch wieder zwei Kundentermine an und um 15 Uhr konnte er sich an die Nachbearbeitungen machen. Nur unterbrochen von den wenigen Fragen von Marius und Sebastian und deren kurze Verabschiedung arbeitete Erik bis 19 Uhr durch. Danach ging er in seine Wohnung, telefonierte mit Julia, die ihn so etwas von Anna ablenkte. Nach dem Telefonat kochte er sich sein Abendessen und las danach wieder. Um 22 Uhr ging er auf den Balkon und um Mitternacht ins Bett.

Am nächsten Tag war er auch nicht munterer, aber heute standen keine Kundentermine an. Er konnte also wie Sebastian und Marius die Anfragen bearbeiten und arbeitete auch heute die Mittagspause durch. Es gab auch genug zu tun und es würde noch mehr werden. Am Nachmittag telefonierte er mit Sören und verabredete sich mit ihm für Donnerstag. Da wollte er sich die Zahlen und die Firma genauer anschauen und sich dann im Urlaub entscheiden. Dann wäre es zwar schon Anfang Oktober, aber Sören war damit einverstanden. Um 17 Uhr gingen Sebastian und Marius und Erik blieb heute länger, diesmal aber nur bis 18 Uhr. Er kaufte in Grevesmühlen schnell ein, machte sich sein Abendessen und las dann den Abend über. Später ging er kurz auf den Balkon und wieder um Mitternacht ins Bett. Dort schlief er gleich ein.

Mittwochmorgen, den 16. September, verschlief er bis 7:30 Uhr, saß dann aber trotzdem kurz vor 8 Uhr im Büro. Um 9 Uhr fuhr er dann zu 3 Kundenterminen in Schwerin und war gegen 16 Uhr zurück. Wenig später kam Marius mit 4 Fragen und danach Sebastian mit einer. Um 17 Uhr gingen die beiden und Erik saß bis 20 Uhr an den Nacharbeiten, wurde aber dafür damit fertig. In der Wohnung machte er sich nur ein schnelles Essen und setzte sich nach dem Abwasch vor den PC und schrieb paar Mails. Er schrieb auch an Anna, die sich immer noch nicht gemeldet hatte. Er fragte sie nach ihrem Urlaub und schrieb dann von

168

seinem Urlaub. Danach ging er auf den Balkon, dachte wieder an Anna und um 23 Uhr konnte er dann einschlafen.

Donnerstag war er etwas Ausgeschlafener und nach der Dusche eigentlich sogar richtig fit. Um 9 Uhr fuhr er dann zu Sören, redete mit ihm und seinen Mitarbeitern, schaute sich die Zahlen an und war gegen 13 Uhr wieder zurück. Er erledigte bis 17 Uhr noch 3 Anfragen und ging dann zusammen mit Marius und Sebastian in Feierabend. Heute hatte er keine Lust länger zu arbeiten und nachdem er Wäsche in die Waschmaschine geworfen hatte, fuhr er nach Wismar, um sich wieder mit 3 Freunden zu treffen. Um 23 Uhr war er daheim, ging auch gleich ins Bett, brauchte allerdings eine Weile bis er einschlafen konnte.

Freitagfrüh saß er um 7:30 Uhr im Büro und bearbeitete Anfragen. Um 8 Uhr kamen seine Mitarbeiter und widmeten sich auch der Arbeit. Heute machte Erik mit den beiden Mittagspause und um 15 Uhr gingen alle 3 ins Wochenende. Sebastian bekam einen Schlüssel fürs Büro und er und Marius wünschten Erik einen schönen Urlaub. Erik ging in die Wohnung, packte schon mal seinen Koffer und fuhr dann nach Schwerin, machte sich dort einen schönen Nachmittag und aß auch abends dort. Um 22 Uhr war er zurück, telefonierte kurz mit Julia und ging noch mal auf den Balkon. Um Mitternacht ging er ins Bett und schlief auch gleich ein.

Am nächsten Tag packte nach dem Frühstück er seine restlichen Sachen und ließ sich von seinen Nachbarn nach Berlin fahren. Um 12 Uhr ging sein Flug nach Tel Aviv und Erik freute sich richtig auf den Urlaub. Sein letzter Urlaub war schon eine Weile her und zum letzten Mal frei hatte er nach Ostern, allerdings aus anderen Gründen. Der Flug war angenehm und als er aus dem Flugzeug stieg, empfing ihn Sonnenschein. Er fuhr mit dem Taxi ins Hotel, checkte ein und sah sich dann die Hotelanlage an. Um 18 Uhr ging er ins Restaurant und nahm sein Abendessen ein. Nach dem Espresso ging er nach draußen, trank dort noch ein Cocktail und ging dann aufs Zimmer. Um 23 Uhr schlief er dann ein.

Sonntagmorgen blieb er bis um 9 Uhr und frühstückte dann längere Zeit. Danach sah er sich die Stadt an, fotografierte viel und am frühen Nachmittag setzte er sich leicht erschöpft in ein kleines Café. Dort fiel ihm eine junge Frau auf, die häufig in seine Richtung schaute. Irgendwie freute es ihn, dass sich Frauen für ihn interessierten, anderseits hatte er diesmal keine Lust auf einen Urlaubsflirt. Also schaute er zwar ab und zu zurück, aber machte keine weiteren Anstalten auf die Frau zuzugehen. Dies musste er auch nicht, denn nachdem sie ihren Kaffee ausgetrunken hatte, kam sie zu ihm und fragte, ob sie sich zu ihm setzen könnte. Sie sprach ihn auf Englisch an, da er nun wirklich wie ein Tourist gekleidet war. Aus der Nähe sah sie noch besser aus und so konnte er nicht ablehnen. Sie plauderten eine Weile, bezahlten dann und gingen zusammen zu Fuß ein Stück.

Sie kam aus Tel Aviv und kannte sich daher hier bestens aus. Um 18:30 Uhr bekamen beide Hunger und die junge Frau führte ihn in ein israelisches Restaurant. Beim Essen redeten sie weiter. Erik schien ihr zu gefallen und auch er war ihr gegenüber nicht unbedingt negativ eingestellt. So entwickelte sich eine nette Unterhaltung und erst um 23 Uhr verliessen sie das Restaurant. Erik brachte sie nach Hause und an ihrer Wohnungstür erfuhr er ihren Namen. Sie hieß Miryam, war 25 Jahre alt und dieses Jahr mit einem IT-Studium fertig geworden. Morgen wollte Erik noch einen Tag in Tel Aviv verbringen und Miryam versprach ihm, ihn nach dem Frühstück abzuholen. Erik fuhr mit einem Taxi ins Hotel zurück und ging dort gleich ins Bett. Er konnte aber nicht sofort einschlafen und musste noch ein wenig an Miryam denken.

Er saß noch beim Frühstück, als Miryam schon ins Hotel kam, frühstückte aber zu Ende und ging noch kurz aufs Zimmer, während Miryam unten wartete. Danach gingen die beiden durch die Stadt und Miryam zeigte Erik die schönen Stellen, die Touristen nicht unbedingt sahen. Sie verstanden sich sehr gut, aßen mittags eine Kleinigkeit und abends lud Erik sie in ein Restaurant ein. Da sie heute früher aßen, war Erik schon um 22 Uhr im Bett und schlief gleich ein.

Dienstagfrüh war er munter und ausgeruht, frühstückte und fuhr dann mit dem Bus nach Jerusalem. Dort sah er sich den ganzen Tag die Stadt

170

an, fotografierte auch heute wieder viel, ließ sich auch fotografieren, kaufte Ansichtskarten und verschickte diese gleich. Mittags aß er nur eine Kleinigkeit und um 17 Uhr fuhr er zurück und aß dann im Hotel. Nach dem Essen traf er sich an der Bar mit Miryam und die beiden tranken noch 2 Cocktails zusammen. Danach ging Erik ins Zimmer und schlief um 23 Uhr ein.

Auch am nächsten Tag war er richtig ausgeschlafen. Von den Cocktails gestern merkte er nichts. Nach dem Frühstück fuhr er wieder nach Jerusalem und traf sich dann um 18 Uhr in Tel Aviv mit Miryam zum Essen. Auch den Abend verbrachten die beiden gemeinsam und tranken wieder Cocktails. Miryam probierte es wie jeden Abend, sich an Erik ran zu machen, aber ohne Erfolg. Ihm gefiel sie zwar sehr gut, aber auf einen Urlaubsflirt hatte er keine Lust, auf eine Fernbeziehung erst recht nicht und nach einem One Night Stand würde er sich Anna und Julia gegenüber mies fühlen. Und so ging er um 23 Uhr allein ins Bett.

Donnerstagmorgen war er erneut früh wach und fuhr nach dem Frühstück nach Haiffa. Auch diese Stadt besichtigte er, wieder mit wenig Pausen und um 17 Uhr war er zurück im Hotel. Er ruhte sich dort kurz aus und traf sich dann wie gehabt mit Miryam. Sie lud ihn heute zu sich in die Wohnung ein und kochte für ihn. Da es ihm sehr gut schmeckte, ließ er sich einige Rezepte geben. Nach dem Essen setzten sich die beiden auf die Couch und plauderten wieder miteinander. Mittlerweile hatte Erik auf so weit von sich und seinem Privatleben erzählt, dass Miryam verstand, warum er sich so verhielt. Trotzdem machte sie heute wieder Annäherungsversuche und irgendwie waren diese diesmal von Erfolg gekrönt. Nach dem zweiten Glas Wein stellte Erik sein leeres Glas weg und schaute Miryam tief in die Augen. Beide spürten ein Kribbeln in ihrer Bauchgegend. Sanft und zärtlich küssten sie sich immer und immer wieder, minutenlang und alles andere war vergessen. Auch Miryam stellte ihr Glas weg und so saßen sie bis 22 Uhr auf der Couch, küssten sich weiter und kuschelten sich aneinander. Erik fuhr dann doch wieder ins Hotel, ging dort gleich ins Bett und schlief sofort ein.

171

Wie die letzten Tage auch stand er um 8 Uhr und fuhr auch heute zu Miryam. Sie hatte frei und so gingen die beiden gemeinsam zum Frühstücken. Danach setzten sie sich Hand in Hand an den Hafen, schauten den Schiffen zu und genossen die Sonne. Erneut waren die Küsse süß und zärtlich. Mittags aßen sie nur eine Kleinigkeit und am Abend kehrten sie in Miryams Wohnung zurück. Dort kochte sie wieder und wieder schmeckte es hervorragend. Nach dem Abwasch setzten sie sich auf die Couch, machten es sich gemütlich und küssten sich erneut. Die Küsse wurden intensiver und Miryam übernahm die Führung. Sie begann Erik auszuziehen und dieser wollte sich dann doch nicht wehren. Nachdem er nackt war, zog er Miryam aus und verwöhnte sie für einen Moment. Dann drang er in sie ein und brachte beide zum Höhepunkt. Sie blieben noch eine Weile liegen, gingen dann unter die Dusche und legten sich nebeneinander auf die Couch. Um 22 Uhr ging Erik ins Hotel und schlief wieder gleich ein.

Nach dem Frühstück checkte er aus dem Hotel aus und Miryam holte ihn ab. Sie fuhr ihn zum Flughafen und der Abschied fiel beiden schwer und das war eigentlich das, was Erik verhindern wollte. Sie tauschten ihre Adressen aus, aber ob sie sich jemals wiedersehen würden, war fraglich. Auf alle Fälle hatte Erik einen schönen Urlaub gehabt und so setzte er sich gut gelaunt und erholt in den Flieger. In Berlin holten ihn seine Nachbarn ab und auf der Rückfahrt erzählte er von seinem Urlaub, ließ aber natürlich einiges in Bezug auf Miryam weg. Zu Hause wusch er die Wäsche, kochte sich etwas und schrieb ein paar Mails. Eine Mail von Anna war auch dabei und er antwortete ihr gleich. Um 22 Uhr ging er auf den Balkon, dachte an den Urlaub zurück, an Miryam, später an Anna und Julia. Um 1 Uhr ging er ins Bett und schlief unruhig ein.

Sonntagfrüh fuhr er nach dem Frühstück in die Kirche, redete danach noch eine Weile mit dem Pfarrer und einigen anderen Kirchgängern. Als er wieder zu Hause war, lief er seine 7,5 km Runde, fuhr später nach Schwerin und verbrachte dort den Nachmittag. Abends aß er auch dort und fuhr dann zurück nach Renzow. Er telefonierte noch einige Minuten mit Julia und ging dann ins Bett. Dort überlegte er, ob er Miryam noch eine Mail schreiben sollte, aber entschied sich dagegen.

Es war zwar nicht fair, aber trotzdem wollte er sich eigentlich nicht mehr bei ihr melden. Um 23 Uhr schlief er dann ein.

Montagmorgen war er ausgeschlafen, duschte, frühstücke und saß um 7:30 Uhr im Büro. Er sah sich die Post der letzten Woche an. Um kurz vor 8 Uhr kamen dann Anna, Marius und Sebastian und erkundigten sich kurz nach seinem Urlaub, bevor sie sich an die Arbeit machten. Auch Anna war nur kurz im Büro, keine Umarmung, kein Kuss, aber das lag vielleicht auch daran, dass die anderen beiden wenig später eintrafen. Sie schien sich zwar zu freuen, dass Erik wieder da war, aber nicht so, als wäre sie schwer verliebt. Er dachte für einen Moment noch nach, was zwischen den beiden sein könnte, machte sich aber dann an seine E-Mails. Um 9 Uhr rief der Architekt an und kam dann wenig später vorbei. Er stellte das Angebot für das vergrößerte Gebäude vor und die beiden unterzeichneten gleich den Vorvertrag. Erik rief dann bei seiner Bank an und machte für morgen früh einen Termin aus. Danach rief er bei Sören an und ihn wollte er Mittwoch besuchen. Mit den Mails und der Post war er um 11 Uhr fertig. Zwar hatten die drei das meiste weg gearbeitet, aber alles konnten sie natürlich nicht bearbeiten.

Anna hatte letzte Woche auch schon den Monatsabschluss für August fertiggemacht und bis 14 Uhr besprach Erik mit ihr zusammen diesen, unterbrochen von der Mittagspause. Auch jetzt schien sie ihm etwas reserviert zu sein. Wusste sie von Julia? Hatte sie einen anderen kennengelernt? Teilweise fiel es Erik schwer, sich zu konzentrieren. Er bearbeitete noch 2 Anfragen und um 17 Uhr gingen die anderen 3 in Feierabend. Auch Anna ging, blieb nicht länger, fragte nicht näher nach dem Urlaub, ließ Erik alleine zurück. Dieser fuhr dann nach Grevesmühlen zum Einkaufen, machte sich etwas zu Essen und las nach dem Abwasch in Fachzeitschriften. Um 22 Uhr ging er auf den Balkon und dachte wieder an Anna. Er hatte sich schon fast für sie entschieden und dann so etwas. Was war los? Was war geschehen? Sollte er sich doch für Julia entscheiden? Um Mitternacht ging er dann ins Bett, schlief aber sehr unruhig.

Daher war er am nächsten Morgen etwas müde und die Erholung vom Urlaub fast schon wieder verbraucht. Er erledigte schnell eine Anfrage und fuhr um 10 Uhr zur Bank und ging mit seinem Bankberater die Finanzierung vom neuen Bürogebäude durch. Nachdem dies geklärt und unterschrieben war, fuhr er beim Architekten vorbei, unterzeichnete den endgültigen Vertrag und die Bauarbeiten konnten endgültig beginnen. Das Gebäude würde auf keinen Fall dieses Jahr fertig werden, aber im Mai oder Juni 2015 möchte er gerne umziehen und daher hoffte er auf einen milden Winter. Um 15 Uhr war er wieder zurück, erledigte noch eine Anfrage. Um 17 Uhr gingen dann Marius und Sebastian in den Feierabend und Anna schaute wenig später ins Büro rein. Heute blieb sie länger und erzählte von ihrem Urlaub auf Zypern und die Woche Freizeit in Gadebusch.

Um 18:30 Uhr gingen die beiden in die Wohnung und kochten zusammen. Nachdem Essen setzten sie sich mit einem Glas Wein auf die Couch und jetzt erzählte Erik von seiner arbeitsfreien Zeit. Auch von Miryam, aber natürlich nicht alles. Anna schien nicht misstrauisch zu sein und auf der Couch hielt Erik sie auch wieder in seinen Armen, sie küssten sich allerdings nicht. Sie erzählten zwar über ihre Urlaube, aber ihre Beziehung zueinander sprachen sie nicht an. Erik wusste nicht, was er fragen oder sagen sollte und auch Anna sagte nichts dazu. Nachdem das jeweils zweite Glas Wein auch leer war, machten sich beide bettfertig. Anna legte sich zu Erik ins Bett, kuschelte sich etwas an ihn ran, aber einen Gute-Nacht-Kuss gab es nicht. Um 22 Uhr schliefen sie dann ein.

Mittwoch wachte Erik wieder als Erstes auf und schlich sich aus dem Bett. Er machte das Frühstück und wollte dann Anna wecken. Sie lag schon wach im Bett und jetzt gab es einen Guten-Morgen-Kuss. Danach sprang sie unter die Dusche und Erik las ein wenig in der Zeitung. Nach dem Frühstück saßen beide kurz vor 8 Uhr im Büro und arbeiteten schon, als die anderen beiden eintrafen. Erik schaffte 3 Anfragen bis zur Mittagspause und fuhr dann nach Lützow zu Sörens Firma. Die beiden gingen noch mal alles durch und dann informierten sie die Mitarbeiter. Zum 01.03. würde Erik die Firma übernehmen, die Verträge würden erst einmal so bleiben, Erik würde diese aber noch durchgehen. Den Mitarbeitern war bekannt, dass Sören aufhören wollte und so waren sie ganz glücklich, dass die Firma weiter bestehen würde. Mit einem Umzug nach Renzow konnten auch alle 4 leben.

Um 16:30 Uhr war Erik zurück in seiner Firma und rief dann Anna, Sebastian und Marius zusammen. Er informierte sie zum einen über das neue Bürogebäude und zum anderen erzählte er ihnen von Sörens Firma. Er stellte ihnen seine grobe Planung vor und danach gingen alle 4 in Feierabend. Erik ging kurz in die Wohnung, machte sich etwas frisch und ging dann zu seinen Nachbarn auf einige Partien Skat. Um 22 Uhr ging er wieder auf den Balkon, dachte wieder an Anna und überlegte, ob er irgendetwas falsch gemacht hatte. Um Mitternacht ging er ins Bett, schlief dort gleich ein.

Als Erik am nächsten Morgen erwachte, drehte er sich um, suchte für einen Moment Anna, bis ihm einfiel, dass sie nicht bei ihm übernachtet hatte. Er saß um kurz vor 8 Uhr 4 im Büro über der Arbeit, als die anderen 3 reinkamen. Wieder begrüßte Anna ihn nur kurz und wieder war Erik kurz abgelenkt. Er fuhr dann um 10 Uhr zu 2 Auswärtsterminen und war um 15 Uhr zurück. Mit den Nacharbeiten wurde er bis 16:30 Uhr fertig und nachdem Marius, Sebastian mit ihren Fragen durch waren, gingen die 3 in Feierabend und Erik blieb noch bis 18 Uhr im Büro. Nach dem Essen und dem Abwasch telefonierte er mit Julia und machte aus, dass er sie dieses Wochenende wieder besuchen würde. Danach schrieb er paar Mails, führte noch zwei Telefonate und las dann weiter. Um 22 Uhr war er wieder auf den Balkon, dachte an Anna und dann an Julia. Je nachdem, wie das Wochenende laufen würde, würde es noch einmal alles auf den Kopf stellen. Vielleicht würde er sich ja doch für Julia entscheiden. Um 23 Uhr ging er dann ins Bett und schlief unruhig ein.

Freitagfrüh war Erik relativ munter und packte nach dem Frühstück schon mal die Reisetasche. Danach ging er ins Büro und erledigte bis 15 Uhr 5 Anfragen. Die Mittagspause ließ er ausfallen, da er gerade in Arbeitslaune war. Auch heute redete Anna wenig mit ihm, aber diesmal nahm er es gleichgültig auf. Er freute sich auf das Wochenende mit Julia und würde es wieder genießen. Um 15 Uhr gingen seine 3 Mitarbeiter in den Feierabend und er las noch schnell die privaten Mails. Es war auch eine von Miryam dabei und sie schrieb, dass sie die Woche mit ihm sehr genossen hat, dass sie ihn vermisse und ihn sehr gerne wiedersehen möchte. Er las die Mail nur, antwortete aber nicht. Warum hat sie ihm das geschrieben? Nach Göteborg konnte man ja damals noch mit dem Auto fahren, aber immer nach Tel Aviv fliegen? Nein, darauf hatte er nun wirklich keine Lust. Katharina war etwas Besonde-

176

res gewesen, aber Miryam? Er wusste es nicht. Irgendwie fühlte er kaum was bei ihr.

Mit diesen Gedanken fuhr er den Rechner runter, ging in die Wohnung, nahm seine Tasche und fuhr nach Greifswald. Um 18:30 Uhr kam er bei Julia an, nachdem er heute einige Minuten im Stau gestanden hatte. Sie hatte schon gekocht und nach einem intensiven Begrüßungskuss aßen die beiden. Mit einem Glas Wein ging es dann auf die Couch. Nach 4 Wochen ohne einander kuschelten sie miteinander, küssten sich immer und immer wieder und Erik vergaß sowohl Anna als auch Miryam. Bis 22 Uhr saßen sie auf der Couch und dann gingen sie ins Bett. Eng aneinander gekuschelt schliefen sie ein.

Am Samstag wachte Erik um 10 Uhr auf und setzte sich an den gedeckten Frühstückstisch. Julia war seit einer Stunde wach, hat Erik schlafen lassen, frische Brötchen geholt und Kaffee gekocht. Sie gingen sich nach dem Frühstück wieder auf die Couch und blieben dort bis zum späten Nachmittag. Sie redeten natürlich nicht ununterbrochen, aber es tat beiden sehr gut, sich so zu entspannen und bei dem starken Regen wollte keiner von ihnen die Wohnung verlassen. Zwischendurch gab es nur eine Portion Tomaten Mozzarella und am späten Nachmittag standen sie dann doch auf und gingen kurz spazieren. Um 18 Uhr kehrten sie dann in einem Restaurant ein und gönnten sich ein leckeres Menü. Um 23 Uhr waren sie zurück und gingen auch bald danach ins Bett.

Daher war Erik am nächsten Morgen richtig munter, war schon um 8 Uhr wach und machte diesmal für Julia das Frühstück. Nach dem Frühstück ging es dann wieder auf die Couch und Erik merkte, dass Julia verliebt in ihn war und auch ihm schmeckten die Küsse richtig gut. Er fühlte sich wohl bei ihr und hatte Anna und Miryam komplett vergessen. Um 12 Uhr aßen sie dann noch eine Kleinigkeit und um 14 Uhr fuhr Erik wieder zurück nach Renzow. Zu Hause angekommen wusch er die Wäsche, las seine privaten Mails und dabei fiel ihm auch Miryam wieder ein. Er wusste allerdings immer noch nicht, was er ihr schreiben sollte. Auch beim Kochen und Essen musste er an die Mail von Miryam denken und das Wochenende mit Julia war wieder fast vergessen. Er entschied dann beim Abwasch Miryam noch nicht zu schreiben und

177

lieber noch eine Woche zu warten. Abends telefonierte er mit Julia, setzte sich danach vor dem Fernseher und ging um 22 Uhr wieder auf den Balkon. Dort dachte er kurz an Miryam und dann an Julia. Es war ein schönes Wochenende gewesen, zum Entspannen und Kraft tanken und jetzt war Julia in seiner Gunst wieder weit vorne. Dann musste er auch an Anna denken, aber irgendwie schien ihre Liebe schon erkaltet zu sein. Doch nach dem Wochenende mit Julia war ihm das fast egal. Um Mitternacht ging er ins Bett, schlief dort schnell ein und träumte von Julia.

Montagfrüh war Erik ausgeschlafen und frisch geduscht saß er um 7:30 Uhr im Büro. Um kurz vor 8 Uhr kamen die anderen drei und machten sich auch an die Arbeit. Heute kamen insgesamt 3 Kunden, zwei für Erik und einer für Sebastian. Marius war bei beiden Terminen von Erik dabei und führte diese auch. Auch die Nachbearbeitung erledigte er und bis 16:00 Uhr war alles fertig. Danach wurden noch Anfragen angefangen, allerdings bis 17 Uhr keine mehr erledigt. Sebastian und Marius gingen dann in Feierabend, Anna schaute kurz in Eriks Büro und verabschiedete sich auch. Irgendwas war doch im Urlaub geschehen, denn das Wochenende vorher mit ihr war sehr schön gewesen und jetzt, nach 4 Wochen, war alles anders. War sie sauer, weil er einfach so nach Israel gefahren war? Erik hatte aber auch keine Gelegenheit mit ihr darüber zu reden und letzte Woche Dienstag hatte er nicht die richtigen Worte finden können. Er verließ dann auch das Büro, fuhr zum Einkaufen und nach dem Abendessen und dem Abwasch las er dann ein Buch. Wieder ging es dann auf den Balkon und diesmal blieb er bis 1 Uhr dort. Als er ins Bett ging, konnte er nur schlecht einschlafen.

Am nächsten Morgen wachte er müde auf, saß aber trotzdem vor 8 Uhr im Büro. Heute gab es keine Termine und so konnten die drei die Anfragen von gestern abarbeiten. Anna war mittlerweile mit Rechnung schreiben und ihren anderen Aufgaben auch sehr gut ausgelastet. Auch heute machten die 4 zusammen Mittagspause und Erik fiel wieder auf, dass der Raum für 4 Leute schon fast zu klein war. Aber noch ging es. Um 17 Uhr gingen dann Sebastian und Marius in Feierabend und Anna kam ins Büro. Sie fragte Erik, ob er nicht Lust hätte mit ihr in Ratze-

178

burg essen zu gehen. Er sagte natürlich zu und so fuhren sie erst zu Annas Wohnung und dann mit Eriks Auto weiter.

Beim Essen fing Anna von sich aus an, über ihre Beziehung zu reden, und sagte, dass sie sich im Urlaub richtig erholt hatte, alles was mit der Arbeit zu tun hatte, ignoriert hatte und daher auch leider ein wenig Erik. Sie war auch etwas enttäuscht, dass er so spontan und ohne Vorwarnung in den Urlaub gefahren sein, aber da habe sie wohl innerlich etwas überreagiert und Erik bräuchte ja schließlich auch Urlaub. Am Wochenende hatte sie sich dann darüber Gedanken gemacht und sich etwas mies gefühlt. Eigentlich sei alles wieder gut und sie würde gerne weitermachen, wo sie vor ihrem Urlaub aufgehört hatten. Sie wollte dies aber jetzt nicht ausdiskutieren und wechselte daher das Thema und kam auf den Neubau und die neuen Kollegen zu sprechen und so erzählte Erik davon. Um 22 Uhr fuhr er sie dann wieder nach Hause und weiter nach Renzow. Dort ging er gleich auf den Balkon und dachte darüber nach, was Anna beim Essen gesagt hatte. Er wusste zwar jetzt ein wenig mehr, aber einfacher war dies alles nicht geworden. Es gab zwar wieder ein Abschiedskuss im Auto, aber kein Händchenhalten während der Fahrt. Um 1 Uhr ging er dann ins Bett und schlief wieder unruhig.

Auch am Mittwoch war er daher unausgeschlafen und müde. Nach der Dusche saß er am Schreibtisch und war nicht wirklich motiviert zu arbeiten. Aber leider kamen heute wieder einige Anfragen rein und er ließ sogar die Mittagspause ausfallen. Dadurch schaffte er das meiste abzuarbeiten und war um 17 Uhr, als Sebastian und Marius sich verabschiedeten richtig erschöpft. Anna schaute dann rein und sah, dass Erik wieder müde aussah, sondern sagte nichts. Sie stellte sich nur hinter ihm und massierte ihm die Schulter. Das tat ihm gut und die Massage ging knapp 15 Minuten. Danach taten Anna leicht die Hände weh. Erik drehte sich um und küsste Anna als Dankeschön. Sie ging dann auch in Feierabend und Erik in seine Wohnung. Er telefonierte dort mit Julia, machte sich dann sein Abendessen und nach dem Abwasch schrieb er paar Mails. Danach las er wieder eine Fachzeitschrift. Um 22 Uhr stand er dann auf dem Balkon und dachte an Anna. Als er um Mitternacht ins Bett ging, musste er aber, warum auch immer, an Miryam denken.

179

Donnerstag war er noch müder und es standen leider zwei Kundentermine in Schwerin auf dem Programm. Also fiel auch heute wieder die Mittagspause für ihn aus und er aß mittags auf die Schnelle nur eine Kleinigkeit. Um 14 Uhr war er zurück im Büro und machte sich an die Nacharbeiten und als Marius 2 Stunden später mit 2 Fragen kam, war er fast fertig. Er fing dann noch an eine Anfrage an und schaffte diese, bevor Sebastian und Marius in Feierabend gingen. Auch Anna schaute nur kurz rein und fuhr heim. Erik blieb noch etwas sitzen und ging erst um 18:30 Uhr in die Wohnung. Nach dem Essen und dem Abwasch setzte er sich wieder vor den Fernseher. Auch heute ging er wieder raus auf den Balkon und erst um Mitternacht ins Bett.

Freitagmorgen verschlief er bis kurz vor 8 Uhr, saß dann aber trotzdem vor den anderen im Büro. Um 9 Uhr kam ein Kunde für ihn und da er mit der Nachbearbeitung bis 11 Uhr beschäftigt war und gestern nur zwei Anfragen erledigen konnte, machte er auch heute keine Mittagspause, sondern arbeitete bis 15 Uhr durch. Dann verabschiedeten sich Marius und Sebastian ins Wochenende und wenige Minuten später kam Anna ins Büro. Sie fragte, was Erik die nächsten Tage machen würde. Als er sagte, dass er nach Bremen fahren wolle, schaute sie ein wenig betrübt. Er sah es und da er schon länger kein Wochenende mit Anna verbracht hatte, fragte er sie, ob sie nicht Lust hätte mitzukommen. Er hatte wie üblich kein Zimmer reserviert, also musste er auch nichts stornieren oder zusätzlich buchen. Sie würden in Bremen schon ein Doppelzimmer finden. Sie sagte natürlich zu und so fuhr sie nach Hause, um ihre Sachen zu packen. Erik ging in seine Wohnung, packte auch seine Tasche und holte dann Anna ab. Sie fuhren gemütlich nach Bremen und fanden dort auch schnell ein Zimmer. Etwas Zeit hatten sie noch und so spazierten sie noch 45 Minuten durch die Altstadt. Danach aßen sie im Hotel und tranken dazu jeweils 2 Gläser Rotwein. Leicht angetrunken gingen sie aufs Zimmer und schliefen relativ schnell ein.

Am nächsten Morgen wachten sie gegen 9 Uhr auf und frühstückten eine Weile. Danach spazierten sie durch die Stadt, besichtigten einiges und aßen mittags nur eine Kleinigkeit. Da sie hier niemand kannte, konnten sie ungestört Hand in Hand durch die Stadt gehen, ein frisch

180

verliebtes Pärchen, das nicht weiter auffiel. Abends lud Erik Anna dann in ein sehr edles Restaurant ein und dort saßen sie bis 23 Uhr. Danach gingen sie zurück ins Hotel und schliefen wieder schnell ein.

Sonntagfrüh wachte Anna zuerst auf und weckte Erik mit zärtlichen Küssen. Sie begannen langsam sich auszuziehen und weckten ihre Körper gegenseitig mit Küssen auf. Schließlich drang Erik in Anna ein und nach einigen Minuten kamen beide zum Höhepunkt. Sie blieben noch kurz liegen und sprangen dann unter die Dusche. Nach dem Frühstück checkten sie aus, liessen das Auto aber noch stehen und spazierten noch mal für ein paar Stunden durch Bremen. Am Nachmittag fuhren sie dann zurück und machten in Ratzeburg Pause, um dort ihr Abendessen einzunehmen. Erik brachte Anna dann nach Hause, fuhr heim und war um 23 Uhr im Bett. Auch heute schlief er wieder gleich ein.

Montagmorgen war Erik munter und ausgeruht und saß um 7:30 Uhr schon im Büro. Kurz vor 8 Uhr kamen die anderen drei und Anna ließ sich nichts vom Wochenende anmerken. Um 9 Uhr kam der Architekt mit einem Bauunternehmer vorbei, der sich das Grundstück ansah und Erik Hoffnung machte, dass noch dieses Jahr mit dem Bau vom neuen Bürogebäude begonnen werden konnte. Um 11 Uhr kamen dann zwei Kunden, einer für Sebastian und einer für Marius. Erik war beim Gespräch von Marius nicht dabei, half dann aber bei der Nachbearbeitung nach der Mittagspause. Heute konnte sich Erik auf die Anfragen konzentrieren und schaffte daher auch einige. Um 17 Uhr gingen dann Sebastian und Marius und Anna kam wieder ins Büro. Da sie alleine waren, küssten sie sich zum Abschied und Anna fuhr nach Hause. Auch Erik verließ das Büro und ging in seine Wohnung. Nach dem Essen und dem Abwasch schrieb er ein paar Mails. Miryam hatte wieder geschrieben und auch jetzt antwortete Erik nicht. Er wusste einfach nicht, was er schreiben sollte. Dann rief auch noch Julia an und die beiden telefonierten eine Weile miteinander. Dieser Anruf machte das Chaos perfekt.

Erik ging heute schon um 21 Uhr auf den Balkon und dachte über sein Privatleben und seine Beziehungen nach. Mit Julia und Anna hatte er schöne Wochenenden verbracht und beide dachten wohl, dass sie jetzt

181

mit ihm eine feste Beziehung hatten. Er liebte beide, konnte sich vorstellen mit jeder von beiden zusammenzuwohnen und zu leben, aber er wollte auch keine von ihnen aufgeben. Er wusste aber auch, dass es auf Dauer nicht möglich war, so weiterzuleben. Es war unfair den zwei gegenüber, aber Schluss machen wollte und konnte er nicht. Aber was sollte er machen? Wenn er die Beziehung zu Anna beenden würde, wäre vielleicht ihre und seine Arbeit beeinträchtigt. Macht er mit Julia Schluss, hätte dies nicht ganz so gravierende Folgen. Und wenn er mit beiden Schluss machen würde? Single bleiben? Etwas mit Miryam anfangen? Auf jeden Fall könnte er sie mal wiedersehen und sie würde sich bestimmt freuen. Also setzte er sich doch an den PC, antwortete ihr und ging dann wieder auf den Balkon. Das übernächste Wochenende würde Miryam ihn besuchen kommen, 2 Wochen später hatte er Geburtstag und am Wochenende danach wollte er etwas mit Anna unternehmen. Ein Wochenende später würde dann Julia zu Besuch kommen. Jedes Wochenende eine andere Frau zu Hause. Er wusste nicht, ob die Nachbarn etwas mitbekommen, was sie denken. Er blieb bis 1 Uhr auf den Balkon und schlief dann sehr unruhig ein.

Als Erik am nächsten Morgen kurz vor 8 Uhr im Büro saß, sah er etwas unausgeschlafen aus. Auch heute konnte er sich auf Anfragen konzentrieren, machte aber Mittagspause und unterhielt sich mit den Dreien. Bis 17 Uhr schaffte er insgesamt 7 Anfragen und ging dann mit seinen Mitarbeitern in Feierabend. Anna hatte heute keine Zeit und so ging Erik rüber zu den Nachbarn und spielte mit ihnen Skat. Um 22 Uhr war er zurück, las seine Mails und antwortete Miryam, die geantwortet hatte. Danach ging er auf den Balkon und dachte wieder über die 3 Frauen nach. Mittlerweile hatte er sich sogar einen Plan überlegt, der ihm zwar auch nicht ganz gefiel, aber wohl immer noch die beste Lösung war. Um Mitternacht ging er dann ins Bett, schlief aber erst nach einer Weile ein.

Daher war er auch Mittwoch nicht richtig fit und Anna fiel auf, dass Erik müde aussah, sprach es aber nicht an. Um 10 Uhr fuhr Erik zu zwei Terminen in Wismar und war um 14 Uhr zurück. Mit den Nacharbeiten wurde er bis 16:30 Uhr fertig und dann kamen Marius und Sebastian nacheinander mit jeweils 2 Fragen. Nachdem Erik diese beant-

182

wortet hatte und die beiden die Anfragen erledigten, gingen sie in Feierabend. Erik blieb noch sitzen und Anna kam rein. Er sah nicht wirklich munter aus und Anna sprach es auch an. Erik wich aber den Fragen aus und sagte nur, dass er momentan wieder schlecht schlafe. Den Grund nannte er nicht. Anna hätte ihn natürlich gerne gewusst, aber sie wusste, dass sie in seiner derzeitigen Verfassung nicht an ihn ran kommen würde. Daher verabschiedete sie sich nur mit einem Kuss und fuhr nach Hause. Unterwegs überlegte sie, was jetzt wieder bei Erik los war. Erik blieb noch bis 18 Uhr im Büro und aß nur eine Kleinigkeit und ging dann mit einer Zeitschrift wieder auf den Balkon. Um Mitternacht schlief er schließlich ein.

Donnerstagmorgen sah er im Spiegel, dass er in der Nacht wieder Nasenbluten gehabt hatte. Er duschte, nahm auch noch eine Kopfschmerztablette und ging dann ins Büro. Heute hatte er 2 Termine im Büro und ließ die Mittagspause ausfallen. Um 15 Uhr war er mit den Terminen und den Nacharbeiten fertig und machte sich noch an Anfragen. Sebastian und Marius hatten heute keine Fragen und fuhren um 17 Uhr heim. Anna schaute nur kurz ins Büro und fuhr auch heim. Erik ging auch in Feierabend und fuhr nach Grevesmühlen zum Einkaufen. Nach dem Essen und dem Abwasch schrieb er Miryam und telefonierte kurz mit Julia. Danach las er weiter in der Zeitschrift und ging später auf den Balkon. Auch heute schlief er erst um Mitternacht ein.

In der Nacht wachte er einmal wegen des Nasenblutens auf und auch am Morgen war sein Gesicht wieder blutverschmiert. Er duschte und saß um kurz vor 8 Uhr im Büro. Anna wollte ihn darauf ansprechen, dass er wieder müde aussah, aber da kamen gerade Sebastian und Marius und so ging sie nach der Begrüßung an ihren Schreibtisch. Erik arbeitete heute zum wiederholten Male durch, schaffte so alle Anfragen, bis er um 16 Uhr in Feierabend ging. Die anderen drei waren wie üblich schon um 15 Uhr ins Wochenende verschwunden. Auch Anna war heute wieder gleich gegangen und so ging Erik alleine in seine Wohnung. Er checkte seine Mails und wieder hatte Miryam geschrieben. Er antwortete ihr sofort, surfte noch ein wenig und las dann etwas in einer Zeitschrift. Um 18:30 Uhr machte er sich etwas zu essen und nach dem Abwasch warf er die Wäsche in die Waschmaschine. Danach las er weiter und nachdem er die Wäsche aufgehängt hatte, ging er raus auf den Balkon. Wieder dachte er an Miryam, Anna und Julia. An die Arbeit hat er die letzten Tage hier draußen nie gedacht, nur an die 3 Frauen. Als er um 1 Uhr ins Bett ging, schlief er bald danach ein.

Samstagfrüh schlief er bis 9 Uhr und fuhr wenig später nach Schwerin zum Wochenmarkt. Dort kaufte er mal wieder frisches Obst und Gemüse ein. Er stand gerade beim Fleischstand, als Anna hinzukam. Sie begrüßten sich mit einer Umarmung und nachdem Erik Fleisch gekauft hatte, gingen sie noch etwas über den Markt, bis sie ihre Einkäufe zu den Autos brachten. Erik lud Anna danach noch auf ein Kaffee ein und sie saßen fast zwei Stunden im Café. Sie fuhren dann getrennt heim, verstauten ihre Einkäufe und Anna besuchte dann Erik. Sie hatte etwas Kuchen gekauft und nachdem sie diesen gegessen hatten, setzten sie sich auf die Couch, kuschelten, küssten sich und redeten über alles Mögliche. Um 18 Uhr kochte Erik dann für beide und nach dem Essen gingen sie mit etwas Rotwein auf den Balkon. Als es gegen 21 Uhr zu kalt wurde, setzten sie wieder auf die Couch und gegen 23 Uhr dann ins Bett. Anna kuschelte sich an Erik an und beide schliefen gleich ein.

Am nächsten Tag wachte Erik um 10 Uhr auf und konnte sich an den gedeckten Frühstückstisch setzen, da Anna schon seit 2 Stunden wach war. Ihm tat das lange Schlafen aber sehr gut und Anna hatte währenddessen schon die Zeitung lesen können. Nach dem Frühstück fuhren sie nach Lübeck und verbrachten dort den restlichen Tag. Abends kehrten sie in ein Gasthaus ein und fuhren zurück. Anna holte kurz einige Sachen aus ihrer Wohnung und Erik nahm sie dann mit zu sich nach Hause. Sie setzten sich nur kurz auf die Couch und gingen bald ins Bett. Auch heute schliefen sie gleich ein.

Montagfrüh war Erik diesmal als erstes wach, duschte, machte das Frühstück und weckte Anna mit sanften Küssen. Nachdem sie geduscht hatte, frühstückten sie und 7:45 Uhr saßen beide im Büro. Kurz vor 8 Uhr kamen dann Sebastian und Marius und alle 4 machten sich an die Arbeit. Um 10 Uhr fuhr Erik zu 3 Terminen nach Schwerin und war gegen 16 Uhr wieder im Büro. Wenig später kam Marius mit 2 Fragen und um 17 Uhr gingen er und Sebastian in Feierabend. Anna schaute

184

auch rein, sah den Berg Arbeit vor Erik und verabschiedete sich mit einem Kuss. Erik blieb bis 19 Uhr im Büro, schaffte die Nacharbeiten und eine Anfrage. In der Wohnung machte er sich nur eine Kleinigkeit zu essen und telefonierte danach mit Julia. Er schrieb dann ein paar Mails, auch an Miryam, die ihm am Samstag wieder geschrieben hatte und sah danach fern. Um 22 Uhr ging er kurz auf den Balkon, dachte an das Wochenende mit Anna und ging wenig später ins Bett. Er konnte aber nicht gleich einschlafen und wachte auch zwischendurch 3-4 mal auf.

Daher war er am nächsten Morgen wieder etwas müde, saß aber um 7:30 Uhr schon im Büro. Er machte sich gleich an die Anfragen, die er gestern nicht erledigen konnte, ließ die Mittagspause wie so häufig ausfallen und schaffte alle Anfragen, bis um 17 Uhr Marius und Sebastian sich verabschiedeten. Anna kam dann rein und da Erik für heute mit der Arbeit fertig war, gingen sie in seine Wohnung, setzten sich auf den Balkon und um 18:30 Uhr kochte Erik für beide. Nach dem Essen und dem Abwasch setzten sie sich vor den Fernseher, kuschelten sich aneinander und schauten bis 22 Uhr fern. Danach ging es ins Bett und mit Anna an seiner Seite schlief Erik sofort ein.

Mittwochfrüh wachten beide fast gleichzeitig auf, blieben noch kurz nebeneinander liegen und während Anna duschte, machte Erik schon mal das Frühstück. Nachdem er geduscht hatte, frühstückten sie und waren wieder vor 8 Uhr im Büro. Heute kamen insgesamt 3 Kunden, die sich gerecht auf Erik, Sebastian und Marius verteilten. Nebenbei erledigten sie noch die Anfragen und diesmal machte Erik auch Mittagspause. Um 16:30 Uhr kam Marius mit einer Frage und wenig später auch Sebastian. Um 17 Uhr gingen die beiden in Feierabend, Anna verabschiedete sich auch gleich und Erik fuhr nach Wismar und traf sich dort mit einigen Studienkollegen. Um 23 Uhr war er zurück, schrieb noch schnell paar Mails und ging dann ins Bett. Heute hatte er wieder Probleme mit dem Einschlafen, schlief aber dafür durch.

Am Donnerstagmorgen, den 22. Oktober, war er kurz vor 8 Uhr im Büro und wenig später waren auch die anderen drei da. Heute hatte er wieder keine Termine, konnte sich also auf die Anfragen konzentrieren.

Davon waren auch noch einige da und die 3 Männer daher gut ausgelastet. Zeit für die Mittagspause hatten sie trotzdem und dabei wurde nicht nur über die Arbeit gesprochen. Anna und Erik liessen sich nichts anmerken, dass irgendwas zwischen ihnen sein könnte und hofften innerlich, dass Sebastian und Marius nichts merkten. Um 17 Uhr gingen die beiden dann nach getaner Arbeit nach Hause und auch Anna und Erik fuhren ihre Rechner runter. Sie fuhren getrennt nach Grevesmühlen, setzten sich dort in ein Restaurant und nahmen zusammen in Abendessen ein. Wie üblich zahlte Erik. Danach ging es ins Kino und bis 22:30 Uhr schauten sie sich einen Liebesfilm an. Händchen haltend saßen sie dort, küssten sich aber nicht, da sie nicht wussten, ob nicht doch jemand sie erkennen könnte. Nachdem der Film zu Ende war, fuhren sie in ihre Wohnungen. Heute schliefen beide jeweils alleine und Erik konnte wieder nicht einschlafen. Um Mitternacht ging er noch einmal auf den Balkon, dachte an Anna und an das kommende Wochenende mit Miryam. Auf einmal wurde ihm richtig übel und er lief auf Toilette und übergab sich dort. Bleich ging er dann ins Bett und schlief sehr unruhig.

Als er am nächsten Morgen erwachte, fühlte er sich immer noch schlecht. Er duschte, trank einen Kaffee und ging runter ins Büro. Eine Anfrage erledigte er bis 10 Uhr und fuhr dann nach Wismar zu einem Kundentermin. Um 12 Uhr war er wieder zurück, ließ die Pause ausfallen und konnte die Nacharbeiten und eine Anfrage bis 15 Uhr erledigen. Anna, Sebastian und Marius gingen dann ins Wochenende. Anna wusste, dass Erik dieses Wochenende keine Zeit hatte, allerdings hatte er ihr auch nicht gesagt, was er vorhatte. Er verließ auch um 15 Uhr das Büro und fuhr nach Grevesmühlen, um dort Miryam vom Bahnhof abzuholen. Sie fiel ihm zur Begrüßung um den Arm und sie küssten sich inbrünstig. Sie fuhren in seine Wohnung und sie packte ihre Sachen aus, während er Kaffee kochte. Danach setzten sie sich auf die Couch und Miryam schien richtig glücklich zu sein, Erik wiederzusehen. Auch er freute sich, dass sie da war, auch wenn er nicht wusste, was dieses Wochenende passieren würde und ein wenig ein schlechtes Gewissen hatte. Sie hatten auf der Rückfahrt noch Kuchen geholt, den sie zum Kaffee aßen. Nachdem sie den Kuchen gegessen hatten, kuschelte sich Miryam eng an Erik ran und sie plauderten eine Weile,

186

wobei Miryam ihn immer wieder küsste. Er erwiderte die Küsse, denn sie schmeckten richtig gut. So musste er sich gegen 18:30 Uhr aufraffen, um für die beiden zu kochen. Nach dem Essen und dem Abwasch setzten sie sich wieder auf die Couch, tranken etwas Wein und erzählten sich von den letzten Wochen. Miryam schien mehr zu wollen, aber irgendwie war Erik nicht in der Stimmung. Um 22:30 Uhr gingen beide schließlich ins Bett und schliefen gleich ein.

Samstagfrüh war Erik als erstes wach, deckte den Frühstückstisch und weckte dann Miryam mit zärtlichen Küssen. Sie genoss die Küsse, die sie so sehr vermisst hatte und wollte zuerst nicht aufstehen. Da Erik aber auch keine Anstalten machte ins Bett zu kommen, stand sie dann doch schließlich nach vielen, vielen Küssen auf und frühstückte mit ihm. Um 10 Uhr fuhren sie dann nach Lüneburg und spazierten Hand in Hand durch die Stadt. Erik spürte, dass Miryam ihn begehrte, sei es Liebe, sei es rein körperlich, aber irgendwie war es für ihn heute anders als noch in Israel. Er hatte es sich auch irgendwie anders vorgestellt und vielleicht war sein Plan doch nicht so gut durchdacht. Trotzdem hatte er einen schönen Tag, allerdings merkte Miryam, dass er teilweise abgelenkt war, aber sie fragte nicht nach. Abends aßen sie dann in Lüneburg und fuhren gegen 22 Uhr zurück. Zuhause machten sie sich bettfertig und schliefen gleich ein.

Um 8 Uhr wachten dann beide fast zeitgleich auf und blieben noch kurz liegen. Erik stand dann auf und machte Frühstück. Miryam kam dann dazu und sie frühstückten wieder zusammen. Da noch genug Zeit war, setzten sie sich noch auf die Couch und plauderten wieder. Miryam kuschelte sich immer mehr an Erik ran und ihre Küsse wurden intensiver. Eigentlich war Erik auch heute nicht in der Stimmung, aber nachdem ihn Miryam so bedrängte, die Küsse ihm gefielen und er sich für Miryam entschieden hatte, versuchte er seine Gedanken an Anna, Julia und alles andere zu verdrängen. Er übernahm die Initiative, legte Miryam auf den Rücken und zog ihren Pullover aus. Er küsste ihren Bauchnabel, küsste ihre Arme, ihren Bauch und zog ihr dann den BH aus. Er umkreiste mit seiner Zunge ihre Brüste und spielte mit ihren Brustwarzen. Sie zog ihm seinen Pullover und sein T-Shirt aus und er begann langsam ihre Jeans auszuziehen. Er küsste durch ihren Slip ihre Vagina und sie stöhnte auf. Er zog ihren Slip aus und ließ seine Zunge mit ihrer Vagina spielen. Sie setzte sich auf, warf Erik auf die Couch und riss ihm die Jeans und die Unterhose vom Leib. Kurz verwöhnte auch sie ihn oral, bis sie es nicht mehr aushielt und seinen Penis einführte. Sie begann auf ihm zu reiten, bis Erik auf einmal an Anna, Julia und dann an Katharina denken musste. Als er das Bild von Katharina vor sich sah, war es vorbei mit seiner Männlichkeit und sein Glied schrumpfte zusammen. Miryam merkte es, versuchte ihn wieder aufzurichten, aber erfolglos. Sie sah ihn an und er sah etwas verstört und deprimiert aus. Sie legte sich neben ihm auf die Couch, küsste ihn, aber Erik war für einen Moment abgelenkt und wirkte auch abwesend. Sie küsste ihn, nahm ihn in die Arme und sagte zu ihm, dass es schon ok wäre. Sie hätte schon gemerkt, dass er dieses Wochenende nicht ganz da war. Sie liebe ihn, aber ihr war nun klar, dass es zwischen den beiden nichts Ernstes werden würde. Er wollte antworten, doch sie küsste ihn lang und intensiv und sagte: *„Es ist alles ok. Du brauchst nichts sagen."*

Beide zogen sich an, tranken ihren Kaffee aus und Miryam packte ihre Sachen. Er fuhr sie dann nach Grevesmühlen zum Bahnhof und sie fuhr nach Berlin und würde heute Abend wieder nach Tel Aviv fliegen. Zum Abschied küssten sie sich und versprachen, in Verbindung zu bleiben. Erik fuhr heim und als er zu Hause war, warf er sich schluchzend auf die Couch. Erst gegen 19 Uhr stand er auf, aß eine Kleinigkeit und räumte auf. Er versuchte zu lesen, konnte sich aber nicht konzentrieren. Auch das Fernsehprogramm konnte ihn nicht fesseln und so ging er auf den Balkon. Dachte an Miryam, an Anna, an Julia und der Plan, den er sich ausgedacht hatte, hatte sich erledigt. Nichts war zwischen ihm und Miryam, nichts mit einer Beziehung. Nichts mit einem eventuellen Neuanfang in Israel. Er musste sich wieder zwischen Anna und Julia entscheiden. Dachte dann an Katharina und erneut kamen ihm die Tränen. Er ging auf die Couch, weinte eine Weile und ging um 1 Uhr im Bett.

Er schlief sehr unruhig und war dementsprechend müde, als er am nächsten Tag aufwachte. Er duschte, trank Kaffee und ging runter ins Büro, sah aber nicht gut aus, als er sich im Spiegel betrachtete. Wenig später kamen die drei und Anna fiel auf, dass Erik wieder müde aussah,

188

sagte aber vor den anderen beiden nichts. Er machte sich dann an Anfragen, während sie sich um den Monatsabschluss für den September kümmerte. Die Mittagspause ließ er wie so häufig ausfallen und arbeitete durch. Um 15 Uhr kam Anna ins Büro und ging mit ihm den Abschluss durch. Danach konnte er noch eine Anfrage erledigen und wenig später verabschiedeten sich Sebastian und Marius. Anna schaute wieder ins Büro rein, sprach ihn wegen seines Aussehens an, aber er wiegelte ab, war heute auch nicht an einer Unterhaltung interessiert und das merkte Anna sehr schnell. Traurig fuhr sie heim, während Erik zum Einkaufen nach Grevesmühlen fuhr. Nach dem Essen und dem Abwasch telefonierte er mit Julia und schrieb danach ein paar Mails. Danach blätterte er in einer Zeitschrift und ging um 21:30 Uhr raus auf den Balkon. Dort blieb er bis Mitternacht und schlief dann unruhig ein.

Dienstagmorgen war er daher noch unausgeschlafener als gestern und sah auch so aus. Erst kurz vor 8 Uhr saß er im Büro, nur wenig später kamen die anderen Drei. Heute konnte er sich nicht auf die Arbeit konzentrieren und schaffte nur wenige Anfragen. Auch heute machte er keine Pause, saß in seinem Büro, dachte an Miryam, an Anna und Julia. Bis 17 Uhr konnte er nur 3 Anfragen erledigen und der Stapel auf seinem Schreibtisch wurde nicht kleiner. Um 17 Uhr gingen Sebastian und Marius in Feierabend und Anna kam ins Büro. Sie verabschiedete sich mit einem Kuss und fuhr heim. Er ging hinüber zu seinen Nachbarn und spielte mit ihnen einige Partien Skat. Um 22 Uhr war er zurück in der Wohnung, räumte kurz auf und ging ins Bett. Er wälzte sich unruhig hin und her und schlief erst nach Mitternacht ein.

Wieder wachte er etwas müde auf und wieder machte er keine Mittagspause. Diese Woche gab es auch genug zu tun. Nachdem die 3 gegangen waren, blieb er sogar bis 19 Uhr im Büro und machte sich dann erst etwas zu Essen. Heute sah er sich eine DVD an, ging danach auf den Balkon und um 23 Uhr ins Bett. Wieder konnte er nicht schlafen, blieb aber im Bett und wälzte sich dort umher. Erst nach einiger Zeit schlief er dann ein.

Der Donnerstagmorgen begann wie die anderen Tage auch und auch die Arbeit war nicht weniger geworden. Immer wenn die 3 Anfragen erledigten, kamen wieder neue per Mail. Etwas weniger wurde die Arbeit zwar, aber an Langeweile eingehen würden sie wohl nicht und das war auch gut so. Erik war glücklich, dass sein kleines Unternehmen so gut lief. Zeit für die Mittagspause war aber immer und die wurde auch ausgiebig zum Reden genutzt, was Erik freute. Er hatte ein tolles Team. Am Nachmittag ging die Arbeit weiter, ohne Termine, nur ab und zu ein paar Telefonate. Ansonsten beschränkte sich die Kommunikation mit den Kunden weiterhin meistens auf Email. Nachmittags kamen Marius und Sebastian dann kurz wieder zur Besprechung und um 17 Uhr saß Anna wieder bei ihm. Zuerst schaute sie ihm noch etwas über die Schulter, später redeten sie noch eine Weile und um 18:30 Uhr fuhr sie nach Hause. Erik ging danach in die Wohnung, machte sich etwas zu essen und telefonierte wieder mit Julia. Später las er in einem Fachbuch und um 23 Uhr ging er ins Bett. Heute schlief er ohne Probleme ein.

Am Freitagmorgen duschte er, frühstückte und ging zeitig ins Büro, wo die anderen beiden etwas später eintrafen. Heute kam um 9 Uhr wieder ein Kunde vorbei, der bis 13 Uhr blieb. Erik ließ daher die Mittagspause ausfallen und setzte sich danach die Nachbearbeitung. Er war damit noch nicht fertig, als Marius und Sebastian mit den Anfragen kamen. Um 15 Uhr kam Anna in sein Büro und schaute ihm über die Schulter. Um 15:30 Uhr ging auch sie und Erik blieb bis 17 Uhr, wurde aber mit der Nachbearbeitung fertig. Nach dem Abendessen legte er die Wäsche zusammen, schrieb einige Mails und las dann das Fachbuch weiter. Als er um 22 Uhr einschlafen wollte, wälzte er sich lange im Bett, bis er dann doch wieder aufstand und auf den Nordbalkon hinausging. Wieder musste er die ganze Zeit an Anna, Julia und Miryam denken. Um 2 Uhr konnte er dann aber doch einschlafen und schlief auch bis zum nächsten Morgen durch.

An diesem Samstag fuhr Erik nach seinem Friseurtermin mal wieder zum Wochenmarkt nach Schwerin und traf dort eine ehemalige Studienkollegin. Er blieb bis zum späten Nachmittag dort, fuhr dann heim und verstaute den Einkauf. Heute lief er seine 7,5 km Runde und danach ging er zu einem Dorfbewohner und mit mehreren Leuten verbrachten sie dort einen gemütlichen Fernsehabend mit teilweise zu viel

190

Alkohol. Zum Schluss empfand es Erik daher als anstrengend und war froh, als er um kurz vor Mitternacht heimging. Leicht angetrunken schlief er direkt ein.

November 2015

Am Sonntag ging er vormittags in die Kirche, da er schon länger nicht mehr da gewesen war. Heute redete er nicht mit dem Pastor, sondern ging noch in Pokrent spazieren, bis er nach Renzow zurückfuhr, wieder 7,5 km lief und den restlichen Tag in der Wohnung verbrachte. Das Wetter war einfach nicht danach, um sich lange draußen aufzuhalten, deshalb war er etwas stolz, dass er trotzdem laufen war. Der Sommer war schon längst vorbei, die Temperaturen kühler und das Wetter insgesamt regnerischer. Am Anfang vom Nachmittag schrieb er Mails und nachher nahm er sich das Fachbuch wieder vor, mit dem er aber abermals nicht fertig wurde. Zwischendurch aß er noch zu Abend und um 23 Uhr versuchte er ins Bett zu gehen, konnte aber zum wiederholten Mal nicht einschlafen. Wieder einmal ging er auf den Nordbalkon, dachte an die 3 Frauen. Um 1 Uhr ging er erneut ins Bett und schlief dann auch schnell ein.

Montagvormittag war er bei einem Kundentermin in Grevesmühlen und fuhr dann nach Pokrent zum nächsten Termin weiter. Um 14 Uhr war er zurück im Büro, machte sich an die Nachbearbeitung und als Marius und Sebastian um kurz vor 17 Uhr ins Büro kamen, war er fertig. Zusammen mit den anderen drei verließ Erik dann kurz danach das Büro und fuhr nach Wismar. Dort traf er sich mit ein paar Studienkollegen und fuhr spät zurück nach Renzow. Um Mitternacht ging er auf den Balkon, dachte wieder an Miryam, an Sonntag und musste dann wieder an Katharina denken. Sie fehlte ihm immer noch sehr. Seine erste große Liebe, die er eigentlich kaum kennengelernt hatte, bevor sie ihm wieder genommen wurde. Hatte er deshalb Angst vor einer weiteren Beziehung? Oder wollte er sich einfach nicht entscheiden? Er blieb fast 2 Stunden auf dem Balkon und ging dann ins Bett, brauchte aber noch einige Minuten, bis er einschlief.

Am Dienstag wachte Erik spät auf und saß er kurz vor 8 Uhr im Büro und war wieder etwas unmotiviert als Anna, Sebastian und Marius bei der Arbeit erschienen. Heute hatte er keine Termine und konnte wieder einige Anfragen erledigen, auch wenn seine Arbeitsgeschwindigkeit langsamer war als sonst. Und obwohl er mit Marius mittlerweile einen Mitarbeiter hatte, der auch Anfragen von Firmen erledigte, so ist es für ihn nicht viel ruhiger geworden. Sonst war er darüber froh, aber heute verlor er noch mehr die Lust, als er auf den Stapel mit den anstehenden Aufgaben sah. Als um 17 Uhr Sebastian und Marius heimgingen, saß er noch über einer Anfrage, deren Bearbeitung er allerdings abbrach, als Anna ins Büro kam. Er fuhr auch seinen Rechner runter und die beiden gingen in die Wohnung, wo er für sie kochte. Nach dem Abwasch setzen sie sich auf die Couch, sahen einen Film und plauderten danach noch etwas. Anna war heute relativ munter und so blieben sie länger auf als sonst und gingen erst um Mitternacht ins Bett. Erik schlief dort gleich ein, da Anna wieder neben ihm lag.

Daher war er ausgeruhter als gestern und beide saßen schon um 7:30 Uhr im Büro und er bearbeitete die erste Anfrage, als die anderen Zwei um kurz vor 8 Uhr eintrafen. Auch heute unterbrach er nur für die Mittagspause seine Arbeit und machte einige Anfragen fertig. Nachdem die zwei Männer um 17 Uhr gegangen waren, kam Anna auch nur kurz nach oben, um sich zu verabschieden. Erik blieb bis 18 Uhr und ging dann wieder in die Wohnung. Heute nahm er sich eine Fachzeitschrift vor, die mittags geliefert worden war und die er auch durchlas. Um 22:30 Uhr ging er ins Bett, aber wie so häufig konnte er nicht einschlafen. Er ging also auf den Nordbalkon und dachte an die Arbeit. In Gedanken an das neue Büro ging er um 1 Uhr ins Bett und schlief dann auch ein.

Als er am nächsten Morgen, den 5. November, erwachte, war er ein Jahr älter. Jetzt war er 24, fühlte sich aber momentan deutlich älter. Er blieb noch kurz liegen, duschte und frühstückte und telefonierte danach mit Julia. Um 9 Uhr kamen Anna, Sebastian und Marius in die Wohnung, gratulierten ihm und schenkten ihm ein Gutschein für ein Wellnesswochenende im Schlossberg Hotel in Wernigerode. Danach machten sich die 3 an die Arbeit und Erik setzte sich ins Auto und fuhr nach

Berlin. Dort verbrachte er einen schönen Tag alleine, konnte seine Gedanken ordnen, genoss den freien Tag und ließ es sich gut gehen. Er aß dort auch abends im Lorenz Adlon Esszimmer. Um 23 Uhr war er zu Hause, ging seine Mails durch und antwortete auf alle. Um 1 Uhr ging er ins Bett und schlief gleich ein.

Donnerstagfrüh war er wieder müde, saß aber trotzdem um 7:30 Uhr im Büro. Um 8 Uhr kamen die anderen 3 und alle 4 widmeten sich der Arbeit. Um 12 Uhr machten dann alle Mittagspause und Erik schnitt den Geburtstagskuchen an, den er aus Berlin mitgebracht hatte. Bis 17 Uhr konnte er dann insgesamt 4 Anfragen erledigen, aber noch immer lag einiges auf dem Stapel. Marius und Sebastian verabschiedeten sich nacheinander und Anna kam dann rein. Sie gratulierte ihm noch einmal nachträglich mit einem langen, intensiven Kuss und ein paar zärtlichen Küssen. Nach einigen Minuten gingen sie in Eriks Wohnung und kochten dort. Er kochte ein israelisches Gericht nach einem Rezept von Miryam und beiden schmeckte es sehr gut. Später setzten sie sich dann wieder mit Sekt auf die Couch, kuschelten sich aneinander, plauderten und küssten sich immer und immer wieder. Allerdings konnte auch der Sekt Erik nicht dazu animieren, mehr zu tun als zu kuscheln und zu küssen. Anna selbst übernahm auch nicht die Initiative und so gingen sie um 22:30 Uhr ins Bett. Dort schliefen sie gleich ein.

Freitagmorgen war Anna vor Erik wach, machte das Frühstück und weckte dann Erik. Sie saßen dann beide vor 8 Uhr im Büro und heute wollte Erik mehr Anfragen abarbeiten als gestern. Daher ließ er erneut die Mittagspause ausfallen und arbeitete bis 15 Uhr durch. Dadurch schaffte er aber auch einiges. Um 15 Uhr gingen dann Marius und Sebastian ins Wochenende und Anna und Erik gingen in seine Wohnung. Dort machten sie es sich wieder auf der Couch bequem, tranken dann den Rest Sekt von gestern und aßen noch etwas Kuchen. Später kochten sie dann ein normales Gericht und nach dem Abwasch schauten sie sich eine DVD an. Heute waren sie schon um 22 Uhr im Bett und schliefen gleich ein.

Sie schliefen bis um 9 Uhr, blieben noch eine Weile im Bett liegen und kuschelten miteinander. Nach dem Frühstück fuhren sie getrennt nach

Schwerin zum Wochenmarkt und kauften dort ein. Sie tranken dort auch einen Kaffee, aßen eine Kleinigkeit und fuhren dann zu Annas Wohnung. Dort setzten sie sich auf die Couch, tranken Wasser, da es für Wein oder Sekt noch zu früh war. Heute wollte Anna wohl mehr, aber Erik war wieder nicht in der Stimmung. Er wusste nicht, was los war, aber irgendwie konnte er sich heute erneut nicht auf den Sex freuen. Anna merkte dies, nahm sich etwas zurück und so plauderten sie bis 18 Uhr gemütlich auf der Couch. Nach dem Essen schenkte Anna dann Wein ein und nach dem ersten Glas machte sie sich wieder an Erik ran. Sie zog ihm relativ schnell den Pullover und sich das Oberteil aus, während sie ihn die ganze Zeit küsste. Genau wie vor kurzem mit Miryam wirkte er erneut abwesend und wies Anna zwar nicht ab, wurde aber auch nicht aktiv. Anna zog ihn langsam aus, befreite sich dann auch von ihren Klamotten und begann Erik oral zu befriedigen. Sie bemühte sich zwar, aber irgendwie ging bei ihm heute wieder nichts. Nach einigen Minuten gab sie es auf, legte sich an seine Seite und sah ihn fragend an. Er konnte ihr aber keine Antwort geben, wusste auch nicht, was mit ihm los war. So deckten sie sich nur so und blieben eine Weile nackt nebeneinander liegen. Sie tranken noch etwas Wein, redeten und irgendwann nach 23 Uhr schliefen sie so auf der Couch ein.

Um 8 Uhr wachten sie auf, gingen unter die Dusche und frühstückten dann ausgiebig. Um 10 Uhr setzten sie sich auf die Couch, tranken Kaffee und plauderten wieder.

Nach einer Weile sagte Anna: *»Wie geht es jetzt mit uns weiter? Ich möchte endlich Gewissheit. Nachdem wir schon einige Zeit zusammen sind, schon länger mit einander schlafen, können wir doch langsam unsere Beziehung öffentlich machen.«*
Erik war über das Thema nicht so glücklich und wollte es eigentlich auch gleich wechseln, doch Anna blieb stur: *»Ich habe das Gefühl, dass ich mehr an einer Beziehung interessiert bin, als du. Gestern warst du auch mit deinen Gedanken woanders und nicht bei mir. Ich möchte die Beziehung gerne öffentlich machen, da ich dieses Versteckspiel langsam leid bin. Wahrscheinlich hat sowieso schon jemand bemerkt, dass ich häufiger bei dir übernachte. Mir ist es lieber, wir machen es öffent-*

195

lich, bevor irgendwelche Gerüchte umhergehen. Und irgendwann kommt es sicherlich heraus.«

Erik wiegelte ab: *»Ich denke, wir sollten noch etwas warten und eigentlich möchte ich es auch noch geheim halten. Wir sollten diesen Schritt erst gehen, wenn wir uns wirklich sicher sind und keine Zweifel mehr haben.«*

Anna schaute ihn erstaunt an: *»Ich bin mir sehr sicher, dass wir für einander bestimmt sind. Siehst du das etwa anders?«*

Er versuchte die Frage zu übergehen und meinte: *»Wir haben doch noch Zeit und könnten die Beziehung auch erst später öffentlich machen.«*

Anna wurde sauer, sprang auf und brüllte ihn an: *»Wie lange willst du noch warten? Das mit uns geht doch schon ein halbes Jahr. Bedeutet es dir nichts? Bedeute ich dir nichts? Schämst du dich für mich? Hast du eine andere? Bin ich nur fürs Bett da? Liebst du mich überhaupt?«*

»Ich...«, setzte Erik an.

»Ist es, weil ich deine Angestellte bin? Bin ich nicht gut genug für dich? Stört dich etwas an mich? Oder was ist los mit mir? Oder besser gefragt, was ist los mit dir? Weißt du überhaupt, was du willst? Willst du mich? Willst du eine andere? Oh! Jetzt weiß ich, was los ist. Du denkst immer noch an Katharina, oder? Kannst nicht von ihr lassen? Soll ich dir mal was sagen? Sie ist tot! Sie wird nicht mehr wiederkommen! Und warum trauerst du immer noch? Ihr kanntet euch doch nur paar Monate. Wart doch nur kurz zusammen. Sie ist länger tot, als das ihr euch kanntet. Willst du ihr dein ganzes Leben nachtrauern? Nie wieder eine Beziehung führen? Sie ist tot, verdammt noch mal. Tot! Tot! Tot! Aber ich lebe, ich lebe für dich, liebe dich. Sie dagegen ist tot!«

Erik schreckte richtig auf, als Anna ihn so anbrüllte. Doch als sie Katharina erwähnte, war es zu viel für ihn. Er sprang auch auf, brüllte zurück: *»Ja! Vielleicht ist es ja Katharina! Ich habe sie geliebt! Aber davon verstehst du wahrscheinlich nichts!«*

Er packte schnell seine Sachen, stürmte ohne noch etwas zu sagen aus der Wohnung und ließ Anna alleine zurück. Sie brach weinend auf ihrer Couch zusammen, wusste, dass sie eben etwas sehr Dummes gesagt hatte. Aber sie liebte ihn doch….

196

Erik fuhr wütend zurück in seine Wohnung, aber als er zu Hause angekommen war, hatte sich die Wut in Trauer umgewandelt und auch er
warf sich weinend auf die Couch. Dort lag er den ganzen Nachmittag
und auch am Abend konnte er sich zu nichts aufraffen. Er aß nichts, tat
nichts, lag einfach nur da, weinte ab und zu und dachte an das, was
vorhin geschehen war. So lag er dort bis Mitternacht und ging dann erst
mal auf den Balkon, dachte dort weiter an Anna. Um 2 Uhr ging er ins
Bett, schlief dort aber sehr unruhig ein.

Montagmorgen stand Erik gegen 7:30 Uhr auf und saß wenige Minuten
später im Büro. Er stürzte sich in die Arbeit, begrüßte die 3 kurz, als sie
ins Büro kamen und ignorierte dann Anna, die noch kurz in der Tür
stehen blieb. Leider hatte er heute keine Termine und konnte daher das
Büro nicht einfach so verlassen. Er ließ die Mittagspause ausfallen, um
Anna nicht gegenübersitzen zu müssen, und arbeitete durch. Es gab
auch genug zu tun und als Sebastian und Marius sich um 17 Uhr verabschiedeten, war der Stapel auf seinem Schreibtisch nur geringfügig
kleiner geworden. Anna kam dann auch rein, aber nachdem die anderen
beiden weg waren, ignorierte er sie komplett und daher ging sie nach
paar Minuten wieder. Sie fuhr heim und weinte dort erneut. Erik arbeitete noch bis 17:30 Uhr und fuhr dann nach Grevesmühlen zum Einkaufen.

Als er wieder zu Hause war, hatte er nur wenig Hunger, obwohl er den
ganzen Tag so gut wie nichts gegessen hatte. Er kochte nur eine kleine
Portion Nudeln mit Sauce und selbst da kämpfte er. Auch heute Abend
hatte er keine Lust irgendetwas zu machen, setzte sich nur auf die
Couch und dachte an Anna, weinte ab und zu und fühlte sich wieder
mies. Er hatte das Gefühl, er hatte mit Anna alles falsch gemacht und so
wie es aussah, gab es wohl kein Weg mehr zurück zu ihr. Später ging er
wieder auf den Balkon, aber auch dort konnte er sich auf nichts konzentrieren außer auf Anna. Vielleicht hatte dies aber auch etwas Gutes,
da er sich nun Julia zuwenden und sich für sie entscheiden könnte. Sie
wollte ihn das Wochenende besuchen und er nahm sich vor, sie morgen
Abend anzurufen. Vielleicht könnte sie ihn aufmuntern. Um 1 Uhr ging
er ins Bett, konnte aber erst nicht einschlafen und wälzte sich noch
etwas umher.

197

Daher war er am nächsten Tag noch müder und sah auch dementsprechend aus. Er duschte, saß dann wieder vor den anderen im Büro und auch heute hatte er keine Lust mit Anna zu reden. Er fuhr um 9 Uhr zu 3 Terminen nach Schwerin, war erst gegen 16 Uhr zurück und machte sich dann an die Nacharbeiten. Um 17 Uhr gingen dann Sebastian und Marius und wieder ignorierte er Anna. Bis 19 Uhr arbeitete er noch, ging danach in die Wohnung, machte sich etwas zu Essen und nach dem Abwasch telefonierte er längere Zeit mit Julia. Das Telefonat tat ihm gut und sie freute sich auch schon auf das Wochenende. Trotzdem konnte er um 23 Uhr noch nicht einschlafen und ging erneut auf den Balkon. Nach 2 Stunden ging er dann ins Bett und diesmal schlief er ein.

Mittwochfrüh wachte er auf, ging ins Bad und er war mal wieder blutverschmiert. In der Nacht hatte zum wiederholten Male seine Nase geblutet und so ging er unter die Dusche. Um 8 Uhr saß er im Büro, machte die Nacharbeiten der Termine von gestern fertig und ignorierte Anna weiterhin. Wenn es so weiterging, würde entweder sie kündigen oder er sie. Nachdem es aber genug zu tun gab, konnte er sich durch die Arbeit ablenken und vergaß Anna. Die Mittagspause ließ er wieder ausfallen und arbeitete bis 17 Uhr durch. Zusammen mit den anderen 3 machte er Feierabend, ging kurz in die Wohnung sich frisch machen und danach zu seinen Nachbarn. Bis 22 Uhr spielten sie Skat und als Erik zurück in seiner Wohnung war, schrieb er noch ein paar Mails. Auch Miryam hatte ihm geschrieben und er antwortete ihr sofort. Als er damit fertig war, fuhr er den Rechner runter und ging auf den Balkon. Als er um 1 Uhr ins Bett ging, schlief er gleich ein.

Als er am nächsten Morgen erwachte, hatte er wieder getrocknetes Blut im Gesicht und so duschte er einmal mehr. Mittlerweile sah er furchtbar aus, da er die letzten Tage wenig geschlafen und wenig gegessen hatte. Im Büro machte er sich dann gleich an die Arbeit, fuhr um 11 Uhr zu zwei Terminen nach Wismar und war um 15 Uhr zurück. Mit den Nacharbeiten wurde er bis 17 Uhr fertig und als die drei gegangen waren, machte er sich noch an Anfragen. Anna war auch gleich gegangen, ohne sich von ihm zu verabschieden. Bis 20 Uhr saß er im Büro und später in seiner Wohnung aß er wieder nur eine Kleinigkeit. Er telefonierte danach erneut mit Julia und ging später raus auf den Balkon. Heute ging er schon um Mitternacht ins Bett, konnte aber nicht einschlafen und erst 1 Stunde später schlief er.

Freitagmorgen fühlte er sich schlapp, dafür hatte er in der Nacht kein Nasenbluten gehabt. Um 7:30 Uhr saß er dann im Büro, arbeitete bis 9 Uhr eine Anfrage ab und fuhr dann zu einem Kundentermin nach Grevesmühlen. Bis 12 Uhr war er mit der Nacharbeit fertig und machte sich an eine größere Anfrage, an der er auch noch saß, als Sebastian und Marius ins Wochenende gingen. Anna schaute danach rein, aber Erik hatte keine Lust auf ein Gespräch, war aber heute zumindest nicht so abweisend wie die letzten Tage. Allerdings abweisend genug, so dass Anna das letzte Wochenende nicht ansprach, ihm nur einen schönen Feierabend und ein schönes Wochenende wünschte und dann ging.

Um kurz vor 16 Uhr verließ Erik dann das Büro, ging in seine Wohnung, machte sich kurz frisch und wenig später klingelte auch schon Julia an der Tür. Sie hatten sich 6 Wochen nicht gesehen und Julia gratulierte ihm noch mal persönlich nachträglich zum Geburtstag. Sie hatte Wein mitgebracht und so schenkten sie sich ein und setzten sich auf die Couch, kuschelten miteinander und erzählten sich gegenseitig von ihren letzten Wochen. Um 18:30 Uhr ging Erik dann in die Küche, kochte mal wieder israelisch und auch diesmal schmeckte das Essen sehr gut. Nach dem Abwasch ging es auf die Couch und nach vielen Küssen und viel Gekuschel gingen sie um 23 Uhr ins Bett und schliefen gleich ein.

Julia wachte zuerst auf, machte Frühstück und weckte dann gegen 10 Uhr Erik. Sie frühstückten ausgiebig und da es heute in Strömen regnete, blieben sie zu Hause und machten es sich mit Kaffee auf der Couch bequem. Am frühen Nachmittag fuhr Julia kurz nach Grevesmühlen, um Kuchen zu kaufen, und nachdem sie diesen gegessen hatten, öffneten sie die erste Flasche Wein und kuschelten sich wieder auf die Couch. Julia begann dann langsam mit der Hand unter Eriks Pullover zu wandern und ihm sanft auf das Ohr und die Wange zu küssen.

»Wir beide müssen uns noch unterhalten, was wir Weihnachten machen.«, sagte sie mit einem Augenzwinkern. *»Wie hast du sonst immer gefeiert?«,* fragte sie ihn.
»Die ersten Jahre mit meinen Eltern und die letzten 5 Jahre immer alleine.«, antwortete er ihr.
»Was hältst du davon, wenn ich dieses Jahr mit dir hier Weihnachten verbringe?«
»Darüber würde ich mich richtig freuen.«
»Und Silvester fahren wir dann in eine einsame Gegend und feiern dann gemeinsam ins neue Jahr. Nur wir beide. In der Einsamkeit.«

Als Julia dies sagte, musste Erik unweigerlich an Ostern denken, als er mit Katharina alleine das Wochenende in der Einsamkeit verbracht hatte. Ihm wurde kurz schwarz vor Augen, als er daran dachte, was auf der Rückfahrt geschehen war. Er wollte Julia bestimmt nicht auf die gleiche Art und Weise verlieren und bei diesem Gedanken wurde ihm übel. Er sprang von der Couch auf, ließ die verdutzte Julia alleine zurück, lief auf die Toilette und musste sich dort übergeben. Julia kam nach und sah ihn danach entsetzt und fragend an. Erik wusste nicht, was er sagen sollte, ging erst einmal auf den Balkon und sah in die Ferne.

Julia kam hinterher und umarmte ihn, sagte aber nichts. Dort standen sie eine Weile, bis Erik seinen leeren Magen merkte. Er fragte Julia, ob sie auch Hunger habe und nachdem sie dies bejahte, machte er für die beiden etwas zu Essen. Weder Erik noch Julia, wussten, was sie sagen sollten und so schwiegen sie sich beim Kochen an. Beim Essen sprach Erik dann das Wetter an und so plauderten sie ein wenig darüber. Nach dem Abwasch setzten sich die beiden auf die Couch und schauten zusammen fern. Um 23 Uhr gingen sie dann ins Bett und schliefen nach einer Weile ein.

Am Sonntag, den 15. November, war Julia wieder als erste wach und so konnte sich Erik etwas später an den gedeckten Frühstückstisch setzen. Beim Frühstück sagte Erik dann, dass er sich wegen des gemeinsamen Weihnachtsfestes und der Silvesterfeier bei ihr melden würde. Es hätte nichts mit ihr zu tun, aber irgendwie bräuchte er noch ein paar Tage

200

Bedenkzeit. Julia hatte dafür Verständnis, da sie gestern gesehen hatte, wie es ihm ging. Sie fragte aber nicht nach, sondern akzeptierte es. Nach dem Frühstück setzten sie sich wieder auf die Couch und zur Mittagszeit sprach Julia ihn dann doch an:

»Du weißt, dass ich dich liebe und ich weiss, dass du mich auch liebst. Aber irgendwas in dir hat Angst vor dieser Beziehung oder vielleicht auch Angst vor irgendeiner Beziehung. Auch wenn der Verlust von Katharina schon eine Weile her ist, so hast du ihn noch nicht wirklich verarbeitet. Dies habe ich schon vor 6 Wochen gemerkt und gestern wieder. Vielleicht ist es die Angst, erneut jemanden zu verlieren den du liebst oder die Angst, dass mir oder jemand anderes etwas passieren könnte. Aber dieser Angst musst du dich stellen, musst sie besiegen. Du musst über den Verlust hinwegkommen, um wieder richtig ins Leben einzusteigen. Dir geht es doch eigentlich sehr gut, beruflich geht es mit dir doch aufwärts und privat könntest du doch auch alles haben.«

Sie machte eine kurze Pause und fuhr fort: *»Vielleicht solltest du ärztliche Hilfe in Anspruch nehmen, vielleicht mal zum Psychologen gehen, wenn du alleine nicht weiterkommst und mit sonst niemandem reden kannst. Ich bin zwar immer für dich da, aber vielleicht reicht es nicht. Und auch wenn es mit uns nicht funktioniert, was ich aber nicht glaube, so wünsche ich dir doch, dass du endlich wieder richtig lieben kannst. Aber du musst dich privat mehr öffnen. Du lebst doch fast nur für die Arbeit. Überleg doch mal, wie häufig du dieses Jahr Urlaub gemacht hast. Du warst Ostern weg, einige Wochenenden und vor kurzem eine Woche in Israel. Du musst häufiger abschalten, häufiger mal 1-2 Wochen verreisen. Du kannst es dir doch leisten und erlauben. Aber leb doch auch dein Privatleben, sonst erdrückt dich noch deine Arbeit.«*

Erik wusste wieder nicht, was er sagen sollte, nahm Julia nur in den Arm und sie sah, dass ihm die Tränen kamen. Sie drückte ihn fest an sich und so verharrten sie einige Minuten. Schließlich stand Erik auf und ging wieder auf den Balkon. Wieder hatte er die gleichen Gedanken wie gestern, wieder glaubte er, dass er mit seinem Leben nicht zurecht kam, aber im Gegensatz zu gestern, als er nicht wusste, was er machen sollte, wusste er es heute. Julia kam wieder hinaus und die

201

beiden standen dort einige Minuten und gingen schließlich in die Wohnung, aßen eine Kleinigkeit und dann packte Julia ihre Sachen. Sie verabschiedeten sich mit mehreren Küssen und Julia sagte, dass sie ihn heute Abend von zu Hause anrufen würde. Sie hoffte, es würde ihm dann besser gehen. Erik war sich dessen nicht so sicher.

Nachdem Julia das Haus verlassen hatte, ließ Erik Wasser in die Badewanne ein. Er zog sich aus und eine Badehose an. Während das Wasser einlief, schrieb er noch einen Abschiedsbrief am PC, den er ausdruckte und auf den Schreibtisch legte. Danach fuhr er den Rechner runter, zog das Stromkabel und machte das Licht aus. Er begab sich ins Badezimmer, machte die Tür zu, ließ aber das Licht an. Die Badewanne war mittlerweile voll genug, also drehte er den Wasserhahn ab und legte sich in die Wanne. Ein scharfes Messer hatte er mitgenommen, dass er in die rechte Hand nahm. Er schnitt sich dann die Pulsader an der linken Hand auf. Das Blut begann sofort herauszufließen und das Wasser wurde rot. Er ließ das Messer fallen und sah dem Blut noch kurz zu. Er rutschte etwas tiefer ins Wasser und langsam wurde ihm schwarz vor Augen. Schmerzen spürte er keine und dann sah er endlich das weiße Licht.

Es war wunderschön.......

Über den Autor:

Thomas Andres wurde 1980 in Schleswig geboren. Schon früh interessierte er sich für Geschichte und Politik und die meisten Geschichtslehrer empfahlen ihm, Geschichte zu studieren. Da sich Thomas Andres unschlüssig war, was er nach einem Geschichtsstudium für einen Beruf nachgehen sollte, und ihn das Auswendiglernen etwas abschreckte, begann er nach dem Abitur eine Ausbildung zum Fachinformatiker Systemintegration. Direkt nach der Ausbildung zog er nach München, arbeitete dort als Systemadministrator, bis er Ende 2012 in die Nähe von Murnau zog, wo er seitdem lebt und arbeitet.

Thomas Andres las schon immer viel, bis 2010 mehr Romane als Sachbücher und legte dann die Romane zur Seite, um nur noch Politik- und Geschichtsbücher zu lesen. 2009 begann er mit seinem ersten Buch „Schlaflos – Die Leiden eines jungen Mannes" und veröffentlichte den Roman 2014. Darauf folgten 2 Bücher über seine Fahrradurlaube und Ende 2015 veröffentlichte er sein erstes Sachbuch: »Deutsche Außenpolitik 1871-2015 im Zeichen von Reparationen«. Nachdem Thomas Andres einige Rückmeldungen zu „Schlaflos – Die Leiden eines jungen Mannes" erhalten hatte, überarbeitete er das Buch etwas und brachte eine neue Ausgabe heraus.

Blog vom Autor:

https://thomasablog.net

Weitere Bücher des Autors:

Mit dem Fahrrad in den Urlaub

In diesem Buch geht es um 2 Urlaube des Autors mit dem Fahrrad in Deutschland 2006 und 2007. Der erste Urlaub führte durch die 4 Gemeinden des Zipfelbundes, um den Zipfelpass zu erhalten. Diese Gemeinden sind Oberstdorf, Selfkant, List und Görlitz. Der zweite Urlaub führte von München nach Hamburg. Die Etappen werden mit Hilfe von Karten, Kilometer- und Höhenmeterangaben beschrieben.

Und schon wieder mit dem Fahrrad in den Urlaub

In diesem Buch geht es um 2 Urlaube des Autors mit dem Fahrrad in
Österreich und Frankreich 2008 und 2009. Der erste Urlaub führte von
München über den Westen Österreichs, den Großglockner, Kärnten und der
Donau wieder zurück nach München. Der erste Urlaub 2009 führte von
München wieder über den Großglockner und das Gasteiner Tal. Der zweite
Urlaub 2009 führte von München über Colmar, Besançon, Chambery bis Genf.
Die Etappen werden mit Hilfe von Karten, Kilometer- und
Höhenmeterangaben beschrieben.

Deutsche Außenpolitik 1871-2015 im Zeichen von Reparationen

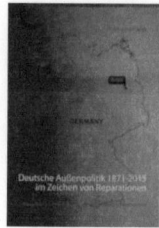

Die Idee zu diesem Buch entstand als die Griechen 2015 mit der neuen Regierung unter Alexis Tsipras wieder Reparationsforderungen wegen des 2. Weltkrieges erhoben. Dabei hat sich der Autor die Frage gestellt, ob das Anliegen der Griechen eventuell berechtigt ist.

Da man die Reparationen nach dem Zweiten Weltkrieg ohne den Versailler Vertrag 1919 nicht erklären kann und diesen Versailler Vertrag nicht ohne den Frieden von Frankfurt 1871, beginnt das Buch bei der Gründung des Deutschen Reiches. Die Außenpolitik von 1871 bis 2015 zeigt, wie sich die Weimarer Republik 1918 isoliert wiederfand und dementsprechend auch die Außenpolitik ausgerichtet war und wie die Bundesrepublik Deutschland sich im Gegensatz dazu ab 1949 in die Diplomatie des Westens integriert hatte und sich in die Europäische Union und weitere europäische Verträge und Institutionen einband.